Divine corruption
Déviance

David & Alexandre Rousseau

DÉDICACE

Ce livre est dédié à toutes ces personnes qui nous supportent au quotidien. Ceux et celles qui ne comprennent pas notre folie et qui pourtant nous encouragent sans jamais faillir. Vous êtes les meilleurs.

REMERCIEMENTS

Un grand merci à nos parents qui nous soutiennent. Une pensée chaleureuse pour Maco, notre source de joie quotidienne. Un merci au PLES36 de croire en ce projet aussi fou qu'insensé. Un merci à nos amis qui ont pris le temps de relire nos écrits. Et un dernier pour toi lecteur, Ô toi qui est ampli de sagesse et de joie, nous t'aimons aussi.

AURAE
GRÂCE
FIERTÉ
GLOIRE
CORVINUS
PASSION
COMPASSION
RIGUEUR
NÉLIUM
ABUNDENCIA
ZÉPHÈS

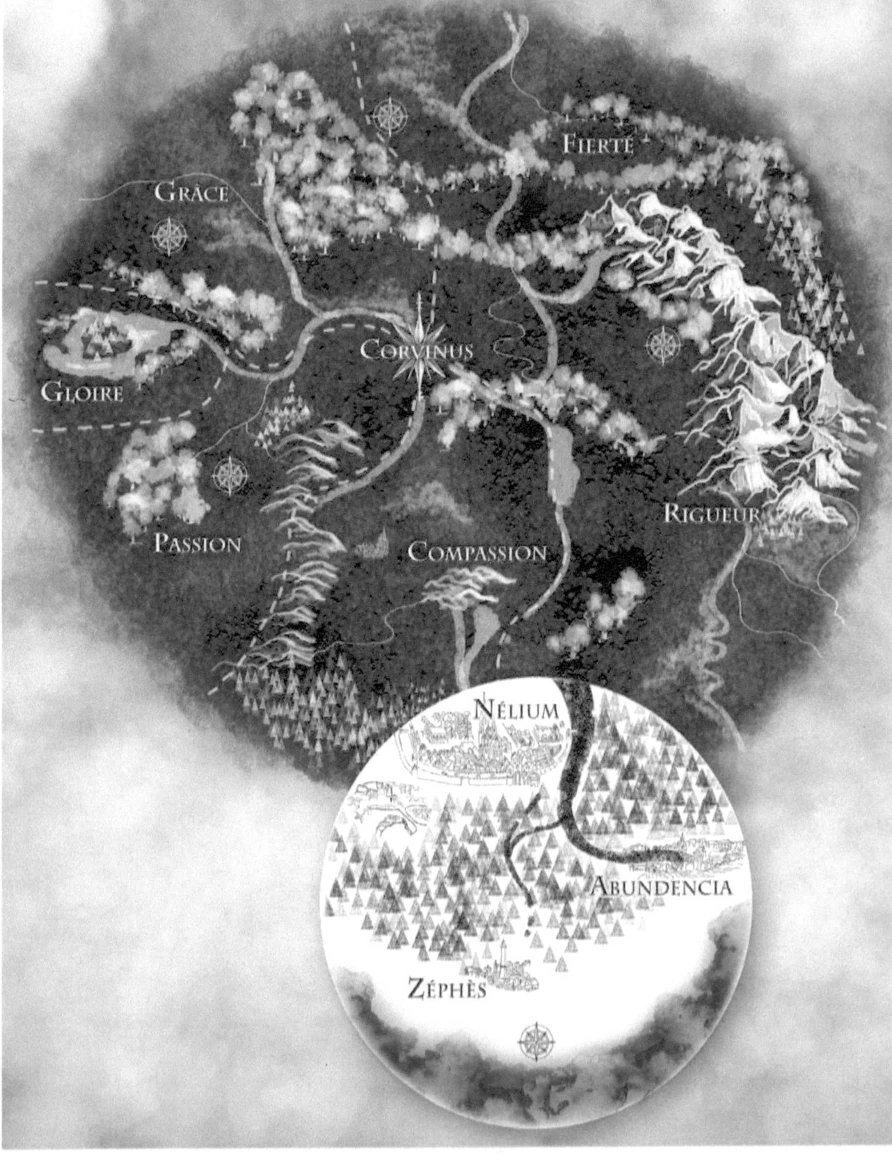

Commandement VII - XXVI - Humain - Souillure

- Est nommé "Souillure", le processus de corruption changeant l'humain en charognard.
- Le temps de corruption d'un humain au second royaume varie d'une à deux semaines.
- La consommation de ses semblables accélère le processus.
- Tout humain ayant consommé ses semblables doit être purgé sans la moindre concession.
- Tout doute sur l'état d'un humain engendre une purge irrévocable.
- Il est **formellement** interdit de transiter un humain vers le second royaume.

Chapitre 1-1 : Un homme pieux

Un bruit strident, du noir, du blanc, un vertige, puis rien durant une demi-seconde. J'ouvre alors les yeux sur un gris morne et monotone, le ciel ? Le temps de réfléchir est un luxe que je ne possède pas, mes bras ballottent devant moi, je chute. J'essaie de comprendre, de me souvenir, je suis Serj, ma fille, ma femme, mes terres… Un choc qui me replonge dans une semi-torpeur, le sol est trop mou, l'impact fut trop doux. Les cris, les gémissements, ce qui m'entoure bouge, vit, respire. Le gris du ciel, mon corps ne m'obéit pas, mes jambes refusent de s'agiter, mais je sens sous mes doigts… Des cheveux ? Je peine à respirer, où suis-je ? Dans le ciel, des taches blanches se forment, se rapprochent, l'impact, les secousses, les cris… Mon sang bouillonne, je suffoque, ma vue se trouble, je sombre

Une pression sur le torse me tire de ma torpeur, un pied blanchâtre me piétine allègrement faisant fi de ma présence. Plus inquiétant encore, un bruit de mastication, d'animal dévorant une carcasse me glace le sang. Je croise le regard de sa victime, le visage raidi d'une femme désemparée, ses yeux me supplient. Je connais ce regard, je ne l'ai que trop souvent croisé. Elle me conjure de l'aider, d'abréger son supplice. La bête tire, faisant vaciller sa proie, du sang coule, ses yeux ne bougent plus. Devant ce spectacle macabre, je ne peux m'empêcher de m'interroger, suis-je le suivant ? Par chance, je retrouve une partie de ma mobilité, mon bras se plie, je tâtonne lentement mais sûrement mon environnement, le tout rythmé par les mouvements de la bête tirant sur sa prise. Je n'ose regarder ce que je touche, mon imagination se chargeant déjà de me soulever le cœur, le bruit de la chair arrachée par une mâchoire goulue me rend fou. Quelque chose vient de me saisir le bras ! Je panique, je frémis. Par instinct ma tête pivote, je croise de nouveau le regard effrayé d'une âme déchue, probablement la même expression horrifiée que j'arbore. L'inconnue se pétrifie, gémit, sa main se resserre autour de mon avant-bras, ses doigts glissent le long de mon poignet, quelque chose la fait disparaître en une fraction de seconde.

Je porte alors mon attention sur l'horizon, une pile de cadavres, une montagne de corps, un paysage lugubre, rocailleux, tranchant, donnant sur d'autres amas de chair. Des créatures rapides, difformes, évoluant avec facilité sur ces flancs irréguliers. Où suis-je ? En enfer ? Pourquoi ? Pourquoi un tel châtiment pour un homme juste ? Quelles sont mes fautes ? Des larmes coulent le long de mes joues, ma fille, ma femme, sont-elles ici aussi ? Méritent-elles le même sort que moi ? Sommes-nous tous condamnés au même destin funeste et injustifié ?

Je reste là un instant à contempler le ciel, observant les corps tombés à intervalles réguliers. Des humains par milliers relégués, remplissant un garde-manger. Le prédateur suprême devenu simple repas… Devant cette conjoncture ironique, je ne peux m'empêcher d'esquisser un rictus, j'attends la mort. Je me remémore ma famille, mes terres. Je me souviens le massacre, l'horreur absolue, Dieu a-t-il perdu foi en nous, en moi ? Quels sont mes péchés ? Cette réflexion me lacère l'esprit, me laissant seul face à mon désarroi.

De longues minutes passent, rythmées par le ballottement que provoque le monstre en se repaissant. Une douleur vive à la jambe me sort soudainement de ma léthargie, je crie, la mâchoire se resserre et tire ma cheville.

Je me débats, mais mon agresseur finit par me retourner, face contre terre. Sa puissance physique est indéniable, il me faut me défendre. Devant moi gît un homme éventré, j'attrape ses côtes à nu luttant contre la douleur insoutenable des crocs perçant la chair… Un craquement ! Les os se sont brisés ! Instinctivement, je me tourne afin de planter mes armes de fortune dans la tête de la créature. C'est la première fois que j'ai une vision aussi nette de cette abomination. Sa peau pâle, sans la moindre pilosité, est parsemée de taches de sang et de crasse. Ses yeux minuscules et rouges, perchés sur le haut de son crâne s'opposent à sa bouche disproportionnée. Elle n'a pas de nez, juste deux trous servant de naseaux posés au milieu de son visage. Elle me glace le sang, quelque chose me gêne, il y a quelque chose d'humain en elle…

Les soubresauts de la créature me tirent de mon observation, je réitère alors mon attaque, du sang gicle, je me réjouis un court instant après avoir touché l'œil. La créature s'enrage suite à ses blessures, elle tire frénétiquement et dans tous les sens. Je tente un nouvel assaut. Cette fois-ci je vise l'arrière de son crâne. Mon coup, bien que hasardeux, atteint son objectif, je dispose finalement d'un appui. Je pose ma jambe libre sur son épaule et pousse de toutes mes forces. Je pousse alors un cri animal, un mélange impulsif de haine et de terreur, elle lâche finalement son emprise dans une gerbe sanguinolente. La perspective de ma mort se chargeant de faire renaître mon esprit combatif, je ne réfléchis pas et je roule sur le côté vers le bas de la pile de cadavres. Mes repères se brouillent, j'entends grogner. Ma descente se termine au milieu d'une demi-douzaine de corps entraînés durant ma chute. Mon dos, mon épaule et ma jambe me font horriblement souffrir. Je mobilise mes dernières ressources pour m'extraire de ma prison de chair, les créatures se rapprochent. J'essaie tant bien que mal de me relever, mais rien n'y fait, mon seul membre valide refuse de m'obéir. Je perds énormément de sang, à ce rythme je n'ai que quelques minutes avant de me vider, ma tête tourne…

Rien n'y fait, je n'arrive pas à me relever, elles arrivent, je me place sur le dos face à la pile en putréfaction, prêt à me défendre. Il ne me faut pas longtemps pour me rendre compte de mon erreur, une créature me saisit l'épaule. Le sol me râpe le corps, elle me tire rapidement dans une crevasse en prenant bien soin de s'éloigner des autres concurrents. Mes flancs, mon dos, mes fesses sont meurtris, la douleur semble si lointaine, ma vue se trouble, je suis apathique… Mon agresseur finit par me laisser tomber, presque délicatement, dans une fosse commune. Mes yeux se ferment, je sombre lentement vers ma mort.

Le temps défile, mes rares instants de conscience sont brefs et disparates, des heures, des jours, qu'en sais-je. Je repense à cette femme qui disparut devant mes yeux, chanceuse, une mort rapide, un rêve, peut-être a-t-elle finalement rejoint notre seigneur. J'ai faim, j'ai soif, je me rendors… Un choc, mes yeux collés s'ouvrent péniblement, je sens une pression sur mon bas-ventre, la créature vient de jeter une moitié de corps. Le torse d'une femme âgée mutilée duquel s'écoule du sang tiède, j'ai faim, j'ai soif, il ruisselle, ma vue se brouille.

La faim et la soif me tiraillent, mes lèvres collent, ma tête me fait horriblement souffrir, les bruits résonnent et me vrillent les tympans. Instinctivement, je regarde la moitié de corps, le sang ne coule plus. Ce constat me frustre plus que je n'ose me l'avouer…

Quand donc viendra l'heure de mon départ ? N'ai-je donc pas assez souffert, pourquoi me torturer ainsi ? J'ai envie de hurler, mais rien ne sort. J'ai envie de pleurer, mais rien ne coule. Que ces monstres m'achèvent, pitié Seigneur ! Un bruit sourd de chair que l'on avale attire mon attention. Perplexe, je ne reconnais pas le son singulier de leurs mastications, ce n'est pas une créature qui se nourrit, mais un homme. Celui-ci est affairé dans les entrailles d'un autre… Je l'envie. Il se repaît, avalant sans hésiter tout ce qu'il sort du cadavre, parfois un haut-le-cœur vient le stopper un court instant, puis il reprend son affaire sans discontinuer. Je le contemple un instant avant que mes yeux ne se ferment à nouveau.

Quelque chose rampe dans ma direction, j'émerge de ma torpeur, une main se pose sur mon visage, l'adrénaline monte, ses ongles se plantent dans la chair de ma joue, je gesticule vainement pour me débattre. Mon assaillant se sert de cet appui pour se rapprocher de moi, je saigne, ses ongles lacèrent mon visage et me crèvent l'œil droit, un cri étouffé, je reste aphone. Une proie, voilà ce que je suis, lorsque sa main revient je me jette gueule ouverte dessus, je la saisis et mords de toutes mes forces, du sang, de la chair, des doigts, j'ai faim, j'ai soif, je ne crache pas, j'avale… Mon assaillant crie, mais n'abandonne pas, il me frappe le visage avec insistance, stupide erreur, je tiens son poignet entre mes dents, je ne lâcherai pas. Je mords à m'en décrocher la mâchoire, le sang coule à flots, quelle bénédiction, j'ai faim, j'ai soif… Je tiens tandis qu'il me martèle l'abdomen avec son autre main. Un murmure, il sanglote :

-   Pitié.

Mon regard se pose finalement sur mon agresseur, un jeune homme à la barbe naissante, à peine plus âgé que ma propre fille. Que suis-je en train faire ? Que suis-je en train de devenir ? Je relâche mon emprise, non sans regret, mais je ne peux me résoudre à cette extrémité, je souris, ses dents se plantent dans ma gorge, c'est la fin.

Chapitre 1-2 : Corruption

Le sang chaud coule à flots entre mes dents, je me délecte. Ce vieil homme a été plus résistant que prévu, mais pour la première fois mon repas n'est pas en décomposition. Je savoure l'instant, j'engloutis encore et toujours plus jusqu'à l'écœurement ou la régurgitation. Cette envie insatiable de chair me corrompt, elle s'intensifie à chaque bouchée. Je n'éprouve plus aucun dégoût, plus aucun remords à manger mes semblables, depuis combien de temps suis-je ici ? Dans cette fosse putride à me délecter de restes, sans lumière, sans vie. La faim m'obsède, elle me tire vers les abysses, la folie, l'instinct animal. Qui suis-je ? J'oublie peu à peu, mon histoire, ma vie, ma mort, mes souvenirs m'échappent, tout cela semble si lointain, supplanté par ma gloutonnerie, comme une fine lueur dans l'obscurité, mon humanité vacille et se meurt. La vision de mes doigts sectionnés lors de la lutte avec le vieil homme ne m'émeut nullement. La douleur est elle aussi secondaire, je sombre, je le sais, je veux réagir, je dois réagir. Mon esprit hurle de toutes ses forces et pourtant je continue inlassablement à planter mes dents dans la chair, à avaler tout ce qui peut l'être, j'ai peur.

Mon châtiment, mon cauchemar, un cercle vicieux et horrifique, un corps tombe, je me délecte. Je dors blotti dans un recoin de la fosse, parfois réveillé par les douleurs musculaires ou les crampes d'estomac, souvent par la chute d'un nouveau corps annonçant l'heure du repas. Un cadeau apporté par mon geôlier, mon bienfaiteur. Quarante-trois cycles, cadavres, repas, mais combien de temps ? Quarante-trois, je me souviens de chacun d'entre eux, de leurs goûts. Étrange alors que mon âge m'est inconnu. La boucle se répète inlassablement, mon esprit me quitte, mes pensées deviennent éparses et sommaires. Mon corps s'habitue lentement à sa nouvelle alimentation, les vomissements sont moins nombreux, les douleurs ont disparu, le temps me change. Depuis peu, je distingue parfaitement les moindres aspérités de mon environnement obscur, ma peau tire de plus en plus vers un blanc livide. J'entends l'écho lointain de mon esprit, je refuse de devenir l'un des leurs, je ne veux pas me changer en monstre. Il me faut m'arrêter ! Un bruit habituel m'interpelle, un cadavre, j'ai faim, je me précipite et avale d'un seul trait sa main. Je croise alors un reflet dans le blanc de ses yeux, le mien ? Des yeux rouges et minuscules, une bouche immense s'étirant de chaque côté de mon visage, mes cheveux où sont-ils ? Est-ce vraiment mon reflet ? Non, impossible, non, non, je hurle, mon dernier sentiment, un ultime appel au secours, un humain s'éteint, un charognard naît.

Au fond de son trou, une créature s'impatiente en finissant les quelques restes de son garde-manger, les cycles se sont interrompus, son bienfaiteur a disparu. Bientôt la faim viendra la saisir, bientôt elle devra quitter son nid pour se sustenter. Elle est effrayée par cette pensée, mais l'heure n'est pas encore venue, qui sait, un cadavre va peut-être tomber dans les prochaines minutes. Pour le moment, elle se blottit dans un coin et ferme ses deux petits yeux rouges. Le temps s'écoule lentement dans cette fosse, seuls des cris bestiaux venant de l'extérieur ponctuent son attente. Elle s'impatiente, portée par son ventre qui crie famine. Hésitante, elle se rapproche de l'entrée de sa tanière et du faible halo de lumière la surplombant. Des hurlements d'agonie mêlés aux bruits de charognards bataillant s'élèvent de l'extérieur, elle se hisse facilement au niveau du sol s'engouffrant dans la fissure la séparant de sa liberté. Elle espère y trouver un futur festin. La faible lumière semble exagérément forte pour sa vision habituée à l'obscurité. Ses premiers pas se font hésitants et incertains. La créature à la vue trouble se fige à la découverte d'une forme blanche et rouge à quelques pas de l'entrée. Paniquée, son regard balaye l'horizon cherchant à isoler la menace. Elle y distingue un paysage lugubre, couvert par un ciel gris aux reflets de sang. Un sol jonché d'ossements et de chair en décomposition à perte de vue, mon deuxième royaume. Malgré ses efforts, elle ne perçoit que des formes indistinctes. Elles se meuvent habilement entre les restes humains. Ne percevant aucune menace, elle laisse le temps à sa vue de s'habituer à la lumière, suffisamment pour examiner plus en détail la forme blanche et rouge. Son bienfaiteur gît là à quelques mètres du garde-manger, la colonne vertébrale apparente, abattu d'un coup surpuissant et meurtrier.

Face à cette menace inconnue, le jeune charognard rebrousse chemin ne pouvant se résoudre à quitter la sécurité de sa tanière. Tapi à l'entrée de son ancien garde-manger, il patiente, luttant contre son envie insatiable de chair. Prudent, il scrute l'horizon, regardant avec envie ses pairs planter leurs dents dans de la viande fraîche. Un cri d'agonie inhabituel s'élève non loin de lui, la peur s'empare alors de son esprit le contraignant à retourner se blottir dans un coin de son logis. Il tourne, grattant le monticule d'ossements à la recherche d'un petit quelque chose, sans succès. L'impatience grandit à mesure que la faim s'intensifie, remplaçant sa peur par une témérité irrépressible. Quelques heures plus tard, le voici de nouveau prêt à fondre vers l'inconnue, enivré par l'odeur du sang. Le jeune corrompu se rue vers un monticule de cadavres oubliant ses instincts de conservation. Il ne lui faut qu'un instant pour dénicher le reste d'un tronc en décomposition dans lequel il plante ses dents goulûment.

Quelques mètres en retrait, deux formes observent la scène d'un air dédaigneux. L'une des deux silhouettes lève son bras ruisselant d'énergie alors qu'une aura bleu - azur émane de sa peau. Se pliant à sa volonté, l'humidité de l'air se cristallise créant un dard de glace qu'elle projette, transperçant le flanc de sa cible. Le jeune charognard hurle, tente de se mouvoir, mais le projectile planté dans le sol l'empêche de fuir. Il se débat de toutes ses forces, aggravant ses blessures alors qu'une flaque de sang se forme déjà sous ses pieds, témoignant de la violence de l'attaque. L'une des formes s'élance, parcourant la distance les séparant en un battement de cils, une épée siffle, sa tête vole. C'est en croisant un regard bleu mêlant haine et plaisir que cet humain corrompu quitte ce monde. La fin décevante d'un enfant attachant. Il est temps pour moi de porter mon regard sur une autre de mes graines.

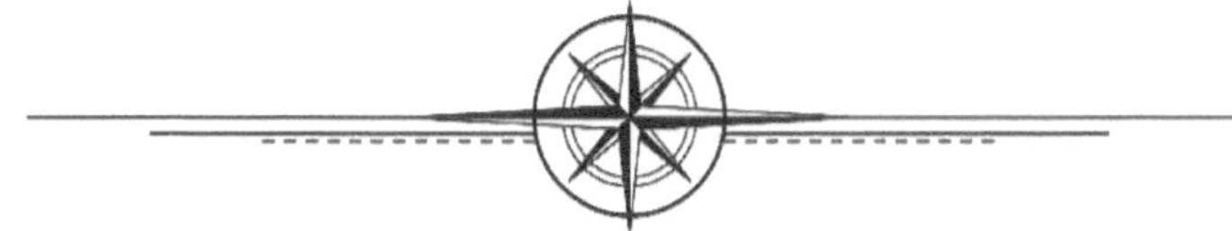

Commandement VII - XXXIII - Humain - Intronisation

- L'intronisation d'un humain ne peut se faire sans l'aval direct de la régence en place.
- La demande d'intronisation est à la charge du détenteur de l'humain.
- Un humain ne peut être sujet à intronisation que si et seulement si les conditions suivantes sont respectées :
  * L'humain a plus de quatre cents ans
  * L'humain est adulte
  * L'humain accepte de son plein gré l'avancement divin qui lui est offert
  * L'humain dispose d'un parcours irréprochable
  * L'humain apporte une compétence, un savoir-faire ou une maîtrise particulière à la caste céleste
  * L'humain est coopté par un archange qui se chargera de la procédure
  * L'humain connaît et comprend les enjeux d'une vie divine
  * L'humain s'engage à effectuer son insertion dans le demi-siècle suivant son intronisation
- La régence en place dispose d'un droit de veto sur toute intronisation, qu'importe si l'humain dispose de tous les prérequis initiaux.
- Un humain intronisé perd son statut de marchandise.
- Un humain intronisé perdant son statut de marchandise devient alors vassal de l'archange l'ayant coopté.
- Il devient alors libre de droits et égaux à tout divin de son rang.
- Un humain intronisé se voit attribuer un nom céleste par l'archange l'ayant coopté.

Commandement VII - XXXIV - Humain - Affranchissement

- Dans certains cas, un humain peut être affranchi :
  * Par demande de réparation d'une partie lésée suite à un préjudice
  * Par décision exceptionnelle du détenteur
  * Par décision légale de la régence en place
- Dans tous les autres cas, il sera préférable de vendre l'humain en tant que marchandise ou de le purger si celui-ci ne présente aucune valeur marchande.
- Un détenteur ayant affranchi un humain peut à tout moment annuler sa décision et récupérer la possession de son bien.
- Si l'humain se retrouve de nouveau sous possession avant annulation de la décision, l'ancien détenteur perd tous droits sur l'humain.
- Un humain affranchi peut à tout moment être purgé par un divin sans qu'aucune partie lésée ne puisse demander réparation.
- Un humain affranchi peut à tout moment faire l'objet d'une appropriation, son consentement ne rentre nullement en ligne de compte.

Chapitre 2-1 : Joseph de La Compassion

D'un grand portail en pierre orné de runes brillantes et vibrantes jaillit un flash bleu duquel émergea un homme imposant. Il affichait un air serein. Il amorça ses premiers pas dans la maison de La Compassion, sa nouvelle institution et peut-être sa dernière en tant qu'humain. Il observa la magnifique demeure principale devant laquelle trônait une fontaine aux dimensions dantesques. Le jardin s'étirait à perte de vue, jardin duquel s'élevait une multitude de statues représentant divers régents de La Compassion. Un mélange subtil de parterres de fleurs, de bosquets et d'arbres millénaires offrant une composition de couleurs parfaites, témoins d'un savoir-faire ancestral. Dans ces terres, plusieurs douzaines d'humains s'affairaient à entretenir toutes ces merveilles, seul un céleste surveillait l'avancée des travaux d'un œil intransigeant. Une voix vint le couper dans son observation :

- Bonjour, mon Seigneur céleste Thola vous attend, veuillez me suivre, lança un jeune homme portant une robe simple au tissu de bonne qualité.

Le nouvel arrivant emboîta le pas sans retour de politesse. Les deux hommes longèrent la bâtisse et sa grande porte gardée par deux soldats aux armures étincelantes, pour se diriger vers une entrée située plus en retrait. Tous deux pénétrèrent dans un petit vestibule sobre et sombre puis ils s'engagèrent dans un couloir donnant sur les chambres des aides de maison. Celles-ci, ternes, à la limite de l'insalubre, contenaient quelques humains aux vêtements vieillis par le temps, ils daignaient parfois lever la tête à leur passage. La pièce suivante, aux antipodes des quartiers précédents, stoppa le nouvel arrivant dans sa marche. Cette pièce se composait d'un hall d'entrée démesuré, richement décoré, d'un lustre et d'un escalier à la mesure de son immensité, le tout agrémenté d'œuvres d'art, de fresques et de statues contant l'histoire, il aurait fallu être aveugle pour ne pas être hébété par tant de raffinement. Le guide traversa la zone sans sourciller ce qui irrita légèrement son compagnon espérant un court répit pour admirer cette merveille d'architecture. Leur coopération s'arrêta devant une porte en verre ornée pourvue d'une fresque centrale à la hauteur du reste de la décoration. Le jeune aide de maison toqua et fit signe à son hôte de pénétrer dans la salle, celui-ci s'exécuta.

La personne assise devant une petite table ignora tout bonnement l'irruption, il resta plongé dans ses écrits. Comme tous les divins premiers nés, il était caractérisé par une peau blanche légèrement argentée, sublimée par des yeux bleus perçants, un regard captivant, envoûtant, auréolé de légendes et superstitions. Ses traits fins et son visage sans imperfection aucune lui donnaient l'apparence d'une poupée de porcelaine richement habillée. Sur ses vêtements onéreux et emplis d'apparats, on pouvait distinguer des pierres précieuses ainsi que des petits renforts en or. Dans ses cheveux tressés et arrangés de manière élégante trônait une volumineuse broche en nilarium, l'un des métaux les plus prisés du premier royaume dont la maison de La Compassion était la première exploitante. Le guerrier se questionna sur la présence d'un céleste de rang supérieur à un poste normalement relégué aux subordonnés. La gestion des humains et plus particulièrement le fait de les côtoyer au quotidien donnait à cette position un côté dégradant dans la culture céleste. Le premier né entama la conversation tout en continuant assidûment sa lecture :

- Un instant soldat, je revisite votre parcours. Intéressant, nombre d'éloges pour un humain, vous avez fait vos classes et vos débuts au sein de la maison de La Gloire, durant cent huit ans, vrai ?
- Vrai, Sire céleste, répondit-il avec respect.
- Seigneur céleste je te prie.
- Pardonnez mon impudence, Seigneur céleste.
- Puis vous êtes revenu en tant que soldat d'encadrement à la maison de La Grâce, continua-t-il en prenant le soin de bien hacher son discours. Et pour une coquette somme pour un débutant.

Il leva finalement les yeux vers son interlocuteur attendant une réponse. L'homme à l'imposante stature enchaîna sans se démonter :

- Seigneur céleste, ma loyauté sans faille envers ma bannière et la caste céleste durant la rébellion des esclaves m'ont valu les honneurs auprès du seigneur local.
- Certes. Continuons, intégration de la maison de La Grâce pour cent trente et un ans, où, encore une fois, vos bons et loyaux services vous distinguent de vos semblables. Votre intendant vous offre alors l'opportunité d'exercer à Cor'vinus puis, après quatre-vingt-cinq ans de service au sein de notre grande cité, vous demandez à intégrer la maison de La Compassion. Une raison à cela ?
- Une explication des plus simples Seigneur céleste, la vie citadine n'est pas mon fort.

Constatant que Thola continuait de le fixer, il enchaîna tout en perdant un peu de son flegme :

- Seigneur céleste, voilà plus de trois siècles que je sers avec loyauté, rigueur et dévotion. Donnez-moi l'occasion de vous prouver mes compétences, de vous servir avec honneur, vertu ! Je souhaiterais être intronisé, être un exemple, le premier humain à s'élever en moins de quatre siècles, conclut l'homme en s'agenouillant devant le céleste.
- L'honneur, la vertu, la dévotion, un message bien contradictoire pour un but si orgueilleux, répondit-il en prenant soin d'appuyer chaque terme. L'intronisation est le don ultime des célestes aux humains, seule une poignée de méritants dispose de cet honneur suprême et jamais en si peu de siècles. N'est-ce pas là une pure folie, un péché d'orgueil ?

On pouvait sentir au ton du céleste qu'il avait conscience de sa supériorité. Le nouvel arrivant pencha un peu plus la tête en signe de soumission avant de développer :

- Oui, Seigneur céleste, une folie. Ou comme j'aime à le voir, une motivation, un objectif inacessible qui me pousse dans mes retranchements, une demande, un investissement permanent, au-dessus de mes possibilités, cela façonne le soldat que je suis.
- Bien, seul le temps nous apportera la réponse, folie ou volonté, répondit le premier né en souriant.

L'intendant Thola se leva pour se placer face à son interlocuteur agenouillé :

- Joseph de la maison de La Grâce, renonces-tu à ton serment, à ton nom, à ton histoire, à ton attachement et à tes obligations pour désormais entrer sous la

bienveillance de la maison de La Compassion, récita-t-il sur un ton protocolaire.
- Oui Seigneur céleste, je renonce.
- Jures-tu allégeance à ses représentants, à son régent ?
- Oui Seigneur céleste, je le jure.
- Jures-tu de ne jamais t'opposer aux convictions, aux idéaux et à la volonté de ton nouveau foyer ? À défendre celui-ci jusqu'à la mort ?

On pouvait sentir un léger changement de ton lorsque Thola prononça ces derniers mots. Il était clair que ceux-ci le touchaient tout particulièrement.

- Oui Seigneur céleste, je jure fidélité à la maison de La Compassion, sur mon honneur, sur ma vie, je fais le serment de défendre ses idéaux envers et contre tout.
- Très bien Joseph de la maison de La Compassion, relève-toi, ordonna l'archange avant de continuer. J'accepte ta loyauté, j'accepte ta dévotion et je te guiderai, dorénavant je serai ta seule volonté. Pour l'instant, nourris-toi, repose-toi, nous discuterons de nouveau demain.

Joseph inclina légèrement son buste en signe de respect puis il quitta la pièce, son guide l'attendait patiemment. Celui-ci se mit en marche, sans parole, il l'accompagna jusqu'à une chambrette située non loin du quartier des aides de maison. Il y retrouva son paquetage, ses maigres effets personnels et son épée qu'il s'empressa de sortir de son fourreau. Grâce, sa lame, sa beauté, sa fierté, créée par un archange voulant rendre honneur à ses faits d'armes, une épée bâtarde à la lame bleue étincelante ornée de runes de la pointe jusqu'à la garde. Elle lui fut remise après son haut fait le plus célèbre, avoir vaincu un bretteur céleste en duel. Malgré sa carrure imposante et son expertise de plusieurs siècles à l'épée, il rivalisa péniblement avec son opposant divin. De fait, beaucoup s'attendaient à affronter un homme massif comptant uniquement sur sa puissance cependant, à l'instar des plus grands adeptes martiaux, Joseph savait faire preuve d'une grande finesse au combat. Finesse qui lui faisait probablement défaut dès lors qu'il s'agissait de gérer les conflits humains. Son opposant céleste avait creusé sa propre tombe en le sous-estimant, une joute enivrante dont il gardait autant de fierté que de cicatrices. Une fois assuré de l'intégrité de sa moitié, le guerrier rengaina Grâce qu'il déposa délicatement sur son lit puis il s'allongea à côté. Il chuchota :

-   Demain nous aurons notre affectation Grâce, demain débutera notre nouvelle vie. Joseph de La Compassion… Et je l'espère, bientôt Sire céleste Joseph.

Chapitre 2-2 : Manipulation

Un homme grand, imposant, proche de la quarantaine, patientait devant une petite porte munie d'une fresque. L'expérience lui avait appris à couper ses cheveux courts pour ne pas qu'ils lui soient défavorables au combat. Il portait son épée solidement fixée à son flanc gauche ainsi qu'une armure de cuir parfaitement ajustée pour lui offrir une totale liberté de mouvement. Un choix logique lorsque l'on considère la vitesse comme un atout majeur pour défaire ses opposants. Sa magnifique armure runique avait la particularité d'être enchantée, fruit du travail d'un évocateur de la maison de La Grâce en récompense pour ses nombreuses années de service. Cette magie permettait de rendre n'importe quelle matière aussi résistante que l'acier, tout en gardant les propriétés de base des matériaux. Un sort mineur, inutile pour un céleste, mais ô combien salvateur pour le simple humain qu'il était. Ce pourpoint qu'il arborait depuis maintenant une cinquantaine d'années semblait neuf. Il lui portait une attention maladive, offrant un contraste déroutant entre lui et son équipement, sa peau ayant subi les affres de ses multiples joutes. Un vieux soldat éternel, tricentenaire, l'âme libérée des affres du temps, mais condamnée à garder sa faiblesse d'humain, se tenait prêt au pas de la porte. Une voix s'éleva :

- Joseph entre, je t'attendais. Prends place, débuta Thola pointant un fauteuil adossé à une bibliothèque. Sais-tu pourquoi j'ai accepté ton intégration ? Réponds franchement.

Puis voyant l'hésitation de son interlocuteur, il continua :

- Malgré ta condition d'humain, j'ai une forte estime pour ton parcours et tes aptitudes. De plus, je vais avoir besoin de ton entière coopération pour les événements à venir.
- Dans ce cas Seigneur céleste, j'imagine que cela est en rapport avec mon domaine d'expertise, répondit-il sereinement.
- Exactement, suis-moi, ordonna Thola quittant son siège.

D'un mouvement de la main, il manifesta une boule d'énergie au centre de la pièce puis continuant sa gestuelle, il étira son évocation jusqu'à la transformer en une fine surface brillante.

- Traversons veux-tu ? Nous voici dans un espace hors du temps, hors des royaumes, un petit tour de passe-passe pour nous couper de toutes les oreilles indiscrètes, un endroit sans vie, sans lumière.

En simultané avec ses paroles le céleste évoqua une petite lumière bleue illuminant faiblement les lieux avant d'entamer sa tirade :

- Velnhia, archange suprême régent de la maison de La Compassion, promis au trône du premier royaume, déclama-t-il théâtralement visiblement tendu par cette partie de l'Histoire. Par lâcheté, il refuse de prendre position lors du dernier grand conflit laissant la maison de La Fierté s'emparer de la régence du premier royaume. Il garde donc sa place à la tête de notre maison, la place qui me fut promise, la place qui m'est due. M'étant farouchement opposé à cette décision, il me destitue de mon titre, de mes biens puis il me relègue à la gestion des humains du domaine.

Le premier né se mit à faire les cent pas dans une vaine tentative de refréner sa colère, il peina à garder son ton serein :

- Moi, Thola de La Compassion, archange promis à la régence ! Il me relègue à un travail de subordonné, me dépossède de mes terres, de mes soldats, de ma fortune…

Le premier né semblait visiblement hanté par cette réalité, son calme revint lentement lui permettant ainsi de poursuivre ses explications :

- Pour faire simple, j'ai une mission particulière pour toi, d'elle dépendra mon avenir et par définition le tien. Échoue et nous sombrerons tous deux. Réussis et j'exaucerai ton souhait le plus cher, qu'en dis-tu Joseph ?
- Je ne sais que répondre Seigneur céleste, en tant que simple humain que puis-je vous apporter ? répondit-il dubitatif.
- Joseph voyons, nous connaissons tous deux ton parcours, tes compétences, tu es un bretteur exceptionnel, une force de la nature, sans compter ton intellect qui n'est pas en reste. Aujourd'hui, ne me vois pas comme ton détenteur, mais comme un collaborateur vers notre ascension commune. J'ai besoin de ton entière coopération pour ce qui va suivre et pour te prouver ma bonne foi, je t'offre ce léger présent.

À la fin de sa phrase, Thola ferma doucement ses paupières puis il leva ses bras, les paumes tournées vers sa poitrine. De petites étincelles d'énergie bleu et blanche se libérèrent de son corps pour venir se concentrer entre ses mains. La danse de particules s'étira sur quelques instants jusqu'à la formation d'une boule dense et suintante d'énergie. Il reprit :

- Avance Joseph. Pardonne-moi pour ce qui va suivre.

D'un geste vif de la main, le céleste enfonça la boule d'énergie dans l'abdomen du soldat qui s'écroula instantanément. Une douleur intense se propagea alors dans son corps, des spasmes raidirent l'intégralité de ses muscles laissant le gaillard agonisant au sol. Son front se mit à perler, son souffle devint erratique, son sang commença à bouillir décuplant la pression sur ses tempes, ses yeux semblaient imbibés d'acide, aucune partie de son corps ne fut épargnée. Puis, aussi brusquement qu'elle était apparue, la douleur se dissipa, laissant le soldat dubitatif. Il balbutia :

- Que… Que m'avez-vous fait ?
- Un peu plus de reconnaissance de ta part serait la bienvenue, Sire céleste Joseph, lança-t-il en arborant un sourire charmeur. Je t'ai offert ma force, te voilà dorénavant céleste, officieusement je veux dire. Officiellement, tu restes un simple humain sans titre qui risque de soulever quelques interrogations. Cependant, je ne me fais aucun souci sur ta capacité à gérer la situation avec brio.

Le premier né matérialisa une fine surface réfléchissante devant le visage de l'homme toujours allongé afin de confirmer ses dires.

- Mes yeux… Bleus ? Suis-je vraiment un céleste ? demanda-t-il surpris.
- Laisse-moi t'expliquer, reprit le premier né sur un ton moins enjoué, tu disposes désormais de l'étincelle nécessaire à ton développement. Autrement dit, j'ai donné à ton corps humain le petit coup de pouce pour dépasser ses limites. Mais cela ne suffit pas pour devenir un céleste, ton corps va résister un mois tout au plus avant de nécroser. Il nous faudra le purifier avant ton décès prématuré. Mais cela nous le verrons à ton retour, une petite motivation supplémentaire pour m'assurer de ton entière implication.

Bien que furieux, Joseph restait silencieux. L'archange avait parfaitement conscience de la colère grondant au fond du soldat, mais il n'en tint pas compte. Il prolongea son monologue :

- Passons aux choses concrètes. Ta mission est la suivante, il te faut rassembler les troupes nécessaires pour éliminer mon frère, Velnhia, notre cher régent. Pour ce faire tu vas avoir besoin de ceci, expliqua-t-il calmement en sortant de sa poche un petit papier plié en quatre. Je veux que tu te diriges vers Nelium, là-bas est cachée ma fortune. Trouve Vanul, il est digne de confiance, il te guidera dans la marche à suivre. Dans un second temps, tu prendras contact avec la troupe de mercenaires sous les ordres d'Emeziel, j'ai par le passé usé de leur service. Une fois le rendez-vous convenu, tu utiliseras ceci.

Comme pour créer une tension, il sortit un objet qu'il cachait dans une poche. Il laissa quelques secondes à l'humain pour considérer la pierre taillée avant de reprendre :

- Cette rune me permettra d'ancrer un portail, garde-la précieusement. As-tu des questions ?
- Aucune, Seigneur céleste, réussit-il à articuler en ravalant sa rage.
- Très bien, rejoins Vanul, il loge non loin de la demeure principale, une bâtisse nommée Eden. Suis ses instructions et prends contact avec les mercenaires. Accomplis ceci avec brio et je ferai de toi un véritable céleste. Sois discret, n'attire pas l'attention, personne ne doit connaître tes intentions ou tes affiliations. Tu n'existes plus, jusqu'à ce que ma place me revienne. Vois avec mon aide s'il te faut quoi que ce soit. J'attends beaucoup de toi, ne me déçois pas, Joseph de La Compassion.

La seconde suivante, les deux interlocuteurs retrouvèrent la chaleur du petit bureau de l'intendant, Thola fit un rapide signe pour congédier le soldat. Joseph inclina respectueusement son buste puis il sortit sans demander son reste. Tout se bousculait dans sa tête, devait-il être heureux de la chance qui lui était offerte ? Le premier né l'utilisait de façon retorse. Un simple mois avant que son corps ne dépérisse, il n'avait nullement besoin de motivation supplémentaire pour être loyal et efficace. Le comportement à la fois flatteur et manipulateur du céleste l'énervait, il soupira. Qu'importe, un ordre est un ordre et, comme à son habitude, il mènerait celui-ci à bien.

Chapitre 2-3 : Direction Cor'vinus

L'esprit embrumé par la colère, Joseph quitta le bureau de l'intendant d'un pas rapide et décidé, une pointe d'adrénaline qui lui fit éluder les changements que subissait son corps. Il fut vite rappelé à l'ordre lorsque la douleur se fit omniprésente, le contrecoup de l'intronisation n'avait rien de plaisant, courbatures, maux de tête, nausées, troubles de la vue et de l'équilibre, le soldat connaissait par cœur les effets secondaires. Cependant, lire et subir furent deux expériences bien distinctes, il pesta tout en se forçant à avancer. Au détour d'un couloir, il rencontra l'intendant de Thola qui se joignit à sa marche sans dire mot. Le jeune homme pénétra dans la chambre qui était allouée au soldat et d'un geste de la main, il lui montra le paquetage disposé soigneusement sur le lit.

- J'ai pris soin de préparer quelques affaires pour votre départ. Ne connaissant pas votre destination j'ai réuni une somme confortable, deux cents pièces d'or. J'ai joint à cela deux barres de nilarium pour une valeur respective de huit cent trente-sept pièces d'or chacune, selon le taux de change en vigueur bien entendu.

Après avoir reposé la bourse, l'aide saisit délicatement une enveloppe posée sur le lit de laquelle il tira quelques feuilles :

- Voici vos nouveaux documents. En règle bien évidemment. Vous êtes affranchi comme me l'a demandé le Seigneur céleste Thola, je vous conseille tout de même la plus grande prudence. Les humains affranchis sont souvent pris pour cible et…

- Je te remercie pour ta sollicitude, interrompit sèchement Joseph.
- Pardonnez-moi, je m'égare. J'ai pris pour peine de préparer votre trajet, je vais vous ouvrir le portail vers Cor'vinus et d'ici vous…
- Je te remercie pour ton travail intendant, mais je m'en sortirai. Rejoins-moi au portail dans un quart d'heure, pour le moment tu peux disposer.
- Très bien Monsieur.

Le jeune homme, visiblement irrité par ce manque de considération, s'efforça de rester courtois. Il inclina brièvement son buste en signe de respect puis il se dirigea vers la porte. Troublé, il se stoppa avant de quitter la pièce et demanda :

- Me permettez-vous de vous poser une question indiscrète ?
- Je t'écoute.
- Je…, êtes-vous intronisé ? Un céleste ? balbutia-t-il.
- Tu as toi-même rempli mes papiers, je ne suis qu'un simple humain affranchi, répondit Joseph forçant un sourire.
- Entendu, se renfrogna simplement l'aide perdu dans ses pensées. Je comprends, désolé pour mon impudence monsieur. Je vous souhaite un bon voyage.

Le jeune homme passa finalement le pas de la porte qu'il claqua sans considération pour son invité. Joseph soupira bruyamment, ses muscles et sa tête le faisaient horriblement souffrir. Après quelques mouvements d'épaules et de brefs étirements pour tenter de faire passer la douleur, il se saisit de son balluchon pour en tirer une bourse de cuir. Il en sortit une petite bille verte, un mélange d'herbes fabriqué dans les terres nord du royaume. Il s'empressa de l'avaler puis il but une gorgée du broc disposé sur sa table de nuit. Sa tête tournait, le simple mouvement qu'il effectua pour boire suffit à lui faire perdre pied. Ses yeux le brûlaient, à croire que Thola voulait sa mort plutôt qu'une mission dûment remplie. Il pesta tout en s'asseyant sur le bord de son lit, il disposait pourtant d'une excellente constitution et se voir affaibli à ce point le mit de mauvaise humeur. Il resta là à fixer bêtement le sol, essayant de ne pas succomber à sa nausée montante, attendant patiemment que les herbes fassent leur effet. Quelques minutes passèrent avant qu'il puisse se remettre sur pied, le mélange avait anesthésié son estomac, mais ses muscles restaient extrêmement douloureux. Il se mit à regrouper ses affaires, lentement, calculant chacun de ses gestes pour limiter la douleur l'accablant. Il sortit finalement de la chambre après une longue et intense bataille, le visage pâle et fatigué, le front perlant. Il se dirigea vers le couloir traversant le quartier des aides de maison, celui qu'il avait emprunté en arrivant la veille, avançant plus lentement qu'un vieil homme malade arrivant au terme de sa vie. La mission attendrait, son unique but étant de rejoindre la cité pour y trouver une chambre où séjourner le temps de récupérer ses forces. Il traversa le couloir puis la cour, haletant, des regards curieux l'observant quitter le domaine en traînant son balluchon. Il s'arrêta à quelques pas du portail où l'attendait l'aide de Thola, Joseph s'exclama d'un râle :

- Ouvre.
- Monsieur, je ne suis pas sûr que vous soyez…
- Par le divin… Ouvre !
- Bien, répondit vexé le jeune homme.

Il appuya sur une rune gravée directement sur le côté du portail matérialisant une nappe d'énergie bleue.

- Merci, répondit sèchement le soldat avant de s'engouffrer dans le passage.

En un battement de cils, Joseph émergea à un millier de kilomètres de sa position initiale, sous une énorme voûte composée de vitraux. La zone de transit de Cor'vinus, le centre névralgique du premier royaume, le point de départ ou d'arrivée pour tous les voyageurs. Marchands et marchandises, soldats, humains, esclaves, bougeaient, criaient, un brouhaha infernal amplifié par l'architecture du bâtiment. Le bruit réverbéré lui vrillait les tympans et par la même occasion achevait de marteler son cerveau. Il grommela tout en pressant le pas vers la sortie la plus proche. À cet instant, il n'espérait qu'une chose, qu'aucun garde ne vienne lui demander amende honorable, il baissa la tête priant pour que son état ne soulève aucune question indésirable. En vain :

- Soldat, arrête-toi là ! Lève la tête que l'on puisse voir un peu ! lança un premier garde dans sa direction tandis que les deux autres l'encerclaient. Tu as une sale trogne, d'où viens-tu comme ça ?

D'un geste injonctif de la main, le céleste l'invita à présenter ses papiers :

- Écoutez, tout est en règle, je suis juste fatigué… mentit Joseph sachant pertinemment que sa situation d'affranchi éveillerait les soupçons.
- Ce n'est pas à toi d'en décider, c'est notre rôle de surveiller et protéger la cité mère, alors sors-nous tes papiers, lança d'un ton réprobateur l'homme à la tête de l'escouade.

Joseph, dépité, sortit ses documents. On pouvait aisément sentir que cette simple requête lui demandait un effort considérable. L'officiel les lui arracha des mains puis il débuta aussitôt la lecture. C'est à la suite de quelques soubresauts qu'il reprit la conversation sur un ton déplaisant :

-   Tiens donc… Un affranchi, aux yeux divins ! Une perle rare, les gars ! On a touché le gros lot ! s'esclaffa-t-il cherchant l'appui de ses camarades. Et donc Joseph le céleste affranchi, que viens-tu faire à Cor'vinus ?
-   À votre avis, renvoya-t-il sèchement en le regardant droit dans les yeux. Je viens cirer votre cul pour qu'il luise lorsque vous vous pavanez en emmerdant les honnêtes gens.

Il est clair que la finesse de mon enfant ne transparut pas à cet instant précis. La réaction des gardes fut immédiate, l'un d'eux décrocha une droite dans la mâchoire du soldat qui s'écroula de tout son long attirant au passage les regards des voyageurs alentour. Joseph, du sang plein la bouche, ne put retenir un rictus, mélange de fatigue, colère et résignation.

-   On va te faire passer l'envie de sourire ! fulmina l'un d'eux. Le garde enragé enchaîna par un coup de pied dirigé vers le ventre de Joseph.

Acte qu'il regretta instantanément ; le pourpoint enchanté s'étant raidi au moment de l'impact, il se roula au sol tenant sa jambe tout en pestant comme le diable. Les deux hommes râlaient de façon compulsive, offrant un spectacle tout à fait distrayant pour qui voulait s'y intéresser. Une voix féminine vint mettre un terme à la mascarade :

- Il suffit ! ordonna-t-elle. Vous êtes ridicules, dégagez de ma vue !
- Et à qui doit-on obéissance ? rétorqua un garde ironiquement.
- Naïmah de La Fierté, céleste formée à l'ésotérisme par l'archange Vehkiel, régent de la troisième maison de La Fierté. Maintenant dégagez avant que je ne vous pulvérise !
- 'chier, grommela le chef du groupe en tendant la main à son compagnon toujours au sol.

Elle se tint stoïque, foudroyant du regard les gardes qu'elle força à déguerpir promptement. Une fois qu'ils eurent quitté les lieux, son expression changea pour un sourire radieux, une expression amicale bienveillante.

- Tu as une sale tronche mon vieux, tu me ferais presque pitié, taquina-t-elle.
- Nève ? Aide-moi plutôt à me relever, s'étonna le soldat dont le teint pâle aurait inquiété n'importe quel guérisseur.

La céleste releva son compagnon, son attention se porta sur le regard de Joseph, elle enchaîna sur un rythme effréné :

- Qu'as-tu fait à ces gardes et que fais-tu ici ? Bordel, depuis quand es-tu intronisé ? Tu viens à peine de passer les trois siècles ! D'ailleurs ne m'appelle plus Nève, je suis intronisée, c'est Naïmah de la Fierté maintenant.
- Si tu veux… On peut en parler plus tard ? Je ne tiens plus emmène-moi à l'auberge…

Joseph n'eut pas le temps de conclure sa phrase, il s'évanouit dans les bras de sa bienfaitrice. Naïmah, bien que de carrure fragile, n'eut aucun mal à le transporter sur la distance les séparant du plus proche lieu de repos. La jeune femme, seulement d'apparence car approchant du demi-millénaire, arborait une magnifique chevelure argentée lui tombant au milieu du dos, ses cheveux lisses fixés par plusieurs broches laissaient apparaître un visage gracieux sublimé par deux yeux bleus. Regard qu'elle flattait par un léger maquillage maîtrisé. La céleste aimait les bijoux, elle portait deux paires de boucles d'oreilles, l'une représentant l'emblème de sa maison ainsi que des petites dormeuses en nilarium. Pour compléter sa panoplie, au milieu de son décolleté tombait une fine chaîne d'argent sertie d'une pierre précieuse. Ses vêtements, légers, se composaient d'un chemisier laissant apparaître la peau fine de ses seins, d'un pantalon en tissu blanc soulignant l'arrondi de ses hanches et d'une paire de bottes en cuir montant jusqu'au début des mollets. Une très belle femme, aussi belle que dangereuse selon Joseph, une amie de longue date ou une aventure légère en fonction du point de vue et des époques.

Il faisait nuit depuis plusieurs heures dans cette petite chambre faiblement éclairée par une lampe posée sur la table de nuit. Une petite lueur bleue dansant entre quatre parois de verre offrait juste assez de lumière pour distinguer une silhouette gracile assise dans un coin de la pièce. Elle avait les yeux rivés sur son ami couché dans un petit lit en bois. La solitude et le silence lui permettaient de se remémorer ses années passées avec lui au sein de la maison de La Grâce. La porte, Medhan, leurs missions, leurs amis, leurs rires, les années passées côte à côte, les nuits dans ses bras…

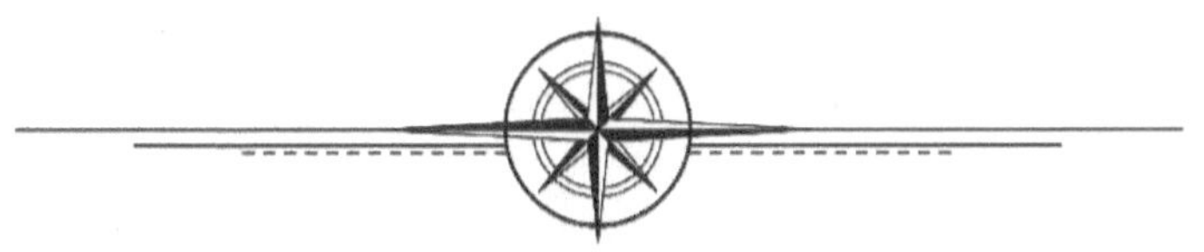

Un siècle en arrière, le temps file au sein du premier royaume, il nous façonne au gré de nos maîtres, de nos maisons, de nos missions. De l'amour pour cet homme ? Nullement, c'est une chose que l'on élude au fil des siècles, un sentiment qui s'oublie lorsque l'on s'apparente à un vase, une simple marchandise, un objet de transaction. Alors on se renferme, on se coupe, on emprisonne son âme, ses sentiments, mes sentiments, je reste humaine après tout... Ou du moins en profondeur, même si je m'efforce de ne plus y croire, de me détacher, toujours plus, chaque jour. Appartenir à la caste céleste, agir en tant que tel. De l'amour pour cet homme ? Il est là sous mes yeux, à portée de main, mon cœur s'emballe, il dit peut-être, je lui réponds non, définitivement non, à quoi bon ressentir lorsque sa vie ne dépend que de l'humeur d'un diable aux ailes blanches ? À quoi bon s'émoustiller, à quoi bon offrir son cœur quand celui-ci finira par être dévoré... Non ! Je n'aime pas cet homme...

Joseph émergea lentement de sa torpeur, il posa finalement son regard sur Nève. Son esprit semblait si loin, il la fixa un court instant avant de racler sa gorge dans l'espoir de capter son attention. Il lui sourit sincèrement, une politesse qu'elle lui rendit aussitôt le cœur serré :

- Depuis combien de temps suis-je alité ? demanda-t-il doucement.
- À peine quelques heures… J'ai fait descendre ta température et j'ai distillé un peu de mon énergie dans ton corps pour soulager tes muscles. Mais… Je reste dubitative, ton rituel n'est pas achevé… Ton corps ne va pas supporter la surcharge d'énergie, tu vas mourir Joseph ! s'inquiéta l'évocatrice.
- Je sais, je sais, ne t'en fais pas tout est sous contrôle, soupira-t-il.
- Tu ne comptes pas m'expliquer ? Tu t'effondres dans mes bras deux minutes après avoir émergé d'un portail et tout est sous contrôle. Mais bon me voilà rassurée, le grand Joseph est un intronisé affranchi sans rituel de purification, mais rien à craindre, il contrôle tout !
- Par le divin ! Calme-toi et arrête de monter dans les tours, je t'explique.
- Merci ! lâcha-t-elle accompagnée d'un mouvement de bras démonstratif.
- Pour faire court, je suis sous les ordres de l'archange Thola de La Compassion, celui-ci m'a chargé de trouver un certain Vanul.

Joseph se redressa dans son lit pour s'adosser contre le mur et faire face à son amie. Nève attendit la suite du récit, mais il ne continua pas, il resta là, fixant bêtement son visage, un sourire en coin. Elle le bombarda de nouveau :

- Et c'est tout ? Pourquoi es-tu affranchi ? La raison de ton intronisation bâclée ? Qui est ce Vanul ?
- Je ne peux t'en dire plus Nève, la discrétion est de mise, je suis désolé…

Il la fixa de nouveau, il connaissait ces yeux, la colère montante prête à jaillir. Il tenta de couper l'herbe sous le pied de la céleste en la questionnant à son tour :

- Et toi, que fais-tu ici ?
- Bien, change de sujet ! La prochaine fois que des blaireaux te passeront à tabac, compte sur moi pour voler à ton secours ! lança-t-elle avec ironie.
- Nève…
- Je suis en vacances, soupira-t-elle.
- Et depuis quand les vacances existent au premier royaume ?
- Je pars faire mon insertion, je suis envoyée au deuxième royaume dans les mois qui viennent. J'ai fait trop de sacrifices pour finir céleste de bas rang, simple garde. Patrouiller et contrôler les humains, je laisse cela aux petites gens sans ambition. Alors je pars faire mes preuves en enfer. Je compte bien prendre place au côté de l'archange Vehkiel.
- Ou mourir seule perdue dans les terres désolées, l'interrompit Joseph.
- Je dois tenter ma chance et puis j'ai quelques atouts supplémentaires depuis notre dernière rencontre.

Comme pour compléter ses dires, elle dirigea son regard vers la lampe qui contenait son évocation luminescente. Son ami eut quelques doutes lorsqu'il vit cette petite boule vacillante éclairer la salle :

- La magie, espérons que cela soit suffisant… Nève, je suis fatigué, nous finirons cette conversation plus tard si tu le veux bien.
- Bien sûr, rendors-toi, conclut Naïmah d'une voix douce, elle se tassa doucement puis elle enfonça sa tête dans ses bras attendant que le sommeil la trouve.

Chapitre 2-4 : Loyauté

Voilà plusieurs heures que les premiers rayons du soleil perçaient les vitraux de la taverne. Dans cet établissement raffiné du quartier humain de Cor'vinus, une femme aux cheveux argentés patientait accoudée à une table, un verre d'alcool à la main. Seule dans cette salle vide, exempt du tenancier préparant la tambouille dans l'arrière-cuisine, elle vida rapidement le reste du spiritueux. L'objet devenu inintéressant, son regard quitta le breuvage pour observer ce qui l'entourait. Une pièce lumineuse composée de pierres blanches aux apparats poussés comprenant plusieurs rangées de tables en bois de bonne facture et stylisées dans lesquelles étaient gravées de multiples citations bien connues des habitants du premier royaume : "Depuis l'éternité nous dominons, pour le salut des trois royaumes nous dirigerons." La jeune femme ricana à la lecture.

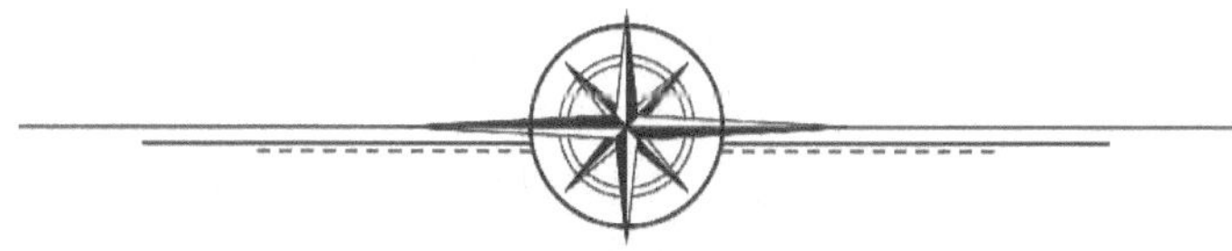

Encore faudrait-il que les célestes soient capables de cohabiter et de stopper leurs quêtes de pouvoir. Depuis des millénaires ils se massacrent à tour de bras, dans des conquêtes futiles, des coups d'État ou autres actions tordues pour grappiller une once de pouvoir. Malheureusement pour eux ils ne peuvent plus procréer, ce qui à force d'action stupide a drastiquement réduit leur nombre. Malgré tout leur dédain pour la race humaine, l'intronisation reste la seule solution pour les célestes de maintenir leur population à flot. Ils s'assurent bien évidemment de la docilité parfaite du candidat à élever, et ce par une longue propagande continue et intensive. *"Les célestes sont le salut"*, *"À force d'abnégation votre élévation viendra"*, *"Servez, obéissez, apprenez, les humains ne sont que des primates bons à être dirigés"*. Offrir une maigre chance de se voir couronner contre obéissance et dévotion, un stratagème aussi vieux que la nuit des temps... Et peu importent les différences entre les deux royaumes, le subterfuge reste le même.

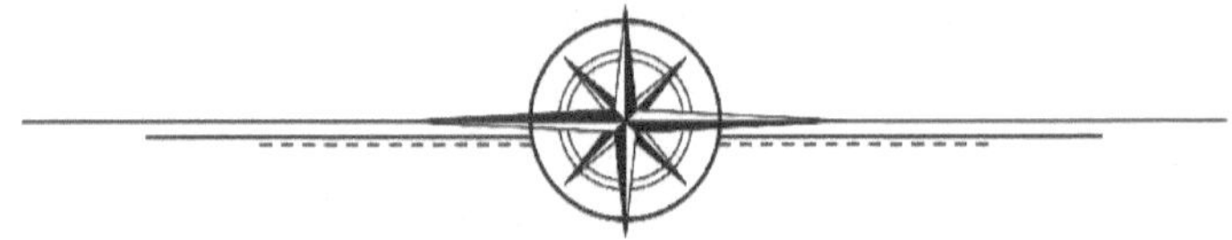

- Naïmah, où est-il ? lança un homme passant la porte d'entrée.
- En haut, il se repose.
- Bien, faisons vite. Le Seigneur céleste Vehkiel veut que tu lui fasses un rapport régulier sur l'évolution de la situation. Thola ne doit pas s'en sortir, c'est l'occasion de se débarrasser de cet emmerdeur sans faire trop de vagues. Accompagne ton ancien ami par tous les moyens, tu as carte blanche.
- Et que dois-je faire de Joseph une fois l'affaire réglée ? murmura la jeune femme.
- Débarrasse-t'en, il n'est d'aucune utilité, négocie ça finement, Naïmah. Pas de vague, Thola reste le frère de Velnhia. Ce n'est pas sûr qu'il apprécie que la maison de La Fierté se débarrasse de sa famille.
- Nullement besoin de me le rappeler. Rien de plus de notre informateur ?
- Non, simplement Joseph. Thola l'a joué discrète sur ce coup... continua l'homme tout en se dirigeant vers

l'entrée. D'après mes informations, Vanul se trouverait à Nelium. Je suis désolé, difficile de regrouper plus d'informations en si peu de temps. Bonne chance et que le divin te protège.

Une fois qu'il eut quitté la taverne, la céleste se dirigea vers le comptoir sur lequel elle déposa une poignée de pièces. Le tenancier leva finalement la tête de ses gamelles afin de remercier sa cliente, elle le salua à son tour avant de s'engager dans les escaliers menant à l'étage. Elle entrouvrit doucement la porte de la chambre, Joseph dormait toujours. Elle y pénétra sur la pointe des pieds puis elle posa sa main sur le front du soldat. Son état général s'améliorait, mais il perdait du temps à rester alité. Nève soupira avant de retirer sa chaîne en argent qu'elle déposa délicatement sur le torse de son ami. Elle n'aimait pas se séparer de son catalyseur, mais l'état de Joseph ne lui laissait que peu de choix. Concentrée, elle tendit ses bras, paumes vers le ciel, matérialisant deux petites billes bleues d'énergie dans le creux de ses mains. D'un mouvement maîtrisé, elle vint joindre ses doigts de manière à fusionner les deux boules au-dessus du pendentif se trouvant sur le torse du soldat. Elle resta ainsi un instant, laissant descendre lentement l'énergie qui se fusionna à la pierre précieuse faisant se mouvoir les ombres de la chambre. Le collier commença à vibrer puis à chauffer. Pour conclure son évocation et stopper la détérioration du catalyseur, elle effectua de sa main droite de petits mouvements formant un signe rémanent qui s'évapora. Elle s'empressa ensuite de passer le collier autour du cou de Joseph. Elle griffonna quelques mots sur une feuille : *"Je reviens dans quelques heures. Nève"* avant de partir comme elle était venue, une ombre bienveillante entourant le soldat.

Joseph ne se réveilla que tard dans l'après-midi, pour son plus grand bonheur les maux de tête, les douleurs, les nausées, tout ceci avait disparu. Il s'arrêta un court instant sur le pendentif autour de son cou, mais ne sachant que faire avec il le garda sans se poser de plus amples questions. Il profita du bac d'eau disposé dans la chambre pour faire une toilette sommaire puis il enfila son équipement. Il se sentait bien, la forme des grands jours, ses muscles gonflés à bloc, l'impression de pouvoir soulever une montagne, il descendit rapidement les marches pour arriver dans la salle de service. Il n'y trouva que quelques clients attelés à boire, il était visiblement trop tôt pour l'heure d'affluence. Une expression soulagée se dessina sur son visage, il allait pouvoir manger un petit quelque chose avant de prendre la route.

- Tenancier, une assiette de ce qu'il te reste du midi et donne le prix pour la chambre avec, lança gaiement Joseph à l'homme situé derrière son comptoir.
- Tout est payé soldat et pour la pitance je t'apporte cela dans la foulée. Ah ! La Sire céleste m'a chargé de te faire attendre, tes consommations sont payées, dit-il tout aussi joyeusement.
- Merci pour le message, mais je mange et je prends la route. Sers-moi une bière avec la pitance, veux-tu ?
- Qu'as-tu d'aussi urgent pour ne pas attendre une si belle dame ?
- Rien qui ne te concerne, puis notant que sa réponse fut un peu brute, il rebondit. Pas grand monde encore ?
- Rien qui ne te concerne soldat, répondit vexé le tenancier.
- Qu'importe, je ne suis pas là pour bavarder. Amène mon assiette, je t'en saurais gré, j'ai l'estomac dans les talons.

Il profita de cet instant de pleine conscience, seul face à son assiette, pour se ressasser les événements. La manipulation de Thola, son intronisation bâclée, il fulmina devant sa propre stupidité, espérer qu'un divin joue la carte de l'honnêteté.

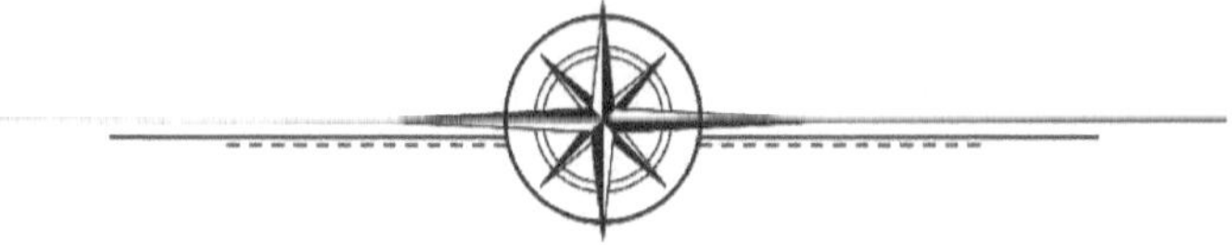

Un mois, un seul petit mois, quelle ordure ! Quel monde stupide ! Il y a plus de vertu dans une catin que dans toute la population céleste réunie !

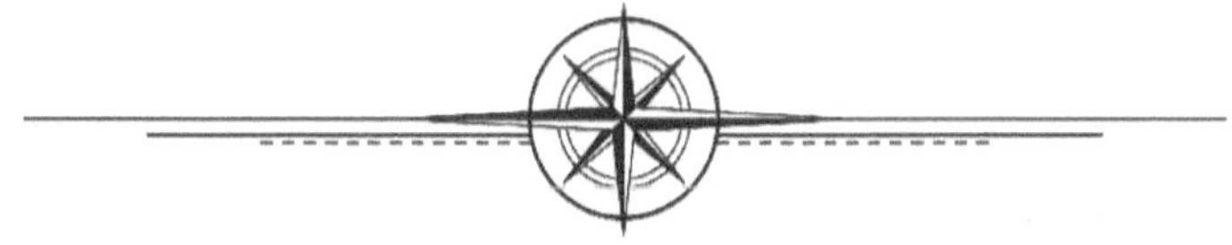

Joseph, affamé et énervé, engloutit son assiette en quelques minutes puis sans demander son reste, il ramassa son balluchon avant de se diriger vers l'entrée. Alors qu'il franchissait la porte, la voix de Nève s'éleva :

- Attendre, Joseph, dois-je te rappeler la définition ? lança-t-elle énervée.
- Je te remercie de ton aide, je t'en dois une, mais il faut que j'y aille.
- Pourquoi crois-tu que je suis ici ? Je t'accompagne.
- Hors de question ! Sans appel, à une prochaine Nève.
- Cela ne va pas m'empêcher de te suivre, tu as besoin de moi, tu as vu l'état dans lequel je t'ai trouvé ? et puis tu as mon catalyseur.

- Je te le rends si ça ne tient qu'à ça, répondit le soldat blasé.
- Hors de question, répéta-t-elle lentement par simple moquerie puis elle reprit d'un ton plus sérieux et paternaliste : l'énergie qu'il diffuse va ralentir l'effet du rituel bâclé, sans ça je te donne trois semaines.

Ils se regardèrent pendant un long moment, cherchant l'un comme l'autre à convaincre. Nève coupa court aux pensées de Joseph avec une nouvelle approche :

- Écoute, je ne te ralentirai pas, je resterai discrète, si tu me demandes de m'éclipser, je le ferai, mais laisse-moi t'accompagner, s'il te plaît. Je pourrais t'être utile…

Il y eut un moment de flottement durant lequel Joseph afficha plusieurs émotions avant de concéder :

- Très bien, j'accepte… Par le divin, que tu peux être chiante et têtue.
- Je sais, rétorqua-t-elle souriante, où va-t-on ?
- Pas de question !
- De toute façon je le saurai en arrivant !
- Pourquoi poses-tu la question alors ? grommela-t-il.

Joseph affichait un air résigné, il ne la connaissait que trop bien, aucune chance de la faire changer d'avis. Nève avait déjà profité de ses quelques heures d'absence pour enfiler une tenue plus adéquate. Elle portait un gilet court en lin couvrant un pourpoint de cuir lacé ainsi qu'un pantalon serré. Elle avait arrangé ses cheveux en chignon pour qu'ils ne lui soient pas défavorables au combat. Dans son dos se trouvaient son paquetage ainsi que son nécessaire de voyage. Sur le haut de ses fesses trônait une épée courte assez similaire à Grâce, l'épée bâtarde de

Joseph. Pour finir, elle avait caché une dague sur chacune de ses cuisses, deux armes dissimulables bien plus pratiques pour l'assassinat. Joseph entama la conversation alors qu'ils quittaient l'auberge :

- Direction la zone de transit, il nous faut un portail vers le sud, à l'est du territoire de La Compassion.
- Territoire de Keinil, anciennement Thola ? questionna-t-elle.
- Exactement, je vois que je n'ai rien à t'apprendre.
- Prenons le portail qui mène à Nelium, lança-t-elle ignorant sa remarque.
- Hors de question, je pencherais pour une téléportation dans un petit village ou en zone neutre, je préfère rester discret.
- Comment comptes-tu rester discret dans l'une des régions les plus fortifiées et surveillées du royaume ? On ne circule pas dans les zones d'exploitation de nilarium comme on circule à Cor'vinus, souligna l'évocatrice comme pour marquer la dangerosité de l'endroit où Joseph les dirigeait.
- Pas de question Nève, tu suis ou tu restes.
- C'est Naïmah maintenant, vieux grincheux... Tu nous emmènes dans un sacré merdier, je comprends mieux pourquoi Thola a fait appel à toi. J'ai bien fait de ne prendre aucun papier, ni signe distinctif, on va sûrement devoir se frayer un chemin à coups d'épée.
- Nous voilà deux clandestins cherchant à se faufiler dans une région réputée impénétrable... Je pense que l'on n'aura pas le choix. Plus vite j'en aurai fini avec cette histoire, mieux je me porterai.

Joseph se coupa, pensif, avant de reprendre :

- Le mieux reste de prendre le portail pour Zéphès. On atterrit en limite des terres sauvages, en pleine zone neutre et donc sans garde de La Compassion… Un pari risqué qui nous oblige à faire le reste de la route à cheval, mais ça reste le plus sûr.
- Effectivement, il faut compter une bonne semaine si le temps est clément. On trouvera sûrement tout ce qu'il nous faut à Zéphès, tant que l'on y met le prix.
- C'est décidé, en avant.
- Comme au bon vieux temps Joseph, lança-t-elle tout sourire.

Commandement VII - XXIX - Humain - litige

Rappel : Un humain est la propriété directe de son détenteur

- Un humain ne peut être jugé que par son détenteur.
- Chacune des actions d'un humain pourra être imputée à son détenteur.
- Si l'humain se révèle être la cause d'un litige, la partie lésée peut demander réparation au détenteur.
- Une partie lésée est autorisée à demander la mort d'un humain si celui-ci juge la sentence nécessaire à sa réparation.
- Une partie lésée ne peut en aucun cas effectuer la mise à mort sans le consentement du détenteur.
- Si un humain se retrouvait en incapacité ou tué par une tierce partie, le détenteur peut demander réparation à la tierce partie en tant que partie lésée.

Chapitre 3-1 : La zone de transit

Nos deux compagnons, décidés sur la marche à suivre, se faufilaient à travers les ruelles de la basse ville de Cor'vinus. Nidum, l'un des six quartiers réservés aux esclaves, une zone résidentielle accolée au cœur de la cité mère, s'étirait sur une dizaine de kilomètres pour trois de largeur. Les humains s'y trouvant servaient principalement de manutentionnaires, les hommes y étaient bien bâtis, résultante du dur labeur auquel on les astreignait. Une population de gaillards où les rares femmes étaient objets de plaisir, une simple récompense distribuée par les célestes pour s'assurer loyauté et satisfaction. Une zone exiguë et densément peuplée aux ruelles teintées de sang, la mort visitant fidèlement cette partie de la ville à la nuit tombée. Les voleurs et les cartels faisaient loi, chacun devant se plier à la volonté du plus fort sous peine de se retrouver éviscéré en place publique. Un quartier humain comme les autres, laissé à l'abandon par les célestes, si tant est qu'aucun cadavre ne vienne rouler à leurs pieds. À contrario de sa populace, le quartier resplendissait, une merveille d'architecture et d'ingéniosité, essentiellement composé de hauts bâtiments accolés les uns aux autres, séparés par de petites ruelles. Pour pallier le manque de luminosité au sein de ce labyrinthe, un système ingénieux de plaques captait la lumière au sommet des bâtiments et la restituait partout où elle ne se faufilait pas. Au milieu de ce dédale, émergeaient ci et là, de petites places grouillantes de monde, lieux d'échange et de vie dans cet environnement étouffant. Nidum, digne représentant du premier royaume, resplendissant et terrifiant à la fois.

- J'espère que tu es certain de ton approche, ça ne va pas être une promenade de santé ton affaire.
- Écoute, tu restes la mieux placée pour savoir que ce n'est pas ma première danse, répondit-il dépité tout en la foudroyant du regard.
- Ah ! Voilà la zone de transit, lança-t-elle heureuse de pouvoir détourner la conversation. As-tu un plan pour gérer les gardes ?
- À vrai dire, j'espérais que Naïmah l'évocatrice de La Fierté puisse nous faire passer… Sinon j'improviserai.
- Sans mes papiers je ne vaux pas mieux que Joseph le céleste au rituel bâclé. Ce qui nous laisse donc avec tes talents d'improvisation, mais là… hésita-t-elle.
- Quoi, mais là ?
- De souvenir, la dernière fois que tu as improvisé tu as failli perdre la vie sous les coups d'un céleste et je m'en suis sortie de justesse, alors permets-moi d'émettre quelques réserves.
- Il y a plus d'un siècle de cela et tu es la première à avoir foncé tête baissée !
- C'était ton plan à la base ! rétorqua-t-elle irritée.
- Bordel de… Cinq minutes, cinq minutes et tu me stresses déjà !
- C'est moi qui te stresse ? On fonce droit dans la gueule du loup et je suis le centre de tes soucis ?
- Par le divin, Nève, contente-toi de te taire et épargne-moi tes remarques !
- À vos ordres, Sire céleste, conclut-elle d'un ton dédaigneux.

Tous deux approchèrent de leur destination dans un silence religieux, vexés, boudant comme un vieux couple après une dispute stupide. Ils pénétrèrent dans le bâtiment par la grande porte nord, l'endroit grouillait, les voyageurs se croisaient dans un flot continu et étouffant. La zone de transit, une structure vieille de plusieurs millénaires longue à en perdre son regard et à la voûte hors d'atteinte, une place centrale comptant six cent dix-neuf passages comme l'indiquait si fièrement une plaque à l'entrée, un condensé de magie liant la quasi-totalité du premier royaume, de Cor'vinus aux abords de la zone sauvage. Bien que l'endroit pullulât de gardes, tous les portails n'étaient pas surveillés, seulement ceux présentant un quelconque risque d'attaque ou de contrebande. Bien évidemment, un passage vers une ville neutre proche d'une zone de minage ne pouvait être laissé sans surveillance, Joseph approchant de son objectif compta quatre gardes. Moins de dix mètres les séparaient du portail, le plus proche des hommes en poste les interpella :

- Pardon, mais l'accès à ce portail est restreint, veui…
- J'improvise, lança-t-il à voix basse en direction de Naïmah.

Le céleste n'eut pas le temps de finir sa phrase, Joseph se rapprochait déjà en quelques vifs appuis. Une action qui prit le garde de court, celui-ci n'eut pas le temps de sortir sa lame de son fourreau, son assaillant avait déjà pénétré sa garde. Le poing massif de l'affranchi s'écrasa contre sa mâchoire, un bruit de dents qui claquent résonna. Nève, bien que surprise, suivit l'initiative de son compagnon, en une fraction de seconde elle se saisit de l'une de ses dagues qu'elle lança dans le torse d'un deuxième céleste. Le soldat profita de l'ouverture pour assener un puissant coup de pied, l'impact propulsa le pauvre homme qui s'écrasa lourdement contre le portail. Joseph, au cœur de l'action, ne vit que bien trop tard l'un des deux derniers gardes abattre son épée. Heureusement pour lui Nève fut prompte à réagir. Du bout de ses doigts, elle matérialisa un glyphe duquel jaillit un pic de glace qui vint se planter dans le flanc de sa cible protégeant ainsi in extremis son ami.

-     Portail ! hurla-t-elle tout en continuant son évocation.

Elle acheva le garde blessé d'un deuxième morceau de glace dans le crâne, il s'écroula sous les yeux des voyageurs stupéfaits. Joseph, libéré de ses assaillants, se rua vers le portail alors qu'un troisième pic de glace lui frôla le visage. Le dernier céleste encore debout dévia facilement le projectile avant de tenter une estocade. Le soldat évita l'attaque in extremis en se jetant assez maladroitement sur sa droite. En réponse, Nève mobilisa son énergie afin d'envoyer une salve de trois projectiles, un seul toucha. Le pic de glace finit sa course dans la gorge du dernier opposant qui s'écroula dans un gargarisme sanglant.

Bien que brève, leur joute attira l'attention, Joseph se dépêcha de rejoindre le portail. D'un rapide coup d'œil il isola la rune commandant l'ouverture, la nappe bleue se matérialisa. Nève fut la première à bondir dans le passage, suivie de près par son compagnon.

Chapitre 3-2 : Zéphès

À quelques milliers de kilomètres, dans une salle faiblement éclairée, deux individus émergèrent d'un portail sous les yeux étonnés de la dizaine de personnes présentes. Une jeune femme aux cheveux argentés appliqua sa main sur les pierres du portique et d'une simple onde de choc magique, elle referma le passage.

- On devrait être tranquille un moment, ou pas… dit-elle haletante en levant les yeux vers la bande dégainant lentement.
- Chopez-les ! beugla le plus robuste.

Au moment précis où le groupe commença à charger, Nève leva ses deux bras, une aura bleue se libéra de son corps migrant rapidement vers ses paumes, l'énergie agissant tel un liquide coulant le long d'une surface. Un gigantesque glyphe se matérialisa devant elle, l'énergie se condensa au centre de la forme mystique flottante. Ses yeux bleus imbibés de pouvoir perçaient la pénombre de la petite salle puis d'un mouvement vif elle plaqua ses mains contre le sol. Tout ce qui se trouvait devant elle se cristallisa instantanément. Joseph resta bouche bée devant la puissance de son amie.

- Tue-les, ordonna Naïmah fébrile.

Les pauvres bougres, changés en statues de glace, se retrouvèrent spectateurs de leur propre exécution, achevés sans concession par un bourreau méthodique. Un assassin méticuleux passant lentement de cible en cible, quelques secondes interminables avant la fin.

- Nève, comment te sens-tu ? Il nous faut partir au plus vite.
- Encore une seconde, j'ai du mal à tenir debout…
- D'accord, remets-toi. Je pars en éclaireur.

Joseph entrouvrit l'unique porte de la salle donnant sur un couloir désert qui confirma ses pensées, ils étaient sous terre. Il s'engagea alors prudemment dans le corridor, essayant de masquer le plus possible le bruit de ses pas. lorsqu'il arriva au pied d'un escalier, une voix de femme s'éleva :

- Je suis étonnée qu'aucun des gars ne soit encore remonté, lâcha-t-elle en se rapprochant.
- Mais qu'est-ce qu'ils foutent ? Va les chercher ! Qu'ils se bougent un peu ! ordonna une voix rauque.
- Tout de suite, chef.

Joseph, calme et impassible, rebroussa chemin.

- Alors ? questionna l'évocatrice.
- Tais-toi, quelqu'un arrive, je m'en occupe, chuchota le soldat tout en se plaçant derrière la porte.

Tout s'enchaîna très rapidement lorsque la femme pénétra dans la salle. D'un mouvement rapide et puissant, Joseph lui brisa la jambe tout en lui bloquant la bouche. Elle commença à se débattre cherchant à saisir ses armes, en réponse le soldat lui brisa la seconde jambe. Il accompagna ensuite sa chute de manière à pouvoir l'immobiliser puis, d'un petit coup de pied, il ferma la porte.

- Tiens-toi tranquille, coopère et tu vis, crie et tu meurs, tu vas répondre à mes questions bien gentiment. Je te laisse quelques secondes pour observer les cadavres aux alentours, as-tu saisi ? glissa-t-il paisiblement en laissant à sa victime le temps de pondérer la situation. Bien, tu vas doucement m'expliquer comment sortir d'ici sans être vu. Je vais relâcher mon emprise, fais très attention.

Joseph sortit doucement Grâce de son fourreau tout en maintenant son emprise avec son autre main.

- Je t'écoute, murmura-t-il en libérant son étreinte.
- À l'aide… tenta alors de hurler sa victime.
- Mauvaise réponse, s'attrista Joseph en lui remettant la main sur la bouche.
- Attends, je m'en occupe, interrompit Nève avant que son ami ne lui brise un autre membre. J'ai plus efficace.

La céleste posa délicatement sa main sur le bras de la femme, celle-ci commença lentement à se débattre. On pouvait lire l'incompréhension sur le visage de Joseph alors qu'une légère couche de glace se formait sur la peau de sa victime.

- Voilà ce qui va se passer, je vais geler un à un tous tes membres puis, si tu refuses de coopérer, je vais les briser. Nous t'écoutons, sourit-elle alors que la glace continuait de se répandre sur son bras.
- Arrêtez, arrêtez, pitié. Pitié !
- Parle, vite ! ordonna Joseph.
- Vous pouvez… Sortir facilement… En haut des escaliers à droite… La sortie. Si… Faites attention… Vous pouvez passer, répondit la femme à l'agonie.

- Merci et désolé, murmura-t-il avant de lui trancher la gorge.
- J'ai repris des forces, ça devrait aller. Quittons cet endroit.

Quelques instants plus tard, une porte en bois donnant sur une route en terre s'entrouvrit, un soldat à la carrure massive suivi d'une plus menue s'engagea sur le chemin du bourg. L'homme portait une belle armure de cuir et son barda de voyage, tandis que la jeune femme l'accompagnant avait passé un châle couvrant sa belle chevelure. Ils marchaient sur ce chemin de terre bordé de champs vides, aucune culture possible en cette saison, il faisait froid au sud du premier royaume. On ne voyait que des champs à perte de vue, un terrain sans aspérité aucune, lisse jusqu'à l'horizon. Une tour de pierre trônait au centre de la cité, un avantage stratégique considérable. Un phare en pleine terre comme certains s'amusaient à l'appeler, mais surtout une plateforme d'observation dotée de puissantes longues-vues permettant de scruter jusqu'à l'orée du bois nord. Zéphès, un petit bourg de contrebandiers, d'affranchis, d'explorateurs de terres sauvages, de mercenaires, une bourgade hétéroclite où se réfugiaient ceux qui ne trouvaient pas leur place au premier royaume. Autrement dit, une épine dans la botte des célestes, principalement pour la maison de La Compassion dont les zones minières étaient adjacentes et qui rêvait de voir la ville partir en fumée. L'une des raisons empêchant ses détracteurs de passer à l'acte se nommait Thiamel, prince autoproclamé de la zone, mais surtout archange suprême, l'un des premiers nés célestes. Une puissance telle que l'évocation de son nom suffisait à faire fuir une armée, un prestige et une force suffisante pour protéger quiconque se couvrait sous ses ailes. Zéphès, fief de l'archange suprême de La Passion, maintenant loin des jeux de pouvoir, retranché aux abords des terres sauvages pour y trouver un semblant de paix. Un enfant cher à mon cœur dont le destin sera bientôt connu de tous.

Après seulement quelques minutes de marche, nombre d'habitations vétustes commencèrent à fleurir sur les bas-côtés. Quelques humains vaquaient à leurs occupations, coupant du bois ou s'attelant à préparer le repas du soir, aucun ne sembla prêter attention à leur passage. Finalement, le chemin de terre finit par se transformer en route pavée, les habitations précaires en maison de pierre et l'architecture du premier royaume reprit le dessus. Au terme de leur marche, ils arrivèrent sur une grande place remplie de petits étals, la plupart comportant de la nourriture.

- Il se fait tard pour cette partie du royaume, le soleil ne va pas tarder à se coucher et nous ferions mieux de ne pas traîner dans cette ville. Achetons des chevaux, des vivres et partons.

Nève accompagna ses paroles d'un geste de la tête pointant un marchand remplissant les conditions nécessaires. Joseph acquiesça tranquillement avant d'entamer la conversation avec le vendeur :

- Je voudrais…
- Qu'est-ce qui vous faudra ? interrompit le tenancier.
- Deux semaines de nourriture, mettez-moi un tiers de légumes et donnez-moi le reste en viande séchée. Ah, ajoutez un peu de pain aussi.
- Vous comptez voyager ? Vous n'êtes pas du coin, seulement de passage ? demanda l'homme curieux tout en commençant à ranger consciencieusement la nourriture dans un sac en toile.

L'homme parlait vite avec un fort accent des terres reculées. Alors que Joseph ouvrait la bouche pour répondre, l'homme enchaîna machinalement sans prêter attention :

- Si vous sortez faites attention, paraîtrait que des saloperies rôdent, vous savez des bouffeurs d'hommes.
- Des charognards ? Ici ? s'interloqua Nève.
- Oui, même pas des foutaises, ils sont tous aux aguets. D'après les dires… Enfin vous savez avec l'expansion du royaume, on y croit, on n'y croit pas à ça, bah une cinquième porte se serait ouverte dans les terres sauvages plus au sud d'ici…
- C'est impossible, fabulations de paysans, répondit-elle au vendeur.
- Beh moi aussi j'y crois qu'à moitié, je dis ça pour faire la causette et être amical, ça aide à vendre qu'on m'a dit, faites gaffe c'est tout. Enfin bon, pour que ça fasse déplacer notre Sieur Thiamel et une bonne moitié de nos soldats doit bien y avoir quelque chose quand même, conclut-il le sac à la main déjà rempli depuis un certain temps.
- Merci pour les provisions, une dernière question, où puis-je trouver des chevaux ? demanda Joseph.
- Ça fera trois pièces d'or pour le barda. Pour les chevaux, vous sortez par le nord de la place et vous suivez la route, vous trouverez facilement ça sent le fumier jusqu'ici.
- Charmant, merci pour tout, termina Nève tandis que Joseph déposait quatre pièces sur l'étal. Tu y crois toi à ses inepties ? questionna la céleste tout en suivant machinalement les indications du marchand.
- Une cinquième grande porte ? J'espère surtout pour eux que ce n'est qu'une rumeur. Si elle n'est pas contrôlée,

le premier royaume va crouler sous les charognards et
ça, aucune maison ne le permettra. Ce qui signifie que
Zéphès va en subir les conséquences de plein fouet, soit
une destruction, soit une annexion.

- Les maisons de La Compassion et de La Rigueur vont
se battre pour en acquérir les droits. D'autant plus que
Thiamel a toujours défendu sa position vis-à-vis de
Zéphès et de son territoire, ça ne sent pas bon…

- Si ce qu'il dit est vrai. Pour le moment nous avons
d'autres priorités. Allons trouver cette écurie, lança
Joseph tout en tirant son amie qui allait marcher dans
un crottin.

- Merci. Ne crois-tu pas que l'on devrait en référer à nos
maisons respectives ?

- Je suis affranchi Nève, je ne rends de compte à
personne. De plus, ce ne sont que de simples ragots,
crier au loup sans preuve n'est pas la meilleure idée,
laisse le temps au temps, nous envisagerons une fois les
informations confirmées.

- D'accord, mais accélérons le pas, j'ai l'impression qu'il
y a de l'agitation sur la place, peut-être ont-ils
découvert notre petit cadeau au pied du portail,
chuchota-t-elle à son compagnon.

- J'aperçois l'écurie, dépêchons-nous.

Malgré la cadence rapide que s'imposait le duo, le
soleil disparaissait rapidement à l'horizon, emmenant la
plupart des activités de la ville. Le maquignon ne faisant
pas exception, ils arrivèrent à sa porte lorsque celui-ci
fermait devanture. Joseph bien décidé à quitter cet endroit
le plus tôt possible, interpella le marchand :

- S'il vous plaît, attendez, nous aurions besoin de deux
chevaux, le plus vite possible, demanda poliment le
soldat.

-   Désolé, les chevaux sont à l'écurie pour la nuit, avec ce froid vous savez, repassez demain plutôt.
-   Une barre de nilarium pour deux chevaux sellés dans les cinq minutes, insista-t-il en sortant l'objet précieux de son sac.
-   Quoi ? Comment ? Où vous avez... bégaya le vendeur avant de se mettre à gesticuler. BELANE ! PRÉPARE DÉMONE ET KERA DE SUITE ! ET AVEC UNE SELLE PARDI ! Les chevaux arrivent, cinq minutes, répondit-il en s'empressant de prendre la barre qu'il fourra dans sa poche.

Il jeta ensuite un regard chargé d'incompréhension à Joseph. Il choisit de rester silencieux avant de disparaître dans l'écurie pour prêter main-forte à la femme qui s'y trouvait. Nève en profita pour manifester son incrédulité :

-   Une barre de nilarium, tu n'es pas un peu fou ? demanda-t-elle à voix basse.
-   Écoute, on n'a pas le temps de tergiverser. On doit partir au plus vite, tu veux passer la nuit ici ?
-   Non, mais quand même... D'ailleurs, pourquoi as-tu une rune de téléportation dans ta bourse ?
-   Pas de question.
-   Et ce bout de papier ?
-   Nève, ta curiosité te perdra...

Ses yeux pétillaient, un regard chargé de curiosité malsaine, Joseph la connaissait, il savait qu'elle ne démordrait pas. Il décida alors de lui donner un os à ronger :

-   Ce sont les ordres de Thola pour Vanul, tu es contente ?
-   Pas vraiment, je m'attendais à plus... croustillant, répondit-elle narquoise.

- Nève, je croule sous une pluie de sentiments contradictoires à ton égard. Ton sourire me laisse toujours aussi rêveur, mais j'ai tout de même une envie incontrôlable de t'ouvrir le crâne à coups de pommeau.
- Mon beau Joseph, c'est la chose la plus romantique que tu ne m'aies jamais dite, si tu continues tu vas me faire rougir.
- Je te déteste.

Chapitre 3-3 : Vengeance

Quelques minutes plus tôt dans un bâtiment aux abords de Zéphès, un céleste responsable de la surveillance du portail de la ville s'impatiente. Derrière son bureau il fulmine et peste, jurant de faire payer à ses subordonnés leur manque de rigueur. Pris d'un élan de rage, il quitte finalement son bureau et s'engouffre alors dans l'escalier qui mène à la salle du passage vers Cor'vinus. Sa colère gronde, il pénètre dans la pièce telle une furie, prêt à en découdre avec ses hommes. Il se fige horrifié, un bain de sang. Le temps se suspend, son cœur cogne, une poignée de secondes puis la machine redémarre, il se rue dans le couloir, monte les marches trois par trois, il passe le corridor pour arriver haletant au pied du clocher, il attrape la corde au vol et de toutes ses forces, il donne l'alerte.

La cohue puis le calme, ses ordres sont passés, les soldats et les cavaliers quittent la bâtisse à la recherche d'informations. Une autre partie de ses hommes reste et fouille de fond en comble les lieux. Qui est responsable de ce massacre ? Sous leur propre toit et sans un bruit, pas un seul témoin. Il réfléchit, les hypothèses fusent dans sa tête, il vérifie le portail, il ne fonctionne plus. Pas de doute, des étrangers ont pénétré les lieux. Il crie, que tout le monde l'entende, il faut que l'information circule. Les battements de son cœur supplantent le tintamarre ambiant, il pose de nouveau son regard sur les cadavres l'entourant, merde, neuf hommes, ses hommes. Il se doit d'agir, le seigneur Thiamel lui fait confiance, il est inconcevable de le décevoir. Alors il saute sur un cheval et il galope en direction de la ville poussant sa monture dans ses retranchements. À peine a-t-il pénétré la place qu'un marchand un peu trop bavard entame la conversation. Il lui parle de mangeurs d'hommes, inintéressant, mais avant de reprendre sa route, le paysan mentionne que ses derniers clients, des étrangers, étaient eux un bien meilleur auditoire. Des étrangers ? Il se stoppe, les questions fusent, un soldat, grand, en armure de cuir, une belle femme portant un châle. L'écurie ! Il siffle, plusieurs de ses hommes lui tiennent maintenant compagnie, le sang va couler, œil pour œil, dent pour dent.

L'écurie se tient face à lui, il reconnaît le marchand et sa femme, pourquoi ont-ils deux chevaux harnachés à cette heure tardive ? Ils les voient, les étrangers, une armure de cuir et un châle, ils crient, ses soldats répondent à l'unisson. Ils chargent et dégainent leurs épées, le bruit assourdissant qu'ils provoquent alerte le duo, ils sautent sur leurs montures. Mais ils n'auront pas le temps de fuir, il le sait, il jubile, il arrive, il tend sa lame et tranche de toutes ses forces. Le sang gicle, la carotide du grand gaillard est touchée, il sourit. Ses hommes suivent son exemple, mais aucun d'entre eux ne réussit à toucher la femme, elle hurle pleine de désespoir. Elle crie son nom, lui ne répond pas, il glisse de son cheval dans une gerbe de sang, ses hurlements fendent le cœur. Ils sont sincères, chargés de colère et d'amour, une évocatrice disparaît, une déesse vengeresse naît. Mais ça, il ne l'a pas vu, l'extase est là, le sang chaud coulant sur le tranchant de sa lame, lui et ses hommes font demi-tour, prêts à mener le second assaut.

Un regard de haine, son animosité suinte, une énergie bleue s'échappe de son corps, elle se tient au milieu de la route protégeant son cadavre. Je doute, elle me fait peur, mes hommes crient et la chargent, je leur dis d'attendre, mais ils ne m'entendent pas. Je reste là figé, elle lève ses bras son aura illuminant la pénombre tombante, ses yeux, jamais je n'ai vu pareil regard. L'instant d'après, j'entends les chevaux hennir, les deux premiers cavaliers ainsi que leurs montures se sont empalés sur de la glace sortie du sol. Puis vient le tour du soldat suivant qu'elle désarçonne en le truffant de projectiles, je reste figé. Une déesse de sang, qu'ai-je fait ? Elle les fauche un à un, ils tombent sous ses attaques, vais-je mourir ? Je suis pétrifié, elle se rapproche, une douleur dans ma poitrine, son regard sombre, puissant, un goût de sang monte lentement dans ma bouche, je m'étouffe. J'ai froid, des larmes coulent le long de ses joues, des larmes coulent le long de mes joues, elle pleure sa mort, je pleure la mienne. Mon heure sonne…

Chapitre 3-4 : Deuil

Dans l'obscurité tombante chevauchait une femme au regard triste. Devant elle, au rythme du galop de son étalon noir, dansait le cadavre encore chaud de son ami. Il lui manquait déjà, les larmes coulaient le long de ses joues. Lancée à vive allure au milieu des champs nord de Zéphès, elle espérait trouver un endroit où s'abriter, la nuit se rapprochant à chaque foulée. L'absence de lune au premier royaume rendait le plan céleste plus sombre que le néant à la nuit tombée. Heureuse de sa nouvelle liberté, Démone lui offrait toute son énergie, mais Nève savait bien que la jument ne pourrait pas tenir ce rythme éternellement. Le temps filait et il devenait de plus en plus difficile de discerner la route, la cavalière se vit donc contrainte de réduire la cadence. À ce point de son échappée, la lumière était quasi inexistante et la température baissait drastiquement.

Naïmah continua sa route la nuit durant, frigorifiée et éreintée, elle finit par atteindre l'orée d'un bois. Elle dirigea prudemment sa monture hors du chemin avant de se faufiler entre les arbres. Elle s'arrêta au pied d'un énorme vèche, un type d'arbre proéminent au premier royaume assez proche du chêne dans sa couleur et dans la forme de ses feuilles. Épuisée, elle se laissa glisser de sa selle avant de s'affaler au pied du gros arbre, elle resta là, pensive. Ce n'était pas le premier compagnon qu'elle perdait, loin de là, mais Joseph occupait une place particulière dans son cœur. Abattue et toujours assise, elle entreprit de gratter le sol avec sa main gauche. Malgré sa lassitude, elle devait au moins faire l'effort de lui offrir une tombe décente. Elle gratta le sol gelé des heures durant, parfois à l'aide de sa dague souvent avec ses mains, son corps agissant instinctivement. Une fois le trou suffisamment profond, Nève y déposa doucement le corps de son ami qu'elle embrassa une dernière fois. Elle récupéra le catalyseur autour de son cou puis elle recouvrit son cadavre. En guise de pierre tombale, elle érigea Grâce, sa fierté. Pour épitaphe, "Joseph l'affranchi, soldat et ami fidèle", qu'elle grava à la dague dans l'écorce de l'arbre. La fatigue l'accablait, Naïmah regroupa les affaires de Joseph avant de s'allonger à côté de la tombe, le sommeil l'emporta dans la foulée.

Des hennissements paniqués, le bruit des sabots heurtant la terre, Nève se réveilla en sursaut son regard cherchant à isoler la menace. Dans son observation affolée, la céleste remarqua que Démone saignait, elle se rapprocha alors de sa monture afin de la calmer. Inutile, celle-ci ne voulait rien entendre, elle soupira devant son impuissance avant d'observer prudemment la patte ensanglantée de l'animal. Elle y distingua une morsure profonde et large ne ressemblant à aucun prédateur du premier royaume. Décidément le sort s'acharnait, son unique monture blessée et aucune trace de l'agresseur. Démone restait incontrôlable, impossible de soigner sa plaie, Nève décida de s'asseoir au pied de l'arbre au côté de son ami. Elle entreprit de fouiller dans les affaires de Joseph, elle examina rapidement la rune de téléportation, une simple pierre imbibée d'une magie d'ancrage. Elle s'intéressa ensuite à la lettre cachetée de Thola pour Vanul :

Autorisation de débloquer quatre-vingts barres, remise à unité sept, présence impérative. Vetel

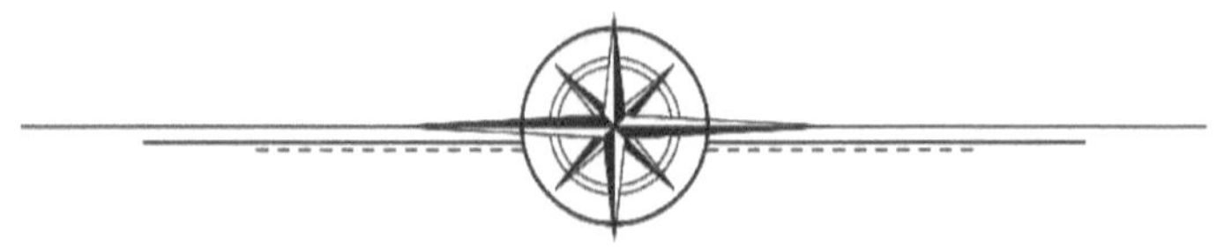

Quatre-vingts barres de nilarium, une sacrée somme, pas loin de soixante mille pièces d'or, que compte bien faire Thola avec tout cet argent ? Et pour qui ? L'unité sept ? Vetel ? Au moins sa présence impérative est une bonne nouvelle. Il ne me reste donc qu'à prendre la route pour Nelium, contacter Vanul et récupérer les barres à la place de Joseph, en espérant que lui sache à qui remettre le butin.

Pour le moment elle n'avait pas l'esprit à réfléchir plus en avant à la question, elle continua à fouiller dans ses affaires. Il restait une barre de nilarium et environ deux cents pièces d'or dans la bourse, des vêtements de rechange dans son balluchon ainsi que le sac de nourriture. Nève en profita pour se saisir d'un morceau de viande séchée qu'elle grignota difficilement, la jument finit par retrouver un semblant de calme, elle pourrait bientôt la soigner.

La jambe de Démone continuait de saigner, il fallait maintenant faire quelque chose avant que la situation ne s'aggrave. Nève se releva afin de se rapprocher de sa monture, elle lui posa la main sur la croupe qu'elle caressa affectueusement avant de lui susurrer des mots doux :

-   Chut, du calme ma belle, je vais devoir te faire un peu mal, je dois fermer ta plaie, sois forte.

Nève approcha sa main vers la blessure de sa monture, celle-ci se couvrit d'un léger halo bleu. La jument, surprise, se mit à hennir sous l'effet de l'ésotérisme de guérison qui provoquait une sensation désagréable et inhabituelle. La plaie se referma ne laissant aucune trace visible sur la peau. L'équidé n'opposa que peu de résistance lors de la procédure, Nève la félicita en lui donnant quelques légumes de ses provisions puis elle se rassit au pied de l'arbre.

-   Il est trop tard pour partir ma belle. Dors et repose-toi, nous repartirons demain à l'aube, je vais veiller à ta sécurité cette nuit.

La céleste se mit alors en quête de bois suffisamment sec pour faire un feu qui lui offrirait chaleur et réconfort. Elle rassembla les branchages nécessaires qu'elle disposa entre la tombe et la jument après s'être assurée que l'on ne pourrait la voir depuis la route. Pour l'allumer, elle fit une rapide évocation de la main, une petite flamme apparut sous le bois puis en quelques instants le tout s'embrasa. Elle passa un long moment le regard perdu dans les flammes, s'amusant à faire danser le feu à sa guise. La pyrotechnie, une forme d'ésotérisme qu'elle n'appréciait guère, trop volatile et imprévisible, les risques étant bien trop grand pour l'utilisateur. Elle soupira tout en continuant de s'amuser avec le brasier :

-   Tu sais, après toutes ces années à vivre servile, à se battre, trahir… Tuer aussi. On se dit que plus grand-chose n'a d'importance, à tort je suppose. J'ai passé presque un tiers de mes trois siècles de service à La

Grâce avec toi, avant que tu ne sois bougé à Cor'vinus. Des années passées à la solde de l'archange Medhan au pied de la grande porte, toi et moi, soldats infiltrés au service du régent local. De vrais enfoirés… Trahissant la confiance de nos semblables à tour de bras, parfois après plusieurs années à leurs côtés. Contrebandes, vols, rebelles, nous avons participé à plus de vingt missions ensemble, toutes avec brio. À terme, nous avons trahi plus d'humains que le diable lui-même, souvent de pauvres débiles à la solde d'un céleste avide et cupide, ils ont tous fini pendus ou éviscérés. *Ils ont choisi le mauvais camp Nève, ce n'est pas de notre faute*, c'est ce que tu me répétais quand je doutais. Je ne suis même pas sûre que tu croyais à tes propres mots, à vrai dire je m'en fichais. Nous avions un but, l'intronisation et rien ni personne ne nous empêcherait de l'atteindre, quelque part nous y sommes arrivés… Puis vint le temps de la séparation, notre dernière mission côte à côte, tu es passé à deux doigts de la mort en affrontant un céleste corrompu. Plusieurs d'entre nous périrent ce jour-là, notre nombre diminua drastiquement, une mission réussie, mais un cuisant échec pour notre unité. Alors Medhan nous offrit à tous une arme, symbole de notre dévotion et de nos compétences puis il nous dispersa. Il t'a envoyé à Cor'vinus, je fus la seule de l'unité à rester et l'on me confia la charge de former notre relève. Les mois, les années passèrent… Je t'ai revu à de rares occasions, mais le temps nous change, plus qu'un ami, tu étais un frère pour moi. Une famille dans ce monde vide d'éthique, mais ça, tu ne le comprends pas ? J'ai l'impression que tu n'es pas vraiment là pour discuter. Jamais je ne t'aurais trahi, ni pour La Fierté, ni pour Vehkiel, il te suffisait de disparaître à la fin de ta mission, de trouver une solution pour ton intronisation.

Son monologue fut subitement interrompu par Démone qui se mit à hennir tirant au renard.

-   Que t'arrive-t-il ma belle ? Oh, doucement. Calme-toi, tenta-t-elle vainement en se rapprochant de sa monture.

Apeurée, elle se débattait de toutes ses forces, sa bride finit par céder et la jument fila à toute allure dans la forêt. Nève, d'abord surprise, comprit la raison de son agitation, une multitude de petits yeux rouges la fixait tout en se rapprochant prudemment. Il était trop tard pour fuir, d'un bond elle se jeta au pied de l'arbre puis elle empoigna Grâce d'une main et son épée courte de l'autre.

Chapitre 3-5 : Survie

Elle se tenait au pied de l'arbre, ses deux armes en main, prête à réagir au moindre mouvement de l'ennemi. En soldat aguerri, elle expira bruyamment, un exercice de maîtrise du souffle lui permettant de contrôler son rythme cardiaque. Un esprit clair étant sa seule chance de survivre à un assaut défavorable. Les prédateurs patientaient, immobiles, peut-être avaient-ils peur d'elle. Soudain, une idée traversa son esprit. L'évocatrice planta ses épées devant elle et d'une rapide évocation elle manipula le feu. Elle l'étira en une bande de plusieurs mètres, un mur de flammes sommaire, mais fonctionnel. La pénombre l'entourant s'éclaircit finalement, les créatures reculèrent, perturbées par l'imposant brasier, mais à son grand malheur elles n'abandonnèrent pas. Le feu ne fit que retarder l'inéluctable. Patientes, elles contournèrent la menace afin de mener leur attaque sur un autre flanc.

Un hurlement provenant de sa droite, Nève récupéra ses armes plantées dans le sol meuble. Du coin de l'œil, elle discerna son assaillant, une créature pâle se déplaçant à quatre pattes fondait rapidement sur elle. Par réflexe, la céleste plongea sur le flanc droit de la créature qu'elle attaqua avec ses deux lames, coupant net la mâchoire supérieure du monstre alors que plusieurs charognards en profitaient déjà pour la charger. D'un coup d'œil elle isola la nouvelle menace, elle comprit rapidement qu'elle ne pourrait pas contenir cet assaut avec de l'acier. Elle rabattit ses lames d'un coup de poignet laissant ainsi ses doigts libres, de l'énergie bleue courut le long de ses bras puis d'un mouvement de la main droite elle déforma les flammes afin d'engloutir un premier charognard. Dans le même temps, un pic de glace jaillit de sa main gauche, l'évocation termina sa course dans l'épaule d'une autre bête. L'attaque fut insuffisante pour en venir à bout, d'un nouveau coup de poignet Nève retourna ses lames pour tenter d'achever son ennemi avant que ses ardeurs ne reviennent.

Elle fut interrompue dans sa course par deux nouveaux charognards qui surgirent de derrière le vèche. D'un appui puissant de la jambe gauche, la céleste modifia sa direction de façon à faire front, reprenant ainsi l'avantage. Elle abattit successivement ses deux lames sur le premier, celui-ci périt sur le coup. Le second, bien plus rapide, ne lui laissa aucune marge de manœuvre, il lui sauta au visage et Nève dût se résoudre à bloquer l'assaut avec son avant-bras. Les crocs du charognard se plantèrent profondément dans sa chair, elle hurla, un cri qui galvanisa la bête qui se mit à tirer de toutes ses forces. Poussée par son instinct de survie la céleste éluda la douleur et, dans un élan de rage, elle planta son épée courte dans la nuque de son assaillant. La vie quitta la créature qui s'écroula de tout son long, ses dents maintenant figées dans son avant-bras.

Dans l'urgence, Nève laissa son épée dans le corps inerte de la bête puis, utilisant sa main libre, elle entreprit de se défaire de l'entrave. Au prix d'une bataille contre la souffrance, elle finit par se libérer, son sang coulait abondamment. À peine eut-elle le temps de se réjouir qu'une créature lui attrapât le mollet avant de la faire chavirer violemment. Elle fut sonnée lorsque sa tête heurta le sol, la vue trouble, les oreilles bourdonnantes, elle ne sentait que la pression de la mâchoire sur sa jambe. Dans un réflexe, elle estoqua dans la direction supposée de son assaillant. Par providence son attaque porta, mais l'emprise ne faiblit pas pour autant. Dans un ultime recours, elle poussa sa lame, du sang s'infiltra dans sa botte suivi de gémissements plaintifs avant de sentir la mâchoire se desserrer dans un ultime râle. Elle tâtonna, sa tête tournait toujours, le choc ainsi que la perte de sang accentaient ses vertiges. Il lui fallait fuir avant qu'un nouvel assaut ne survienne…

Grâce en main, elle mobilisa ses forces pour retrouver ses appuis, sa jambe droite et son bras gauche saignaient abondamment. Elle se rendit rapidement compte de son erreur lorsqu'elle posa son pied, une pointe de douleur lui fit reposer le genou à terre. Face à elle, une multitude de perles rouges l'observait prudemment. Elle sourit pendant un court instant puis elle hurla :

-    Alors ! Venez me chercher ! Venez saloperies !

Alors que tout semblait perdu, les charognards lui faisant front se ruèrent dans la direction d'un hennissement lointain d'une jument à l'agonie. À bout de forces, Nève attrapa son balluchon avant de se mettre à tituber dans la direction inverse. À tâtons dans cette forêt maudite où gisait son ami, elle fuyait espérant que le festin qu'offrait sa monture serait suffisant pour couvrir sa retraite. Elle boitait lourdement, mobilisant le reste de ses forces dans ce froid mordant l'accablant. Son espoir fut de courte duré, des créatures la poursuivaient, deux peut-être trois, elle savait qu'ils gagnaient du terrain, ils ne pouvaient s'empêcher d'émettre des râles. Elle s'adossa à un arbre un peu plus gros que les autres tout en lâchant son balluchon à ses pieds, ses assaillants se rapprochaient.

L'évocatrice haletante joignit ses deux mains contre la garde de son arme, elle y transféra son énergie qui se diffusa le long de la lame. Une à une les runes recouvrant

Grâce s'illuminèrent créant un faible halo bleu. Une fois l'épée de Joseph imprégnée, elle l'embrasa d'une simple impulsion créant un magnifique tourbillon de flammes bleues dansant avec ses mouvements. Une étoile perdue dans la nuit, une faible lueur lui offrant un regain de courage dans cette situation désespérée.

Elle patientait au pied de cet arbre, seule face au bruit inquiétant des râles trahissant leur présence. Impassibles prédateurs, ils guettaient le moment opportun, le moment où sa vigilance baisserait. Ce statu quo insoutenable semblait s'éterniser, la pression sur ses tympans s'intensifiant à chaque battement de son cœur. Une agitation s'éleva non loin de son campement, le feu répandu plus tôt avait sûrement attiré l'attention de ses éventuels poursuivants. Son visage s'illumina, une idée, elle devait saisir cette opportunité, d'une seconde impulsion elle éteignit les flammes entourant sa lame espérant se faire oublier de tous. Une cohue lointaine débuta, les cris des célestes ainsi que les râles des charognards s'entremêlèrent. Le bruit se réverbérait dans cette immense forêt, elle finit par ne plus discerner si des charognards l'entouraient encore dans ce chaos. L'espace d'un instant, elle pensa à lui, à ce qu'il aurait fait, elle improvisa. Nève siffla de toutes ses forces dans la direction de ses poursuivants, une action hasardeuse à double tranchant. Le résultat ne se fit pas attendre, des cliquetis de cottes de mailles s'élevèrent, certains d'entre eux étaient bien plus proches qu'elle ne l'imaginait. Elle attendit impassible, suppliant à qui voulait bien l'entendre :

- Allez, retournez-vous, attaquez-les par surprise, murmura-t-elle les lèvres pincées.

L'évocatrice discerna finalement une lumière vacillante entre les arbres, deux hommes tenant chacun une torche et une épée. Elle sourit, l'un des charognards venait de saisir un garde à la gorge, elle ramassa aussitôt ses affaires avant de s'enfuir dans la direction opposée. Amoindrie par ses blessures, elle se retrouva rapidement essoufflée, le sang qu'elle perdait à un rythme alarmant continuait d'aggraver sa situation. Elle se devait d'aller au bout de son effort, pousser son corps dans ses derniers retranchements. Focaliser sur sa survie, elle ne comprit que tardivement que plus aucun danger ne la guettait. Elle était de nouveau seule dans cette forêt immense et sombre.

Une marche interminable dans le froid de la nuit, Nève découvrit finalement un petit renfoncement rocheux perdu au milieu de la mer d'arbre. Le destin lui souriant enfin elle y trouva un petit baraquement en bois servant de poste avancé pour les chasseurs de la région. La céleste pénétra dans le bâtiment sans demander son reste, l'endroit bien que poussiéreux était plus accueillant que le sol humide et froid de la forêt. Elle jeta ses affaires sur le lit avant de retirer lentement son gilet, la tâche se révéla douloureuse, le tissu s'étant figé dans sa plaie. Elle enleva ensuite ses bottes et son pantalon, le cuir ayant joué son rôle, son mollet semblait en meilleur état que son bras, même si les canines avaient pénétré profondément dans le muscle. Assise sur le bord du lit Nève expira avant de fermer ses yeux, un instant de répit. Elle déposa ses mains sur ses genoux, paumes vers le ciel, son esprit se focalisant exclusivement sur la douleur. De l'énergie bleue émana de ses plaies, distordant la chair, refermant ses blessures et lissant la peau après réparation. Malgré son faible niveau en magie curative, il ne lui fallut que quelques minutes pour soigner tous ses maux, un autre bénéfice de l'ésotérisme céleste. Soulagée, elle remit promptement ses vêtements, le froid commençant à l'étreindre puis elle profita de cet instant de répit pour se sustenter. Fatiguée, elle barricada sommairement la petite cabane avant de s'effondrer dans le petit lit en bois.

- Plus que quelques mètres mon vieux, accroche-toi ! rassura un homme.

Nève se réveilla en sursaut, quelqu'un approchait, elle se saisit rapidement de Grâce puis elle se colla à l'une des ouvertures de la pièce pour observer la menace. Deux soldats, en piteux état, l'un des deux boitait et son collègue n'avait d'autre choix que de l'assister pour qu'ils puissent avancer. Elle ne distingua aucun signe distinctif, elle avait probablement affaire à des hommes de Zéphès envoyés à ses trousses, elle pesta, aucun répit ne semblait lui être accordé.

- Allonge-toi ici. Je vais jeter un coup d'œil à la cabane… lança-t-il à son camarade en se dirigeant vers la structure en bois. C'est bloqué, fait chier ! Je la défonce.

Le soldat enfonça la porte d'un puissant coup de pied puis, sans se méfier, il pénétra dans le baraquement. À peine eut-il franchi le seuil que le fil d'une épée vint lui chatouiller la gorge et sans dire un mot, son assaillant tira son arme de son fourreau avant de la lancer à l'autre bout de la pièce.

- Doucement, nullement besoin que notre rencontre finisse en effusion de sang. J'ai eu ma dose pour un moment, alors tu vas gentiment avancer de quelques pas, que nous puissions discuter.

- Bien sûr, aucun souci, balbutia respectueusement le gaillard.
- D'où viens-tu et que fais-tu ici ?
- Dumail ! Que fais-tu ? lança le soldat blessé, toujours allongé contre son caillou.
- Réponds-lui, ordonna Nève agitant la pointe de son épée.
- Euh, attends… J'arrive.
- Réponds-moi maintenant, pressa la guerrière.
- On vient de Zéphès à la poursuite d'une femme. Mais nous avons été attaqués… Par des charognards. Ils nous ont submergés, attirés par les flammes sûrement…
- Je connais la suite, voilà le marché. Je vous laisse en vie toi et ton copain, je m'en vais loin de cet enfer. Tente quoi que ce soit pour m'arrêter et je t'éviscère sur place. Compris ?
- Oui, oui.
- Vous avez des vivres ?
- Rien du tout.
- Je vous laisse de quoi tenir deux jours.

La céleste renversa une partie de son sac de nourriture puis elle attrapa le reste de ses affaires avant de quitter la cabane surprenant au passage le soldat blessé attendant à l'extérieur. Ses poursuivants hors d'état de nuire, il lui fallait continuer sa route vers Nelium et surtout quitter la forêt au plus vite. À présent sans monture, il lui faudrait bien deux semaines pour rejoindre son objectif.

Commandement VII - XXVII - Humain - appropriation

- Un humain est défini comme "sain" si sa récupération intervient dans un délai éludant tout risque de corruption et si la procédure de dépistage se révèle négative.
- Si ces deux critères ne sont pas respectés, l'humain devra impérativement être purgé.
- Un humain "sain" peut faire l'objet d'une appropriation.
- Un humain "sain" devient la propriété immédiate de la maison en charge de sa récupération.
- L'humain "sain" devient alors objet de commerce à part entière et entre dans le capital de ladite maison.
- Un humain "sain" du type mâle doit être stérilisé dans les jours suivant sa récupération.
- L'humain "sain" mâle doit ensuite être tatoué selon les règles en vigueur.
- Le tatouage est la preuve de la conformité de la procédure.
- Un humain "sain" doit impérativement recevoir un certificat de traçabilité dès sa première mise en circulation.
- Il est strictement interdit de vendre ou d'acheter un humain sans certificat conforme.
- Tout détenteur ne pouvant présenter un certificat dans les délais appropriés se verra retirer la détention de l'humain et devra s'acquitter d'une amende définie par la législation en place. *Confère Commandement VII - XXXV.*
- Le certificat inscrit automatiquement l'humain "sain" au registre global.

Chapitre 4-1 : Une nouvelle porte

À l'extrême Sud du premier royaume entre le territoire de La Compassion et de La Rigueur, loin dans les terres sauvages, un détachement de Zéphès s'apprêtait à franchir la nouvelle porte vers le second royaume.

- Seigneur céleste.
- Je t'écoute, répondit Thiamel d'un ton détaché.
- La porte est effectivement là, à quelques centaines de mètres de la fin des terres. La zone pullule de charognards, nos pertes sont minimes, mais nos blessés sont nombreux. Nos deux éclaireurs ayant franchi la porte ne sont pas revenus, il s'agissait pourtant de Sire Meltas et d'un officier, deux excellents bretteurs. Nous attendons vos ordres.
- Regrouper les blessés, je vais m'en occuper personnellement. Prépare les vivres et les troupes afin que nous puissions traverser le portail.
- Traverser le portail Seigneur céleste ?
- Ce territoire est sous ma responsabilité. Il nous faut sécuriser l'accès au plus vite et restreindre la menace. Où en sont les courriers ?
- Le messager vient de partir pour Zéphès à cheval.
- Bien.

Le soldat inclina respectueusement le buste avant de se diriger vers le centre du camp. Le premier né l'observa s'éloigner puis d'un coup sec il récupéra sa hallebarde plantée dans le sol, une arme gigantesque de trois mètres de long entièrement composée de nilarium, un ouvrage ancestral fabuleux à la hauteur de son porteur, l'archange suprême Thiamel. Une carrure massive touchant les cieux, un guerrier accompli portant fièrement une armure lourde d'un métal inconnu sur laquelle trônaient encore les armoiries de La Passion. Un ensemble de couleurs blanc et or, des bottes jusqu'aux renforts sur ses épaules, à cela s'ajoutait une massive couronne de nilarium dominant son cuir chevelu. Un céleste premier né dont peu égalaient la puissance au sein du premier royaume, un nom faisant toujours trembler les murs de la tour du pouvoir de Cor'vinus. Thiamel, l'archange suprême de la foudre, ancien régent du premier royaume maintenant retiré des jeux de pouvoir.

Le premier né traversa son campement sous les saluts respectueux de ses soldats, puis il se présenta devant son archiatre affairé à soigner les blessés.

- Tu peux disposer. Je prends la suite, prépare ton départ. Nous quittons les lieux sous peu.
- À vos ordres, Seigneur céleste.

L'imposant archange se posta devant ses soldats, toujours impassible, il déploya lentement de magnifiques ailes bleues composées d'énergie pure, symbole de sa puissance. D'un mouvement de bras, il libéra une multitude de petites lueurs virevoltantes qu'il commanda du bout des doigts. La manifestation de sa volonté qu'il dirigea au travers de ses soldats, guérissant chacun de leurs maux. Les blessures se refermèrent, les contusions disparurent, les infirmes se relevèrent oubliant jusqu'à la moindre séquelle, une magie d'une puissance extraordinaire qu'il venait d'exécuter d'un simple revers de la main. L'instant suivant son évocation se dissipa au gré du vent, Thiamel toujours impassible faisait face à ses hommes en pleine possession de leurs moyens.

- Debout soldats, nous levons le camp d'ici quelques minutes. Aucun retard ne sera toléré.
- À vos ordres, Seigneur céleste, répondit le plus proche des hommes intimidés par son bienfaiteur.
- Dorne ! commanda l'archange en direction d'un homme à l'uniforme distinctif. Tu prends le commandement, j'ouvre la voie. Dirige les hommes jusqu'à la porte et assure-toi que tout le monde y parviennent. Je vais dégager la route.
- Seigneur céleste. Vous avez entendu le commandant ! On se bouge allez ! hurla-t-il aussi fort que possible.

Thiamel quitta calmement son camp en direction du portail, échauffant ses épaules avant l'action. Cela faisait bien longtemps qu'il n'avait pas tué de charognards, un ou deux millénaires à vrai dire, j'espérais que cette joute réveillerait sa fougue d'antan. Des années hors des jeux de pouvoir avaient peut-être eu raison de ses talents.

Il arpentait le terrain hostile et sinueux des terres sauvages, une vaste plaine austère composée de roches saillantes, un endroit parfait pour les souillés. Ils l'épiaient, il le savait, cachés dans les crevasses, attendant leur moment, observant le campement. Des charognards, des mangeurs de carcasses, toujours à l'affût et guettant la moindre faiblesse, il soupira lorsqu'il comprit qu'ils ne se montreraient pas.

L'archange s'arrêta à mi-parcours, il décolla sa hallebarde avant de la faire virevolter au-dessus de sa tête. En simultanée avec son action ses ailes se déployèrent de nouveau, son corps tout entier ruisselait d'énergie, il dirigea sa volonté au travers de son bras vers son arme. Les runes incrustées le long de la hampe s'illuminèrent, une boule d'énergie se forma à la base puis, d'un coup violent, il enfonça la pointe dans le sol. Un écho sourd se répandit, la terre trembla, une explosion spectaculaire dévasta alors le terrain alentour.

- Il n'y a plus aucune crevasse où se cacher. Venez m'affronter maintenant, si vous êtes encore vivants, déclara tranquillement le suprême tout en se plaçant en posture offensive.

Thiamel observait au milieu du nuage de poussière provoqué par son évocation puis, d'un vif mouvement de hallebarde combiné à sa magie, il dispersa cette gêne. Une onde de choc repoussa les retombées sur des dizaines de mètres à la ronde. Il repéra les premiers mangeurs de chair, certains semblaient sonnés, d'autres apeurés, il s'élança alors couvrant la distance les séparant d'une seule foulée. Il abattit sa hallebarde, transperçant sa première victime avec une facilité déconcertante. Il libéra son arme plantée dans le sol d'une rotation de poignet brisant la roche alentour, le cadavre empalé se détacha avant de s'écraser dans une gerbe de sang. En un instant, il dénicha une nouvelle cible au milieu du terrain ravagé, un bond, un pivot, il balaya tout ce qui l'entourait d'un ample mouvement de hallebarde. Plusieurs membres volèrent dans une pluie de sang. Il répéta l'opération, inlassable destructeur, la puissance d'un premier né se rapprochant de son objectif sans la moindre hésitation. La présence souillée se renforça, il jubilait, trop de temps s'était écoulé depuis sa dernière joute, le goût du sang lui manquait, il trancha, fracassa, déchaîna son pouvoir. Considérant qu'il en avait fait assez, il mit fin à son massacre laissant les carcasses de dizaines de charognards teinter la roche de sang. Son visage retrouva rapidement sa monotonie habituelle, il s'arrêta au pied de la nouvelle porte. Son attention se porta sur la faille vers le second royaume, un portail naturel permettant de naviguer entre les plans, une émanation d'énergie immuable indépendante de la volonté céleste.

Contrôler un passage vers les terres désolées offrait un pouvoir économique fort car au sein du second royaume se trouvait la marchandise première, les humains. Une industrie perpétuelle presque aussi vieille que le monde et nécessaire à la survie du plan céleste. Un marché apportant pouvoir et richesse, une activité qui a porté la maison de La Fierté jusqu'à la régence du premier royaume depuis leur conquête de la seconde porte de La Grâce il y a trois siècles de cela. Deux failles pour une maison, la sécurité de contrôler la quasi-totalité des imports d'esclaves, la sûreté de s'élever au-dessus des autres. Seule la maison de La Compassion restait un contre-pouvoir suffisant, une puissance économique minière, une activité florissante et sans concurrence. Mais l'ouverture d'une nouvelle porte aux abords de son territoire couplé à son activité minière intensive, voilà un événement qui remettrait en cause l'ordre établi au premier royaume. La création d'une nouvelle superpuissance jouant sur deux terrains financiers juteux donnerait à La Compassion le pouvoir de conquérir et de déclencher une nouvelle période d'instabilité. J'espère que ce sacrifice portera ses fruits…

- Seigneur céleste, les hommes sont prêts. Nous attendons vos ordres, annonça Dorne à son commandant.
- Très bien, je pars sécuriser la zone. Rejoignez-moi dans quelques minutes.
- À vos ordres, Seigneur céleste.

Non loin de la fin des terres siégeait la cinquième porte du premier royaume, une faille, une déchirure de l'espace menant à un autre plan. Thiamel s'engagea dans le passage connaissant d'expérience ce que l'autre côté lui réservait. Il émergea au milieu d'un épais brouillard noir, seuls des râles lointains indiquaient la présence d'une menace éventuelle. Il se retourna tentant de distinguer une quelconque sortie, aucun portail, un aller simple, voilà la raison du non-retour de ses hommes.

- Meltas ! cria-t-il espérant une réponse de son officier, rien ne lui parvint. Il y a de fortes chances qu'il ait succombé, estima l'archange. Quelle tristesse de perdre de si bons soldats.

L'imposant premier né observait les alentours, son regard tentant de percer la masse opaque qui l'empêchait de discerner les environs. Subitement, sa poitrine se bloqua, il se mit à haleter, ses poumons le brûlaient, un vertige puissant commença à lui faire perdre pied.

- La fumée… Mes hommes… Ils ne doivent pas me rejoindre.

L'archange fébrile mobilisa son énergie et, d'un coup sec sur le sol, il propagea une onde de choc qui repoussa le voile noir dans son sillon. Thiamel enfonça alors son arme dans la roche avant d'y transférer le reste de sa volonté. Un imposant glyphe bleu perça la pierre, l'énergie convergeant de sa hallebarde vers les extrémités du symbole magique puis du bord de l'évocation s'éleva un dôme protecteur. Thiamel s'agenouilla sachant qu'il était maintenant hors de danger.

- Seigneur Thiamel, entama respectueusement une voix familière se rapprochant.
- Meltas ? haleta l'archange les yeux brouillés par la fumée.

- Elle veut vous voir.

Sans hésitation aucune, l'officier plongea sa lame dans le flanc de l'archange. Thiamel leva les yeux incrédules, un échange de regards, un contraste de couleurs, d'un côté le suprême aux yeux bleus et de l'autre, le premier souillé aux pupilles rouge éclatant.

Chapitre 4-2 : Souillure

Loin dans le deuxième royaume, à des centaines de kilomètres du plus proche céleste, deux démons traînaient derrière eux l'archange de la foudre.

- Il n'a pas repris connaissance, tu es sûr de ne pas l'avoir tué ?
- Fais-moi confiance, j'ai servi suffisamment longtemps sous ses ordres pour savoir qu'il a la peau dure. Sois heureux qu'il reste évanoui si tu tiens un tant soit peu à ta vie.
- Je sais, mais… Mais la souillure, elle ne semble pas l'atteindre.
- Souillure, que tu es négatif. Vois cela comme un don, une élévation, le cadeau de notre créateur, nous sommes promis à de grandes choses Vehel, crois-moi.
- Et la faim ? Mon esprit est troublé, violent, j'ai faim, de viande, de chair, répondit-il inquiet.
- Je suppose que c'est le prix à payer… Contrôle-toi et arrête de geindre deux minutes… Bien, posons-le ici, aide-moi à le monter.

Les deux anciens célestes déposèrent Thiamel sur une pierre taillée au milieu d'une plaine rocailleuse, loin du brouillard et du lieu d'arrivée de l'archange.

- Vous pouvez disposer mes enfants. Surveillez l'arrivée de vos frères et sœurs.

J'attendis que ces deux soldats s'exécutent et qu'ils aient quitté notre lieu de retrouvailles puis, après avoir pris le temps de contempler mon enfant, je m'adressai à lui :

- Thiamel, mon fils, l'un de mes premiers nés, l'une de mes plus belles créations.

Ma main informe caressa tendrement son visage. Quelle tristesse de ne plus avoir la force de le serrer dans mes bras, l'ouverture de cette nouvelle porte m'ayant affaibli un peu plus encore.

- Mon champion, futur Némésis des royaumes, réveille-toi.

Mon essence plongea au travers de son armure jusqu'à saisir son cœur. Il hurla, un cri perçant les nuages, son être, sa volonté, son âme se déchira, l'archange mourut de mes mains pour renaître souillé, mon premier démon suprême. D'un baiser distillant ma volonté au cœur de son esprit, je lui susurrai :

- Mon fils, écoute-moi. Répands le chaos, répands la souillure, les célestes sont faibles, rends-les forts. Entoure-toi et grandis, élève-toi, démon suprême, souverain ! La guerre approche, les portes du troisième royaume s'ouvriront, sois prêt, rends-moi fière. Je suis ta volonté, tu es mon bras armé. Ma voix, ma voix doit rester secrète, tue-les, fais taire leurs âmes, Meltas, Vehel.

Doucement, au gré du vent, mon essence se dissipa ne laissant aucune trace de mon passage, seuls mes mots résonnant sans cesse dans la tête de Thiamel. Un brasier se raviva en son cœur, empli de rage, de conviction et de volonté, une destinée divine lui étant accordée.

- Réveille-toi…

Allongé sur sa pierre, il souriait, jubilant devant son avenir, ses yeux rouges fixant le ciel gris et morne du second royaume, son royaume.

Au milieu des plaines désolées et rocailleuses, un homme imposant évoluait, déterminé et motivé par sa nouvelle mission, rejoignant son lieu de départ pour accomplir la volonté de sa créatrice, sa mère.

- Seigneur Thiamel, vos troupes sont installées dans le dôme que vous avez créé, nous sommes prêt à agir dès que vous en donnez l'ordre.
- Meltas, Vehel, vous m'avez servi avec dévotion, je vous en suis reconnaissant. Soyez sûrs que votre sacrifice ne sera pas vain, dit-il en avançant vers ses soldats.
- Pardon Seigneur, je ne comprends p…

Le suprême, impassible, saisit ses deux soldats par la tête puis il les décolla du sol sans la moindre peine. Un voile d'énergie noire entoura ses mains, un éclair, une décharge liquéfia la boîte crânienne de ses subordonnés. Il relâcha finalement leurs corps sans vie, un triste sort pour deux valeureux soldats, un dommage collatéral nécessaire. Déterminé, il reprit sa marche en direction du dôme où le reste de ses hommes s'affairait.

- Seigneur Thiamel ! Seigneur… s'interrompit Dorme lorsqu'il croisa le regard de son commandant. Seigneur, que vous arrive-t-il ? questionna l'officier tout en avançant lentement sa main vers sa garde. Seigneur répondez-moi ! Arrêtez-vous !

- S'il te plaît Dorne, ne te mets pas en travers de mon chemin. Il me faut récupérer mon arme, répondit calmement le démon suprême.
- Soldat, en formation ! Protégez le dôme ! Notre commandant...

Thiamel s'élança vers son officier qu'il frappa en plein torse, l'impact projeta le céleste hors de la protection laissant le reste de ses hommes abasourdis. Profitant de l'effet de surprise, il se rua vers sa hallebarde qu'il retira du sol, mettant un terme immédiat à son évocation. Il se mit alors en position défensive attendant que le brouillard reprenne petit à petit son dû.

- Tout sera bientôt fini, nullement besoin d'effusion de sang.
- Seigneur ! Pourquoi, questionna un soldat dubitatif.
- Un peu de patience, inspirez profondément, rejoignez-moi.

Le brouillard reprit lentement sa place et les célestes commencèrent à suffoquer. Thiamel s'exclama avec une grandiloquence théâtrale :

- Rejoignez-moi ! Ensemble nous accomplirons sa volonté, ma mission, la création d'une nouvelle ère, d'une véritable armée de guerriers. Vous, mes soldats, le renouveau céleste, dans un royaume loin des jeux de pouvoir, porté par la guerre, pour la guerre, une raison de persister, d'exister...
- Sire... Aidez... Nous, supplia l'un des derniers soldats en train de sombrer lentement.
- Patience mes enfants, acceptez la corruption, acceptez votre destinée.

Seul au milieu de ses soldats inertes, Thiamel souriait, attendant le moment, la renaissance de ses hommes et la genèse de son armée. Il se dirigea alors vers les corps de Meltas et Vehel, un instant il déplora leur perte avant de saisir leurs cadavres. Des gémissements, des râles s'élevèrent lentement du brouillard, la souillure faisant son effet, il jeta alors ses deux victimes au milieu.

- Mangez mes enfants ! Notre route sera longue jusqu'à notre première destination, la porte de La Passion. La viande fraîche est chose rare dans ces terres.
- Que… Nous as… tu fais ? demanda fébrile une nouvelle souillée.
- Je vous ai libéré des affres de la conscience et du joug céleste, maintenant mange mon enfant, répondit Thiamel en lui souriant.

La jeune démone hésita un instant avant de succomber à sa pulsion, elle se jeta sur le cadavre, plantant ses dents dans la chair avec envie. Son initiative mit fin à la prudence de ses camarades et, en quelques instants, les deux corps furent ensevelis. D'anciens célestes mordant, arrachant la chair avec vigueur, ne laissant aucune place au gâchis, un spectacle lugubre. Une représentation macabre devant laquelle le premier démon suprême arbora un sourire malsain.

- Mes enfants ! Votre destin vous attend ! Attrapez vos armes et levons le camp ! Une longue route nous attend…

Commandement VII - I - Humain - définition

- Est considérée comme humaine toute âme transitant du troisième royaume vers le second.
- Par définition, un humain ne possède aucun pouvoir divin.
- Par définition, un humain est systématiquement inférieur à tout divin.
- Un humain peut être homme ou femme.
- Un humain dispose d'un panel de couleurs, de tailles, de poids et d'attributs multiples.
- Aucun de ses attributs ne peut changer sa condition première d'humain.
- Par définition, un humain n'a aucun droit.
- Par définition, un humain est une marchandise.
- Par définition, un humain est impur.

Chapitre 5-1 : Rencontre

Aux abords du bois entre Zéphès et Nelium, une troupe se réchauffait au coin d'un feu sur lequel mijotait une petite marmite, un bouillon improvisé de légumes et de gibier.

- Et donc tu nous viens d'où jolie frimousse ? C'est bien gentil de partager notre feu et de nous remercier, mais ça ne nous en dit pas un broc sur ce que tu faisais seule dans cette forêt. Venant de la direction de l'incendie, couverte de sang, ça en soulève des questions. Tu n'es pas un officiel de La Compassion ou un truc du genre hein ? Sinon on te fourgue à becter aux saloperies dans les bois, tu m'entends !
- Til'ian ! Bordel qu'est-ce que tu peux être lourd. Boucle-la un peu et laisse-lui le temps de finir son bouillon, elle est frigorifiée, rétorqua la seule femme du groupe.
- Écoute, c'est pas parce que t'as le feu aux fesses et que tu aimes fourrer ta langue dans tous les cuissots que ça doit nous empêcher d'être prudents. Jolie frimousse certes, mais une saloperie de céleste tout de même.
- Til'ian ! fulmina-t-elle.
- Je comprends, bredouilla l'évocatrice.
- Ah bah voilà qu'elle cause de nouveau ! Par la sainte Fierté, on lui a rendu sa langue ! On peut avoir un prénom au moins ?
- Nève.
- Nève de La ? continua-t-il.
- Simplement Nève.
- Ça sonne surtout pas céleste ! Tu te foutrais pas de ma gueule par hasard ? Nève, on dirait le prénom d'une

catin de Cor'vinus tout juste bonne à se faire troncher dans un bordel par un garde à la queue lubrique !

- Sainte mère ! Tu vas la boucler oui ! hurla Vanille tout en lui lançant son reste de bouillon à la figure.
- Tu vas pas monter sur tes grands chevaux alors qu'elle nous baratine ! Je vais pas te rappeler que notre corps de métier n'est pas des plus légaux ! On est quatre, elle est seule, on la saigne ! s'énerva-t-il accompagnant son discours d'amples mouvements de bras.
- Je n'ai rien contre vous, je ne suis pas de Nelium, soupira Naïmah. J'ai simplement une affaire personnelle à régler en ville, mais si ma présence vous gêne je peux partir… Quant aux menaces, avec toute la politesse du monde, je te suggère de te les carrer là où je pense. Ta gorge ruissellera avant que tu ne puisses saisir ta lame…
- Elle nous cherche là ! beugla l'homme de petite taille en se mettant debout.
- Bordel Til'ian ! Je t'entends aboyer à deux cents mètres ! Ferme-la ! lança un homme sortant des fourrés et bouclant son pantalon. Et rassis-toi ! Sainte mère, la forêt ne te réussit jamais. Nève, si je ne m'abuse ?
- C'est cela, à qui ai-je l'honneur ? demanda-t-elle poliment.
- Caviln ou Calv, je gère le commerce et la petite troupe de joyeux lurons. Le petit énervé, c'est Til'ian ou Til pour les intimes.

L'intéressé cracha à l'entente de son surnom, mais le meneur n'en tint pas compte. Il enchaîna les présentations tout en pointant du doigt chaque personne.

- Vanille, aussi charmante que plaisante, et le gars dans l'arbre qui observe derrière toi, c'est Boln, un personnage timide, mais adorable. Un verre ?

- Volontiers, répondit-elle.
- Alors Nève, raconte-nous ce qu'il s'est passé, dit-il en la servant. La nuit vient tout juste de tomber et je suis d'attaque pour une bonne histoire, pas vous ?
- Va chier, grommela Til.
- Et toi ma douce ?
- Je vais pisser, l'autre débile me répugne.
- Aaaaah, une soirée dans la joie et la bonne humeur, je t'écoute. Que fait une jeune femme seule dans cette forêt ?
- J'ai perdu mon compagnon de voyage il y a peu… Un vieil ami, expliqua-t-elle la mine basse.
- Je suis navré de l'entendre. Comment est-il mort si je puis me le permettre ? demanda Calv avec le ton de circonstance.
- Tué par un charognard, nous avons été attaqués durant notre sommeil, révéla Nève en scrutant l'assemblée. Vous ne semblez pas surpris ?
- On traverse cette forêt deux à trois fois par mois, autant te dire que les rencontres farfelues ça nous connaît. On a croisé notre premier charognard il y a deux semaines de cela, Boln l'a dégommé avant qu'il ne puisse bouger. C'est le Seigneur Thiamel qui a personnellement examiné la dépouille quand on l'a ramené à Zéphès. D'ailleurs, ton ami, était-il céleste lui aussi ?
- Oui, un nouvel intronisé.
- Comment un bouffeur d'homme a pu venir à bout de deux célestes aussi facilement ? demanda Til'ian d'un ton dédaigneux.
- Un ? Si seulement…
- Combien qu'il y en avait alors ? Deux, trois ?
- Une dizaine je dirais, je ne sais plus. Il y en avait de toutes parts, j'ai dû leur barrer la route avec du feu pour espérer survivre.

- Comment se nommait ton compagnon ? lança Calv tout en remplissant les verres des personnes attroupées autour du feu.
- Joseph.
- Et bien trinquons ! À Joseph ! Qu'il soit en paix !
- À Joseph, répondirent-ils en chœur.

Un instant de silence, Nève profita du moment d'accalmie et de son regain de vitalité pour observer un peu plus en détail les membres de la troupe. Son regard se porta d'abord sur le jeune Caviln, jeune seulement d'apparence, comme tous les habitants du premier royaume il ne vieillissait pas. Elle en déduisit que sa première mort avait dû survenir autour de ses vingt ans. Séduisant, attirant, deux adjectifs qui pouvaient le décrire à merveille. Sa barbe naissante et ses magnifiques yeux verts lui donnaient les attraits d'un bourreau des cœurs. L'éloquence, le physique, le charme, toutes ces qualités qui faisaient tant défaut à Til'ian, une grosse barbe, une mine renfrognée et des rides prononcées. Un homme charpenté et bourru qui semblait habitué aux travaux manuels, probablement un paysan recyclé dans la contrebande, en tout cas la carrure d'un homme d'action, ça, on ne pouvait lui ôter. Un physique au diapason de son langage brusque venant des terres paysannes reculées, un personnage certes vulgaire et au sang chaud, mais un homme honnête doublé d'un ami fidèle. Un raclement de gorge provenant d'un arbre lui rappela qu'un quatrième membre composait la troupe, difficile de le discerner dans le noir. Cependant, l'arbalète massive qu'il tenait sur ses genoux trahissait sa présence, la lumière provoquée par le feu se reflétant sur les parties métalliques de l'arme de trait. Celle-ci allait de pair avec son porteur, un homme grand et muni d'une musculature conséquente. La pénombre l'empêchant de discerner plus distinctement l'arbalétrier, elle se pencha sur Vanille qui réapparaissait finalement de derrière les fourrés. Des cheveux châtains et légèrement bouclés entourant un visage insipide, sans maquillage, sans apparat, presque triste. Pourtant Naïmah ne pouvait s'empêcher de lui trouver un certain charme, quelque chose dans son regard, dans sa façon d'être et de se mouvoir. Vanille se rassit finalement autour du feu, attrapant au vol le verre que tenait Calv avant de le vider d'un trait.

- Eh beh, vous causez pas des masses. Plus funeste qu'un banquet céleste !
- Vanille, tu prends le premier tour de garde avec Boln. Les charognards commencent à se rassembler, cela n'augure rien de bon, ordonna Calv à ses compagnons.
- Sérieusement ? râla la femme aux cheveux châtains. Je suis crevée ! Boln peut bien se débrouiller seul !
- Très bien, aucun souci, tu prends le second tour avec le grincheux de service alors, rétorqua-t-il avec un large sourire.
- Hors de question que je veille avec la peste ! Je préfère encore qu'une de ces saloperies me becte les entrailles ! bougonna-t-il en crachant par terre.
- Je prends le premier tour de garde ! Je peux au moins faire cela pour vous remercier, interrompit Naïmah avec l'espoir de mettre fin à cette querelle puérile.
- Très bien, si tu es sûre de toi. Je te laisse la bouteille, l'alcool adoucit les peines, conclut le charismatique meneur.
- Merci. Il est agréable de voir qu'il reste un peu de bonté au premier royaume.

Une nuit froide et sombre, un feu oscillant lentement, parfois au gré du vent, souvent plié par la volonté de la céleste assise au milieu du campement. Boln, toujours perché sur son arbre restait silencieux, peut-être dormait-il, peu lui importait. Un moment de paix, de répit, son esprit évoluant entre les souvenirs, effleurant Grâce du bout des doigts espérant y sentir l'empreinte de son propriétaire. L'odeur du vieux vin l'accompagnant dans son vagabondage, le goût âpre irritant sa gorge puis vint le fond de la bouteille. Une contrariété de plus, la maudite traversa le campement avant de finir dans les bois. La femme aux cheveux d'argent plongea alors son regard dans le ciel noir du premier royaume, une vision morne.

Les étoiles me manquent, tout autant que la lune ou encore l'océan, pourquoi fallait-il que la vie après la mort soit si triste ? Où se trouve mon utopie, ce rêve blanc, ma place auprès des saints ? Tant de mensonges me furent racontés de mon vivant, si seulement je pouvais les confronter, leur expliquer qu'ils pourriront en enfer, dévorés jusqu'à la moelle des os par ceux qui furent jadis leurs aïeux. Que les heureux qui en réchappent finissent asservis, paysans, bonnes de maison, putains, mineurs, soldats. Esclaves de maîtres belliqueux ne voyant en l'humain qu'un primate docile que l'on peut balayer d'un revers de la main. Un ustensile polyvalent et remplaçable, manipulable, malléable, bercé par le rêve d'appartenance, l'envie de rejoindre la caste dominante, l'oligarchie céleste. Une porte de sortie de la taille d'un grain de sable, mais un espoir suffisant pour beaucoup, liquéfiant la cohésion humaine au profit de l'ascension personnelle. Honte sur nous de nous laisser manipuler par si faible stratagème et honte sur moi d'en être le produit pur. Et pour cela, je les ferai payer.

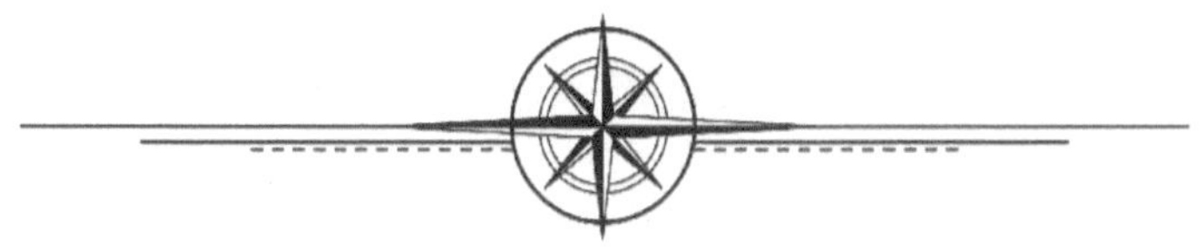

- Tiens, coupa une voix rauque s'asseyant à côté de la céleste.

Nève pencha doucement la tête pour se retrouver nez à nez avec une bouteille de spiritueux.

- Merci, répondit-elle hésitante à l'arbalétrier s'asseyant à ses côtés. Tes yeux, tu es un oculus ?
- Je n'aime pas ce nom.
- Tu permets que je les observe d'un peu plus près ? Vous êtes si peu nombreux maintenant, depuis la destruction de la maison de La Foi.
- Je t'en prie.

Nève approcha doucement ses doigts de son visage, elle pouvait sentir l'énergie vibrer à son approche. Deux perles bleues dans la nuit, sans iris, sans cristallin, seulement deux voiles opaques lui offrant une acuité visuelle sans pareille, une connexion directe de la magie au cerveau. Un art minutieux qui fut pratiqué par une poignée de premiers nés, un don provoquant une dégénérescence mentale plus ou moins rapide en correspondance avec la faculté de l'hôte et du pratiquant. Boln l'oculus, le vestige d'un autre temps et d'un savoir-faire disparu.

- Ils sont magnifiques, marmonna la céleste envoûtée par la beauté de l'ouvrage.
- Quelqu'un approche. Un soldat effrayé et blessé. À peu près deux cents mètres dans la direction de Zéphès.

- Es-tu certain ? De quoi a-t-il l'air ?
- Je le vois comme je te vois. Un charognard… Non, deux sont à sa poursuite, dit-il serein en se relevant. Reste ici.
- Hors de question ! Je t'accompagne !
- Sortie du camp, tu ne distingueras même plus tes pieds. Tu ne m'es d'aucune utilité.

Boln empoigna son imposante arbalète avant de disparaître rapidement entre les arbres, laissant Nève le regard plongé dans l'obscurité. Un silence pesant, seulement perturbé par les ronflements de Til'ian. Un premier râle lointain se fit entendre, suivi de près par le cri terrifié d'un homme. Un claquement de corde résonna, de nouveau le silence, un instant de battement qui s'étira, aucun cri, aucun râle, aucun tir. Naïmah s'impatientait, elle saisit finalement Grâce avant de s'engager dans la forêt.

- Inutile, il est trop tard pour le soldat. Tu peux faire demi-tour, lança Boln à la céleste tout en la stoppant d'une main dissuasive.
- Et les charognards ?
- J'en ai abattu un, mais l'autre a finalement attrapé sa cible avant de s'enfuir dans les fourrés. Ne t'inquiète pas, retournons près du feu. Une bouteille nous attend toujours.
- Ton sang-froid ainsi que ton flegme naturel m'intriguent Sire oculus. J'aimerais connaître l'histoire qui t'a forgé.
- Peut-être un jour, le jour où ton propre récit ne sera plus un tissu de mensonges.

Chapitre 5-2 : Toute vie a une fin

Accroupies derrière un rocher, deux silhouettes observaient leur proie gratter la terre à la recherche de nourriture.

- Prête ?
- À ton signal.
- Trois, deux, un, feu !

Nève émergea la première, main tendue, elle projeta un long et fin pic de glace qui transperça le flanc du suidé puis, d'un geste vif de la main, elle déforma son évocation pour lier l'animal au sol l'empêchant ainsi de s'échapper. Une cible facile, arbalète sur l'épaule, le tir de Boln fit mouche, la bête s'écroula un carreau logé dans l'œil gauche.

- Ton habileté à l'arbalète m'exaspère un peu plus chaque jour.
- Est-ce un compliment ou de la jalousie chère Nève ?
- Un peu des deux mais je me rassure en me disant que je reste la plus jolie de nous deux.
- Tant d'arrogance et d'insolence, la parfaite candidate céleste ! s'exclama l'oculus.
- Que tu peux être bête, répondit-elle en rigolant. Dépêchons-nous de ramener la prise avant que la nuit ne tombe, les autres nous attendent.

Le soleil disparaissait déjà à l'horizon et les deux acolytes durent presser le pas, arpentant la plaine pour retourner le plus rapidement au campement établi non loin de la route menant à Nelium.

-   Ah parfait, vous revoilà ! lança Calv sur un ton enjoué tout en finissant de disposer quelques branches. Nève, peux-tu…

L'évocatrice embrassa le bois d'un rapide mouvement de la main.

-   Ah ! Si seulement notre grincheux de service pouvait être aussi efficace.
-   Si t'es pas content t'as qu'à bouffer tes godasses ! pesta-t-il le nez dans le sac à provisions.
-   Ah pitié, ne va pas nous le mettre de mauvaise humeur ! jappa la seconde femme du groupe vagabondant un peu plus loin.
-   Trêve de plaisanteries ! Vanille, Til, préparez les rations pour les deux prochains jours voulez-vous, ordonna le meneur heureux de son quolibet.
-   Tu as parlé de poste de garde ce matin ? questionna Nève.
-   Oui, nous sommes aux abords du territoire de La Compassion. Demain, nous passerons près de la zone minière sud, j'ai un ami de longue date en poste. Il nous fournira les papiers nécessaires qui nous permettront d'atteindre Nelium. Malgré l'embargo qui trône sur Zéphès, les échanges de courtoisie existent toujours pour notre plus grand bonheur.
-   Je suppose que ton ami ne donne pas dans la charité ?
-   Cent pièces d'or par tête.
-   Ma présence ne lui posera aucun souci ? s'inquiéta-t-elle.
-   J'en fais mon affaire, je t'ai promis de te conduire à Nelium et je le ferai. Deux jours et ta patience sera récompensée, se gargarisa l'apollon.

- Je ne te remercierai jamais assez, j'ai une lourde dette envers toi.
- Tâche de ne pas l'oublier, rigola-t-il.

Le reste de la soirée suivit son cours, après un repas copieux ils rirent autour d'un verre, se remémorant, comptant de vieilles histoires, parfois drôles, parfois héroïques, mais toujours agréables. Un instant simple et plaisant que Nève appréciait, elle avait su trouver sa place dans cette troupe hétéroclite, un environnement chaleureux où chacun faisait fi de son passé, ancienne prostituée, fugitif, oculus, bandit, tout cela n'avait aucune importance. Seul le moment comptait, un instant d'allégresse, insouciant, qui malheureusement touchait doucement à sa fin.

Ils levèrent le camp aux premiers rayons du soleil espérant atteindre la zone minière en début d'après-midi. Une matinée douce dans les plaines de La Compassion, de vastes étendues verdoyantes à perte de vue et pour chemin, un simple sentier de terre tracé par le va-et-vient des contrebandiers. Une zone sauvage pullulant de petits mammifères et de gros gibiers, un vaste terrain propice à l'expansion du premier royaume.

- Raaahhhhh !
- Qu'est-ce que t'as à beugler encore ! lança sèchement Til à Vanille.
- J'en ai marre ! Je veux retrouver la civilisation ! Je veux prendre un bain ! Je veux…
- Je veux que tu la fermes oui ! coupa le courtaud.
- Calvvvvv ! Til'ian est encore méchant avec moi ! gémit-elle.
- Je t'interdis de rigoler ! Ni même de sourire ! se dépita le meneur pris à partie par sa collaboratrice.

- Je suis désolée, compatit Nève ne pouvant s'empêcher de s'amuser de la situation.
- Bienvenue dans mon quotidien. Caviln, contrebandier et nourrice à ses heures perdues, pour te servir. Heureusement qu'il me reste l'autre grand dadais. Boln ? Tu vois quelque chose ?
- Je ne suis pas sûr. Mais j'ai l'impression qu'il y a un barrage à environ deux kilomètres devant nous.
- T'es sûr que tu débloques pas ? Ils ont aucune raison de faire ça, objecta Til'ian.
- Effectivement, rapprochons-nous pour nous assurer de tes dires. Prends les devants, ordonna Calv.

Le groupe continua son avancée sur le petit sentier traversant la plaine, cinq silhouettes perdues dans les hautes herbes vacillant au gré du vent. Ils se stoppèrent à l'orée de la route contournant la carrière, cachés dans les derniers fourrés présents.

- Trois gardes devant une barricade, expliqua l'oculus.
- Taïm est dans le lot ? questionna Calv.
- Je ne pense pas. Ils agissent bizarrement.
- Comment ça ?
- Ils ont l'air nerveux.
- Nerveux à propos de quoi ? Crache le morceau de dieu ! pesta Til.
- J'ai une acuité accrue ! Je ne suis pas devin ! rétorqua Boln énervé.
- Euh, les gars ! Je pense que vous devriez mettre vos mains en évidence, bredouilla Vanille.
- Pourqu… Oh… s'étonna Calv avant de doucement lever ses bras à son tour.

Cinq soldats les encerclaient, couverts de la tête aux pieds d'herbes et de feuilles, un camouflage sommaire qui pourtant avait suffi à les prendre au piège. L'un des gardes posa la pointe de son épée contre le flanc du meneur afin d'inciter le groupe à se mettre en marche vers le poste de garde.

- Caviln et sa troupe, je présume. Il y a un membre de trop à ce que l'on dirait, ma foi il va falloir rajouter une corde à la potence, plaisanta le garde à la tête du détachement.
- Je souhaiterais m'entretenir avec votre commandant, Taïm, je suis un ami de longue date, s'exclama Calv espérant que l'évocation de son nom suffirait à calmer les ardeurs des gardes de La Compassion.
- Ne t'en fais pas, je vous emmène le rejoindre. Les contrebandiers et les traîtres finissent au même endroit, la fosse commune ! se moqua l'un des hommes fier de sa répartie. Arrêtez-vous là et prenez leurs armes !
- Calv ? murmura Vanille à son compagnon.

Le chef pondéra la situation, cinq gardes les entouraient et deux autres observaient méticuleusement la scène à plusieurs dizaines de mètres en amont. Il savait pertinemment qu'ils n'en ressortiraient pas indemnes, mais les options manquaient. Les célestes de La Compassion n'étaient pas réputés pour leur humour, une potence attendait patiemment leur arrivée. Son visage se tordait à mesure que les scénarios défilaient dans sa tête jusqu'à sa dernière expression, la colère. Caviln envoya un rapide coup d'épaule à l'un des gardes puis il dégaina son épée, grossière erreur, il n'avait pas l'avantage.

Une traînée de sang, son bras virevolta un instant sous ses yeux, devant la surprise, il resta aphone. Nève profita de l'ouverture créée pour se lancer et planter l'une de ses dagues dans la gorge d'un garde. Elle tourna ensuite autour de sa victime tout en dégainant Grâce pour se retrouver face à la lame d'un second adversaire. Par réflexe, elle se jeta à genoux esquivant ainsi l'attaque qui lui frôla le crâne puis, d'un geste vif, elle trancha sa jambe. Un cri d'agonie perça la cacophonie ambiante, Vanille offrait son dernier soupir alors qu'une lame transperçait sa poitrine de part en part. La scène se déroula sous les yeux de Caviln toujours hagard au milieu de la bataille. Un hurlement de haine, Til'ian retira sa lame du torse de l'assassin de Vanille qu'il venait de prendre par surprise. Il fulminait face à l'inéluctable mort de son amie, ses yeux criaient vengeance. Il se rua alors vers le dernier assaillant encore debout, enjambant Boln luttant avec un homme de La Compassion. Nève, finalement défaite de ses deux adversaires, débuta elle aussi sa course vers le dernier céleste, lacérant au passage le dos du garde aux prises avec l'oculus. Elle fut trop lente, les viscères du barbu se répandirent à la suite d'un coup meurtrier de son adversaire. Comprenant qu'elle ne pouvait plus rien pour lui, elle se stoppa asseyant ses appuis puis elle provoqua son adversaire.

- Tu viens de faire une terrible erreur !

Le garde répondit positivement à l'invitation, il engagea la céleste avec une taille qu'elle para avec force pour le déstabiliser. Elle contre-attaqua ensuite avec une estocade, sa lame traversa le torse du céleste et dans son dernier instant elle lui murmura :

- Va au diable !

Boln avait retrouvé ses appuis après s'être débarrassé du cadavre du garde. Il dégaina alors son arbalète afin de tirer sur l'un des deux célestes arrivant de la barricade, mais sa cible dévia le carreau avec facilité. Nève, en pleine course, comprit rapidement que son ami était en danger et qu'elle ne pourrait pas intervenir à temps. Elle lui hurla de reculer, mais il n'entendit pas. Elle intercepta in extremis l'attaque visant son compagnon, une ouverture que le second garde utilisa à son avantage en entaillant profondément la jambe de la céleste. Dans un premier temps hagard, Boln se ressaisit lorsqu'il vit son amie s'effondrer. Pris de rage, il plaqua le garde en face de lui, déstabilisant au passage le second. Voyant les deux hommes chuter juste devant elle, Nève libéra son énergie qui se condensa dans sa main, celle-ci se teinta d'une magnifique couleur bleue avant de s'embraser. Elle planta aussitôt ses doigts dans le visage du céleste qui se mit à hurler. Ses paupières brûlaient, ses yeux, son nez, sa peau crépitaient sous l'effet de la chaleur, il était hors d'état de nuire. Le dernier assaillant, finalement rétabli, profita de son avantage pour transpercer le flanc de l'oculus. Dans une tentative désespérée de le sauver, l'évocatrice leva son bras chargé d'énergie, propulsant un pic de glace dans le crâne de l'ultime opposant. Haletante, elle fit fi de sa propre douleur dans l'espoir de le sauver, sa propre jambe saignant abondamment.

- Boln, tiens bon ! Par pitié ! Je retire la lame ! prévint-elle se voulant rassurante. Bordel, bordel…

Du sang, énormément de sang, elle s'essuya le visage se couvrant alors d'un masque rouge. Les yeux fermés, elle dirigea son énergie vers ses mains qu'elle apposa sur la blessure de Boln. Elle se concentra, regroupant le reste de sa volonté dans un but précis, sauver sa vie. Bien que dans un état second, elle réussit son entreprise, la plaie se referma. La vue trouble et le souffle court, elle s'imposa un dernier effort posant sa main sur sa plaie, elle se concentra une ultime fois avant de sombrer inconsciente sur le torse de l'oculus.

- Joseph… Laisse-moi, marmonna-t-elle en essayant de se redresser.
- Doucement Nève, tu as perdu beaucoup de sang. Voilà, recouche-toi, conseilla Boln à sa protégée accompagnant ses paroles d'une main bienveillante qu'il lui posa sur l'épaule.
- Tu penses qu'elle va s'en sortir ? Elle est livide.
- Tu n'as pas meilleure mine. Comment va ton bras ?
- Je sens encore mes doigts, je peux les bouger comme si… Comme si…
- Arrête d'y penser, tu es vivant c'est le principal. Tout le monde n'a pas eu cette chance.
- C'est ma faute… Je suis naïf, stupide, un raté, ils sont morts par ma faute, répondit Caviln.
- Personne ne te tient pour responsable. C'est la dure loi du premier royaume et de chaque vie, tout le monde meurt. Tu finiras par t'habituer, crois-moi.
- Tu n'es pas vraiment doué pour réconforter les gens.
- J'en suis conscient… Tu as réfléchi à la suite ?
- On retourne à Zéphès pour devenir paysan.
- Sérieusement.
- Je suis sérieux, je viens de perdre mon bras droit, deux amis. Nous sommes recherchés probablement dans toute la région, incluant Nelium. C'est la fin du commerce, la fin de l'aventure. Il est temps de réfléchir à une alternative, chasseur, paysan, tavernier, qu'est-ce que j'en sais.
- Et ta promesse de me conduire à Nelium ? interrogea Nève dans un état second.
- Une promesse venant d'un homme entier, pas d'un éclopé qui ne peut plus se déshabiller.
- Je finirai la route seule alors.

- Pas seule, je t'accompagne, décida l'oculus.
- Merci, mais… Es-tu sûr de faire le bon choix ? Notre escarmouche prouve que le reste du trajet risque de ne pas être plaisant.
- Cela va peut-être te paraître vieux jeu, voire stupide. Mais j'ai un principe assez simple. Ne laisse pas tomber la personne à qui tu dois la vie.
- Pourtant j'ai échoué…
- Par le divin ! Prends ça et mange ! Profites-en pour te taire par la même occasion. Si nous sommes en vie c'est grâce à toi, rétorqua l'oculus agacé tenant un morceau de viande entre les doigts.
- Je sais… Seulement, Caviln, je suis désolée. Pour Vanille, pour Til, je sais à quel point ils comptaient pour toi. Je n'ai pas su les protéger.
- Boln a raison, nous te devons la vie alors arrête-toi là. Je vais te conduire à Nelium, nous… Je te dois bien cela. Je sais comment pénétrer dans la ville, j'ai quelques amis.
- Merci.
- Ce n'est peut-être pas le moment opportun, mais pourquoi tiens-tu autant à rejoindre Nelium ? questionna le mutilé.
- J'ai promis, je veux juste qu'il ne soit pas mort en vain.
- Toujours des mensonges, avec certes une part de vérité, mais tu caches toujours tes vraies intentions, dénota Boln fixant avec insistance la céleste.
- Je… Les choses sont compliquées. Elles vous dépassent.
- Il est vrai que les petites gens, les esclaves comme nous qui risquons notre vie pour te conduire à Nelium ne méritons ni confiance, ni honnêteté, insista Caviln.

Ils n'eurent pour réponse qu'un regard vide accompagné d'un long soupir.

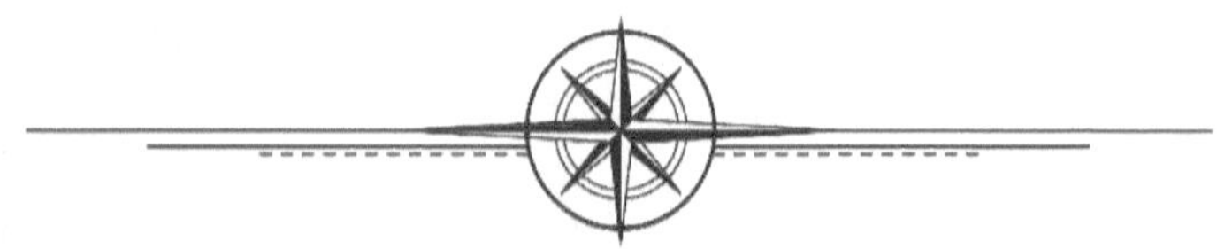

Restreindre la vérité ne ferait que m'isoler du groupe, me mettre en danger et compromettre ma mission. Je dois atteindre Thola, l'éliminer, pour La Fierté, pour moi, l'enjeu est bien au-dessus de deux contrebandiers des terres sauvages. Quel mal pourraient-ils faire ? Je dois leur dire et puis ce sont deux habitués de Nelium peut-être pourront-ils me guider jusqu'à Vanul. Cela me permettrait de rester la plus discrète possible et ainsi augmenter mes chances de succès.

La céleste quitta finalement ses pensées puis, sur un ton coupable et gêné, elle coupa court au silence.

- Je suis désolée de vous avoir menti, mais la raison de ma venue ne doit pas s'ébruiter, ni mes affiliations d'ailleurs. Je suis chargée de trouver un certain Vanul, il doit me remettre une somme d'argent qu'il me faut transférer à une unité. J'ignore qui exactement, probablement des mercenaires ou des hommes de main.
- Vanul ? Le receleur ? interrogea Calv montrant de fait qu'il le connaissait.
- Aucune idée, je ne l'ai jamais rencontré.
- Qui t'a chargé de retrouver ce Vanul ? questionna Boln dont les doutes transpiraient déjà.

- Un archange de La Compassion, l'ancien régent de la zone minière Est.
- Thola ? s'étonna l'arbalétrier.
- Exactement.

Le visage de l'oculus s'obscurcit lorsqu'elle confirma ses affiliations, Caviln reprit aussitôt :

- Il n'y a pas trente-six Vanul à Nelium. Seulement le receleur d'Eden, un sacré salopard plein aux as, il gère le plus gros de la contrebande naviguant dans la région.
- Eden, c'est la demeure où je dois le retrouver. Je ne pensais pas avoir affaire à une figure publique.

Calv esquissa un large sourire malicieux, elle comprit qu'elle était loin de la vérité. Il continua sur un ton paternaliste et légèrement hautain :

- Ce type a la mainmise sur tout Nelium, gardes, officiels, ouvriers. Qui plus est, l'homme reste difficile à approcher, j'espère que tu as un plan.
- Pas vraiment, je suis un peu prise de court. J'imaginais quelqu'un de plus discret.
- La discrétion n'a jamais fait partie de ses attributions. Il est apparu un beau jour, un humain richement habillé, achetant et rinçant tous les officiels à sa portée. Quelques mois seulement, c'est le temps qu'il lui a fallu pour contrôler la région et le tout avec les fonds d'un archange, audacieux.
- Pourquoi dois-tu transférer cet argent à des mercenaires ? Quelle utilité peut avoir Thola de ces hommes ? interrogea l'oculus sortant finalement de son mutisme.

- Je ne sais pas vraiment, je pense qu'il prépare un putsch ou quelque chose dans le genre. L'histoire prouve qu'il a toujours convoité la place de son frère.
- Je comprends mieux maintenant, merci de ta sincérité. J'espère que ma présence ne posera aucun souci.
- Non, pas le moindre. J'ai besoin de toi… De vous.
- J'ai quelques contacts qui pourront être utiles pour pénétrer dans la cité et joindre Vanul. Je te l'ai promis, confirma Calv fier de sa propre vaillance.
- Merci à vous deux, donnez-moi un instant pour me remettre.

Nève ferma lentement les yeux, commandant sa volonté afin de soigner sa blessure. Celle-ci ne saignait plus, mais semblait infectée, elle toucha sa cuisse du bout des doigts pour s'en assurer, du pus suinta légèrement. Elle inspira profondément, une émanation bleue se forma, travaillant la chair, purifiant la plaie jusqu'à sa disparition. Elle termina la procédure par une expiration bruyante, sa peau reprenant doucement sa couleur naturelle. Elle se dirigea ensuite vers Boln, l'oculus semblait en pleine forme, il ne gardait aucune séquelle de sa blessure aussi importante fut-elle. Soigner Caviln se révéla plus fastidieux, son bandage de fortune s'étant allié à la chair, le retirer déclencha un nouveau saignement. La coupure de l'avant-bras, net, précise, fut une torture à panser. La blessure dépassant les limites de son ésotérisme de guérison, il lui fallut désinfecter puis coudre la peau. Boln dut maintenir son compagnon durant toute la procédure pour permettre à Nève de travailler, le mutilé sombra finalement épuisé. Elle fit de son mieux, utilisant les compétences acquises lorsqu'elle se trouvait au pied de la porte de la Grâce avec Joseph, elle l'avait rafistolé plus de fois qu'elle ne pouvait s'en souvenir.

Malgré tous ses efforts, elle ne put empêcher le blessé de souffrir d'une forte fièvre. Elle passa la journée et la nuit suivante à veiller sur son compagnon, luttant contre sa propre fatigue pour maintenir son état le plus stable possible. Boln prit la relève au lever du soleil lorsque Nève arriva au bout de ses forces. Il utilisa une méthode plus traditionnelle, diminuant sa température à l'aide d'un linge mouillé. Caviln reprit finalement connaissance dans l'après-midi, faible, mais en vie, tout le groupe profita de ce moment d'accalmie pour se reposer avant de pouvoir repartir.

Chapitre 5-3 : Le chat ou la souris

Cela faisait deux jours que la joute contre les gardes de la carrière avait eu lieu et chacun des membres de l'équipe accusait la perte de ses compagnons à sa façon. Comme à son habitude Boln intériorisait ses sentiments, Caviln lui semblait amer et perdu, la perte de son avant-bras l'impactant tout autant que la mort de ses deux amis. Quant à Nève, elle restait déterminée à rejoindre Nelium, son objectif à portée de main.

- Tu es sûr de te sentir mieux ? s'inquiéta Naïmah son regard porté sur Calv.
- Je vais bien ne t'inquiète pas… Mettons-nous en route.
- Je prends la tête, contournons par l'est pour rejoindre directement Nelium, décida l'oculus.

Le groupe quitta finalement son campement de fortune installé dans les hautes herbes pour longer un petit ruisseau se dirigeant vers le nord. Ils parcouraient la plaine perdue dans la broussaille espérant ainsi éviter de malencontreuses rencontres, la journée débutait doucement lorsque Boln plongea derrière un talus sans crier gare :

- Merde, merde ! Ils pointent dans notre direction ! Un oculus ! Ils ont un foutu oculus ! s'exclama-t-il agenouillé derrière son terre-plein.
- Combien sont-ils ? Si on ne l'élimine pas maintenant, il nous sera impossible de rejoindre Nelium, questionna Nève tout en se cachant à son tour.
- Quatre gardes plus l'oculus.
- Où sont-ils ?

- Devant nous un peu moins d'un demi-kilomètre, légèrement sur notre gauche. Nève ? Attends ! Tu ne vas pas y aller seule ? s'inquiéta l'arbalétrier le bras toujours tendu pointant dans la direction de l'escouade de La Compassion.
- Je vous interdis de me suivre ! Vous ne serez qu'une gêne. Ne bougez pas ! ordonna-t-elle.
- Nève ! Bordel ! Ils t'attendent ! Reviens ! s'étouffa l'oculus désemparé devant la réaction inconsidérée de la céleste.
- Que fait-on ? On attend ? demanda Caviln penaud.
- A-t-on le choix ?
- Je ne pense pas.

Ignorant ses camarades, les traits durs et le regard déterminé, elle pressa le pas vers les gêneurs de La Compassion. Dans un réflexe instinctif, elle se mit à vérifier son équipement, elle n'avait plus de dague, seulement Grâce qui attendait patiemment dans son fourreau. Quatre cent pas les séparaient, une distance qu'elle utilisa à bon escient, agitant ses doigts, roulant des épaules, elle savait que la moindre faiblesse lui serait fatale. Dorénavant à une distance suffisante de ses compagnons, elle ralentit le pas, laissant le temps à ses opposants d'anticiper son arrivée. Une situation qu'elle savait avantageuse, les forts gagneraient en confiance et les faibles appréhenderaient, tous baisseraient leur garde. Un murmure, quelques bruissements de fourrés trahissant leur présence, tapis, ils attendaient leur moment. La céleste enjamba alors le petit ruisseau qu'elle longeait depuis un moment afin de laisser ses prédateurs dans son dos, comme prévu, ils saisirent l'opportunité.

Un claquement de corde annonça le début des hostilités, elle esquiva avant de se retourner instantanément. Elle tendit ses deux bras suintants d'énergie alors qu'un second carreau sifflait non loin de ses oreilles. Par chance, elle put conclure son évocation, elle éleva alors l'eau du ruisseau qu'elle cristallisa, formant ainsi un mur de glace de plusieurs mètres de longueur.

Surprises, les voix indistinctes des gardes s'élevèrent sommant de la poursuivre. Elle se plaça en embuscade au pied de la paroi gelée. Grâce fermement empoignée, la céleste anticipa le prochain assaut. Elle posa sa main sur la surface projetant ainsi son énergie au travers de celle-ci. Après un court instant de flottement, le moment opportun se présenta, d'une impulsion d'énergie elle déforma la glace et plusieurs pics émanèrent du mur venant transpercer la jambe d'un premier garde. Comme prévu, son évocation lui offrit sa première ouverture, elle s'élança vers le céleste blessé, son compagnon s'interposa, mais elle dévia l'attaque sans peine. Déstabilisé, elle n'eut aucune peine à le frapper en plein torse puis, pivotant autour de son assaillant, elle trancha le visage du céleste empalé. Afin de conclure son premier assaut, elle effectua un rapide demi-tour pour se retrouver dans le dos du garde au souffle coupé. Elle glissa sa lame dans son abdomen, celui-ci s'effondra.

Débarrassée des deux premiers importuns, elle se para d'un large sourire continuant ainsi dans sa dynamique de guerre psychologique. Les deux derniers gardes stoppèrent instinctivement leur course, ils esquissèrent alors un début de formation tout en continuant prudemment leur avancée. Ils cernaient maintenant la menace que l'évocatrice représentait. Nève répondit à leur changement de stratégie en passant elle aussi en posture de combat, jambes fléchies, torse de côté, elle se prépara à contrer l'assaut.

Les deux célestes s'élancèrent, elle sauta sur la droite afin de se protéger de l'un de ses opposants. Elle détourna la première taillade puis elle esquiva l'estoc hasardeux du céleste en retrait. Malheureusement pour elle, le premier assaillant avait anticipé l'action de son compagnon et il lui assena un violent coup de pommeau dans le visage. Le choc fut si brutal qu'elle chancela, le second garde en profita pour estoquer à nouveau. Sa lame transperça le flanc de Nève juste au-dessus de la hanche, la céleste hurla de rage. Dans un élan de désespoir, elle attrapa l'épée de son adversaire avec sa main libre puis elle lui trancha la gorge d'un mouvement vif. Le dernier opposant, désemparé par la résilience de son adversaire, leva son épée afin d'en finir. Un bruit de corde, du sang, le garde s'écroula avant d'avoir pu porter son attaque finale.

- Occupe-toi d'elle ! Je vais choper l'oculus ! cria Boln passant à toute allure.
- Nève, je retire l'épée ! Peux-tu te soigner ?
- Oui… Donne-moi un instant, balbutia-t-elle alors que du sang perlait le long de ses lèvres.
- Tout ce que tu veux, dis-moi ce que je dois faire ?
- Rien, va aider Boln. Je vais bien, ne t'en fais pas.

Caviln hésita un court instant puis, devant le regard insistant de la céleste, il se lança à la poursuite de l'oculus. Elle patienta essayant de garder un peu de prestance pour ne pas l'inquiéter. Une fois son compagnon hors de portée, la céleste s'effondra, sa plaie saignait abondamment. Le visage crispé, les deux mains sur sa blessure elle mobilisa son énergie pour se rétablir. Elle réussit finalement à refermer l'estocade avant de sombrer, épuisée par les efforts continus de ces derniers jours. Son corps et son esprit abandonnant, qu'importe la volonté qu'elle essaya de déployer.

- Comment va-t-elle ? demanda inquiet Caviln revenant de sa chasse à l'oculus.
- Son cœur bat, elle semble à bout de forces. Qu'y a-t-il ? questionna Boln apercevant le regard pensif de son ami.
- Rien… Je suis juste admiratif.
- Un bout de femme épatante, je te l'accorde. Reste à ses côtés, je vais m'occuper de cacher les corps puis nous repartirons.
- L'oculus, tu penses qu'il va s'en sortir ?
- Je l'ai touché à l'abdomen, j'espère que cela suffira. Mais on ne peut être sûr de rien.
- J'espère que la chance va nous sourire, au moins cette fois.

Boln passa les quinze minutes suivantes à transporter et déposer les hommes de La Compassion dans les hautes herbes, espérant que ce stratagème empêcherait leur découverte par d'éventuelles patrouilles. Il les recouvrit d'herbes arrachées après les avoir précédemment fouillés, il récupéra au passage quelques pièces et une poignée d'effets personnels. Il retourna ensuite auprès de ses compagnons, la céleste restait inconsciente, l'oculus empoigna alors Nève puis il la chargea sur son épaule avant de se remettre en route. Ils continuèrent de longer le petit ruisseau vers le nord, Caviln profita de cet instant pour partager ses inquiétudes avec son ami :

- Que penses-tu de toute cette affaire, Vanul, Thola, le putsch ?
- Ça ne me regarde pas. J'ai promis à Nève de l'accompagner et je le ferai. Je laisse les jeux de pouvoir à ceux que cela intéresse.

- Certes, mais tu n'as pas peur de te retrouver pris au milieu d'événements que tu ne contrôles pas ?
- Qu'as-tu réellement contrôlé ces trois derniers jours ? La vie est faite ainsi, chacun de nous a un destin, mourir, vivre, ce n'est pas à nous de décider. Seule la providence choisit. Si je dois partir en l'aidant, ainsi soit-il.

Le meneur prit un moment pour digérer la dernière remarque de son compagnon puis, ne pouvant s'empêcher d'être bavard, il continua :

- Je ne sais pas, je réfléchissais. La nouvelle porte, l'arrivée des charognards, si on ajoute à cela un coup d'État au sein de La Compassion, les jours qui viennent risquent d'être agités.
- Une période calme au sein du premier royaume. Pour avoir vu et vécu le dernier grand conflit, je peux t'affirmer que ces événements sont de moindres importances. Les corps ne se compteront sûrement pas par milliers comme ce fut jadis le cas.
- Tu as sûrement raison. Je sais que tu n'apprécies pas particulièrement de parler de ces années-là, mais… hésita l'estropié sachant le sujet sensible.
- Que veux-tu savoir exactement ? concéda l'oculus comprenant que son ami avait besoin d'échanger.
- Je suis curieux, le contexte, les événements, un peu tout je présume.
- Très bien, soupira Boln en replaçant convenablement son amie. Par où commencer… Vers la fin de la régence de La Grâce, il y a un peu plus de trois cents ans, plusieurs maisons ont fomenté et commencé une campagne de déstabilisation. La Fierté assistée de La Compassion a décidé d'attaquer simultanément Cor'vinus et la porte nord, obligeant ainsi la maison de

La Grâce à défendre sur trois fronts. À cela, il faut ajouter l'imposante armée de la maison de La Passion qui décida de se joindre au conflit afin de tenter sa chance d'accéder à la régence. Cor'vinus s'est rapidement changé en zone de guerre intensive, plusieurs quartiers furent rasés par les joutes interarchange, tuant par la même occasion des milliers d'humains et de célestes. La Grâce dut faire un choix crucial, ils décidèrent de maintenir leur régence en cédant une partie de leur territoire ainsi que la porte nord sous condition de paix. Bien évidemment, l'accord ne fut pas respecté et toutes les troupes convergèrent alors vers la cité qui fut le théâtre d'un affrontement terrible. Zeliah, Velnhia, Emeziel et bien d'autres s'affrontèrent sans se soucier des conséquences, la tour du pouvoir subit de plein fouet les affres de la bataille, menaçant de s'effondrer sur la ville. En fin de compte, le pacte Compassion Fierté, l'emporta donnant la régence à Zeliah et laissant ainsi la Grâce au bord de l'agonie, une porte vers le second royaume en moins. Nous sommes en trois cent quatre de la quatrième régence de La Fierté et rien n'a bougé.

- Pourquoi La Compassion s'est-elle effacée au profit de La Fierté ?

- Personne ne le sait vraiment. Je pense simplement que Velnhia savait que si la Fierté et la Compassion s'affrontaient, personne n'en sortirait gagnant alors il a joué la carte de la sûreté. Aujourd'hui, ces deux maisons travaillent toujours main dans la main. La Fierté reste certes la plus puissante, mais La Compassion est de loin la plus riche et la plus prolifique, donnant donnant je suppose, concéda Boln alors que la conversation commençait à lui peser.

- Et donc Thola voudrait la place de Velnhia. Je sais qu'il a été évincé de la régence et qu'on lui a retiré ses terres, mais je n'ai aucune idée de ce qu'il est advenu de lui. Je le pensais mort.

- Je le pensais aussi, dans tous les cas il est bien mort politiquement parlant. Compréhensible que Velnhia ait eu quelques remords à tuer son frère, préférant l'isoler et le garder sous contrôle.
- Il faut croire que Thola ne partage pas cette vision des choses.
- Selon les dires, Thola a toujours été perfide et avide de pouvoir. Jaloux au plus possible de la puissance de son frère, expliqua l'arbalétrier affichant une certaine maîtrise du sujet.
- Ce n'est pas dans tes habitudes de te fier aux dires, fit remarquer Calv un regard malicieux trahissant sa présomption.
- J'ai… J'ai servi directement sous les ordres de Thola durant le siège de Cor'vinus, en tant qu'officier d'aide à la gestion, hésita l'oculus.
- Pourquoi ne jamais en avoir parlé ?
- Car j'ai été stupide de le suivre dans sa folie.

Il y eut un flottement gênant alors que Calv attendait la suite du récit puis, voyant qu'elle ne venait pas, il pressa son interlocuteur :

- Comment ça ?
- Durant l'assaut final de Cor'vinus, Thola et Velnhia se sont violemment accrochés, une divergence d'opinions sur la marche à suivre. Thola voulait la régence du premier royaume pour La Compassion, son frère, lui, souhaitait respecter son accord avec La Fierté. Avide de pouvoir, Thola et son armée ont attaqué la troupe de Velnhia en plein cœur de la bataille, coûtant la vie à de nombreux soldats et archanges de La Compassion. J'ai

été inculpé pour trahison ainsi que tous ceux qui l'ont suivi dans cette folie.

- Dans ce cas, comment as-tu réchappé à ton jugement ?
- J'ai plaidé ma cause, mon serment m'obligeant à servir Thola jusqu'à la mort. Velnhia m'a utilisé comme preuve pour destituer son frère puis ils m'ont exilé dans les terres sauvages me laissant la vie sauve. Peu de monde connaît l'histoire officielle, beaucoup s'en moquent d'ailleurs… lâcha-t-il chagriné.
- Et Thola, tu le savais vivant ?
- Pas le moins du monde… Trois cents ans après et il continue dans sa folie, folie qui va finir par lui coûter la vie… Hé, au moins il ne nous embêtera plus celui-là.
- De quoi parles-tu ?
- L'oculus, il gît devant nous à deux cents mètres environ.
- Mort ?
- Bonne question, il semble inconscient.
- Accélérons le pas.
- Facile à dire pour toi sans céleste sur le dos, fit remarquer Boln.
- Arrête de geindre et avance.

L'oculus se trouvait au bord du ruisseau, noyé dans une flaque de son propre sang et serrant un carreau d'arbalète entre ses doigts. Un homme d'âge moyen, d'une belle taille et disposant des mêmes attributs que Boln, deux voiles bleus couvrant ses globes oculaires. Le duo disposa rapidement du cadavre en le jetant dans un trou non loin de la rive puis ils reprirent leur route jusqu'à la nuit tombante. Ils s'installèrent au milieu des hautes herbes dans une petite zone dépourvue de végétation et éloignée des chemins de passage. Boln prit le premier tour de garde au plus sombre de la nuit, veillant sur Nève et guettant l'arrivée d'un potentiel ennemi. Caviln prit le second tour, par chance la céleste se réveilla peu de temps après le début de sa veillée, permettant au contrebandier de laisser sa place après une journée éreintante. Nève profita de ce moment d'accalmie ainsi que des premières aurores pour se diriger vers le ruisseau afin d'y faire une toilette sommaire. Bien qu'habituée, son état la désolait, ses vêtements collants de sueur et imbibés de sang devenaient difficiles à supporter. Le ruisseau coulait lentement au milieu de la campagne, paisible, solitaire, Nève y plongea d'abord ses mains afin de se débarbouiller. Elle retira ensuite un à un tous ses vêtements pour les rincer sommairement dans le cours d'eau, espérant redonner un semblant de propreté à sa tenue. Puis vint son tour, le ruisseau ne montant pas plus haut que ses mollets, elle s'allongea dans l'eau froide pour en tirer le meilleur parti. Une silhouette gracile se laissant bercer par le fin courant, les cheveux libres et remuants au gré de ses mouvements. Pensive, elle s'abandonna un long moment, le froid lui mordant la peau, le soleil pointant lentement à l'horizon. Soulagée, elle s'extirpa de l'eau après s'être vaguement frottée et essuyée avant de repriser grossièrement ses vêtements à l'aide du nécessaire de couture dont elle disposait. Nève arrangea finalement ses cheveux toujours humides puis elle retourna auprès de ses compagnons.

- Comment te sens-tu ? interrogea Boln lorsqu'il vit la céleste revenir.
- Mieux, je m'excuse de vous avoir fait défaut.
- Tais-toi donc et mettons-nous en route, Nelium n'est plus très loin, interjecta Caviln.
- Par où comptes-tu nous faire passer ? demanda l'oculus.
- La gargote ! La question est, qui nous fera passer ?
- Laisse-moi résumer, tu comptes retourner dans l'établissement possédé par l'homme qui, je cite : Te

crèvera les deux yeux et te coupera la queue s'il te revoit un jour.

- Dit comme ça le plan semble voué à l'échec, grimaça le meneur.
- Parce qu'il y a une autre façon de le tourner ?
- Peut-être qu'avec de bonnes excuses et une donation suffisante, il me pardonnera d'avoir étreint fortement sa femme.
- Ou il te crèvera les yeux avant ou après avoir coupé ta virilité.
- Que fait-on alors ? interrompit Nève.
- On garde ce plan, je fais une affaire personnelle de Griggs.
- C'est déjà personnel entre vous deux.
- N'en rajoute pas Boln, par pitié.
- Et où se trouve ce Griggs ? questionna la céleste.
- Au pied de Nelium, parmi les habitations paysannes et ouvrières. La Gargote sert de façade pour la plupart des receleurs hors de la cité, impossible d'y pénétrer sans être coopté ou solennellement invité.
- Et je présume que tu es solennellement exclu à vie ?
- Quelque chose comme ça, de toute façon nous n'avons pas d'autre choix. Partons, il nous reste quelques heures de marche.

Chapitre 5-4 : Une nouvelle inattendue

Nelium, une fabuleuse cité marchande protégée par de hauts remparts en pierre massive, un énorme bloc impénétrable que les habitants surnommaient fièrement la forteresse. Le seul et unique moyen de pénétrer l'enceinte se trouvait au sud, une gigantesque porte donnant sur la route de la carrière de nilarium. Une ville bourgeoise gérant le plus gros transit de métaux précieux du royaume, une activité dirigée par Keinil de La Compassion, noble successeur de Thola. Ce centre florissant, riche, fort de sa culture artisanale bouillonnait de forgerons, artisans sculpteurs et joailliers, tous travaillant le métal le plus prisé du premier royaume, ce minerai aux éclats violets qu'arboraient tous les célestes. Cette banque à ciel ouvert, sous total contrôle militaire, était le siège de l'un des plus imposants bataillons de La Compassion, une force dissuasive située à la frontière entre le territoire de La Rigueur et les terres sauvages. Cette milice agressive et surreprésentée dans les rues ne tolérait aucun débordement, le moindre faux pas menait irrémédiablement à l'échafaud. Il était commun de dire que Nelium donnait autant qu'elle reprenait, elle avait vu et porté l'ascension de bien des célestes au moins autant qu'elle en avait guidés vers la fosse commune. Autour de la cité s'articulait la vie ouvrière, les gens dispensables, loin du confort et de la protection des murs entourant la bourgeoisie céleste. Les paysans, les mineurs, les petites mains derrière cette industrie prolifique qui, malgré le contraste important entre ces deux mondes, bénissaient leur condition. Travailler à Nelium offrait bien des conforts, l'assurance d'un toit, d'une maison individuelle, un luxe que peu d'humains possédaient au premier royaume. Ce revenu confortable permettait de manger à sa faim, de pouvoir jouir de la vie le soir à la taverne. Un labeur éreintant contre une vie de plaisir, rappelant pour beaucoup la vie au troisième royaume. Banne, la basse ville de Nelium, assortiment de champs et de petits bourgs à la solde des célestes, un lieu de pauvreté rempli de migrants à la recherche du bonheur, de simples humains cherchant l'opportunité d'une vie, sortir de la misère. Un voisinage où se disputaient une classe moyenne disposant d'une source de revenu et une population pauvre, mendiante, roublarde. Une querelle constante, offrant à Banne son lot d'horreurs et de monstruosités quotidiennes, le sang se mêlant à la boue des chemins bien plus souvent que ses habitants aimeraient l'avouer.

Au sein de la demeure de Keinil, premier né en charge de Nelium, un conglomérat de représentants s'était amassé à la demande de leur oligarque, un congrès reposant sur un thème central, l'avenir de la forteresse. Perdu au milieu des célestes, un délégué pimpant se leva afin de prendre la parole :

- Seigneur céleste, puis-je vous faire part de mes considérations ?
- Nous écoutons, Maïlh, délégué de la guilde des Joailliers, ordonna Keinil calmant le brouhaha incessant.
- Seigneur, voilà bientôt trois mois que l'inflation du nilarium continue. Nous rognons sans cesse nos marges à cause de la politique intrusive de la maison de La Fierté. Il est temps pour notre sainte maison de s'exprimer ! La gestion du cours des métaux par une maison concurrente ne peut continuer !

Les représentants amassés dans la salle principale de la demeure se galvanisèrent à l'entente de ce discours allant de pair avec leurs convictions. S'efforçant de couvrir le bruit ambiant, le représentant fut obligé d'élever un peu plus la voix :

- Nous le savons tous, le nilarium se raréfie, mais nous savons aussi que ce n'est pas une fatalité ! La maison de La Fierté doit accepter notre demande d'autorégulation !
- Silence ! Votre demande est légitime et ô combien nécessaire, j'en suis conscient. Mais tous ici savons pertinemment qu'elle est irréalisable. L'autorégulation irait contre les intérêts de la maison de La Fierté et par conséquent contre nos propres intérêts.

L'archange régent parcourut son estrade dans un mutisme lourd de sens avant de reprendre son allocution :

- Mon inquiétude pour vous est réelle, pour vos commerces, pour vos maisons. Ainsi, au terme d'une longue réflexion, j'ai décidé de partager avec vous une information cruciale pour l'avenir de notre sainte maison. Une nouvelle porte vient de s'ouvrir non loin de notre territoire…
- Seigneur céleste, êtes-vous certain de vos informations ? interrogea un représentant incrédule.
- Elle se trouve aux abords du territoire de Thiamel, loin dans les terres sauvages. Dans une zone neutre, sans concurrence, un nouveau marché offert sur un plateau ! Sires célestes, je vous le dis, notre avenir n'est pas sombre ! J'espère que chacun de vous saura saisir l'opportunité que la providence lui offre ! clama-t-il en appuyant son discours d'une gestuelle hégémonique. Sires célestes ! Je comprends votre impatience, votre

enthousiasme ! Mais je vous prie de maintenir le silence le plus complet sur cette découverte, ajouta-t-il en diminuant de nouveau le volume de sa voix. Préparez-vous dans la plus grande discrétion, pour votre intérêt comme pour celui de notre sainte maison, conclut le second de La Compassion avant de faire signe à un homme affable assis devant l'estrade.

- La séance est ajournée ! Veuillez quitter les lieux ! s'écria aussitôt l'intendant.

Il y eut une effervescence suivie par un calme religieux à l'ouverture des portes, les soixante-quatorze participants quittèrent prestement les lieux. L'intendant patienta jusqu'à la dispersion de la foule avant de faire part de ses inquiétudes à mon premier né.

- Régent céleste, êtes-vous certain d'avoir fait le bon choix ?
- L'avenir nous le dira, mais je ne peux me permettre de laisser ma ville sombrer dans le chaos. Les échauffourées ont redoublé dans les bas quartiers et les roublards agissent avec plus d'ambition que jamais. Notre phase de déclin doit être contrôlée sous peine de voir la cité s'embraser.
- Et qu'espérez-vous accomplir avec cette annonce ?
- Tu le sais, Thiamel n'est toujours pas réapparu de son expédition. Notre maison ne va pas tarder à se mettre en mouvement, Nelium en tête de ligne. Zéphès tombera sous notre joug ainsi que la cinquième porte, nos guildes doivent être prêtes au commerce. C'est une occasion divine, l'échec n'est pas une option.
- Très bien Seigneur céleste, puis-je faire quelque chose pour vous avant de me retirer ?
- Rétablis l'ordre, débarrasse-moi de ces brigands arpentant ma ville. L'attaque de la nuit dernière est

inadmissible, tu as carte blanche, argent, milice, tout est à ta disposition. Je veux des résultats et vite.
- À vos ordres Seigneur céleste, répondit l'intendant en se retirant respectueusement.

L'agitation passée et les représentants dispersés, la salle retrouva finalement son calme habituel pour le plus grand plaisir de l'archange. Il passa rapidement en revue les documents présents sur son bureau espérant y trouver un courrier du régent de sa maison. Aucune réponse, il soupira avant de s'adosser à la rambarde entourant son bureau puis il plongea son regard sur la tapisserie couvrant l'un des murs de la salle. Une énorme broderie représentant son territoire, Nelium, la zone minière sud, sa frontière avec la maison de La Rigueur jusqu'aux abords des territoires sauvages. Capel, sa région qui s'étendra bientôt de plusieurs lieues vers le sud, supposant qu'un courrier du Régent céleste lui parvienne un jour. L'archange aux cheveux d'or s'installa lentement dans son fauteuil, après un long soupir exaspéré, il saisit sa plume et retourna à ses devoirs.

Chapitre 5-5 : La gargote

Au centre d'un petit hameau, à quelques centaines de mètres du mur d'enceinte de la ville forteresse, s'élevait un petit commerce guère plus cossu que le reste des habitations alentour. Sur sa devanture trônait fièrement une plaque de bois arborant le nom de Gargote écrit à la peinture noire, une enseigne pauvrette, aux lettres dégoulinantes et parfois à peine compréhensibles. Une vieille bâtisse en bois aux fenêtres teintées de crasse, gardée férocement par deux colosses aux regards assassins campant assidûment devant la seule porte d'accès. Une enseigne à deux visages, de jour, une restauration bon marché, rapide, pour une clientèle ouvrière. De nuit, elle se métamorphosait en un lieu de débauche, terre d'asile de la criminalité de Banne, place de commerce par essence.

- Es-tu certain qu'il ne risque rien dans cette auberge miteuse ? s'inquiéta l'évocatrice qui ne portait plus que Grâce, son sac de voyage étant maintenant entre les mains de son compagnon.
- La gérante est une amie et Boln est un grand garçon ne t'inquiète pas. Bon, la gargote est juste là et nous sommes pile à l'heure pour le service du midi, fit remarquer Caviln pointant du doigt le bâtiment.
- Qu'attends-tu ? Allons-y, pressa Nève.
- Attends ! Je te rappelle que ma virilité est en jeu !
- On se jette dans la gueule du loup et c'est la seule chose qui te préoccupe ? fit remarquer la céleste.
- C'est important !
- Par la sainte Fierté Caviln ! Avance !
- J'arrive… soupira-t-il.

- L'endroit grouille, les ouvriers ont l'air de se diriger vers l'auberge aussi.
- La fameuse formule du midi de la Gargote, plutôt prisée dans la région. Un repas unique et copieux pour trois fois rien…
- Plutôt que de me fournir un éloge culinaire, réfléchis à la façon de se faufiler, rétorqua-t-elle dépitée.
- Laisse-moi faire, je sais ce que je fais.

Le soleil avait cédé sa place depuis quelques heures et la soirée battait maintenant son plein à la Gargote. La bière coulait à flots, les filles de joie prenaient soin de leur clientèle et Griggs, assis dans une salle à l'écart du chahut général, discutait avec un homme richement habillé.

- Hors de question ! L'attaque de la nuit dernière m'a coûté trois de mes meilleurs hommes. Tu sais à quel point il est difficile de positionner ses agents en ville, un tel fiasco ne peut se reproduire.
- C'est pour cela que je t'apporte un petit cadeau… Une politesse, s'excusa Vanul glissant une petite liasse de feuilles sur la table.
- Cinq passavants… Je reconnais la valeur de ton effort, mais cela ne change rien à ma position. Trois coursiers, trois ! En deux semaines. La milice est en alerte maximale… Quand ! ? Quand vas-tu te décider à me parler du contenu de ces lettres ? J'ai vu le cachet, j'ai mes défauts, mais stupide ne fait pas partie du lot ! Elles viennent de La Compassion, c'est le sceau du régent.
- Griggs, tu sais à quel point notre collaboration est importante à mes yeux et je te le concède, cinq passavants pour ton sacrifice, pour tes efforts, c'est une insulte envers notre amitié.

L'homme d'affaires claqua des doigts pour signaler à son aide de déposer un paquet.

- Un petit cadeau supplémentaire pour ta peine, cinq barres de nilarium, les plus pures du marché, un peu moins de neuf cents pièces chacune. Je te laisse réfléchir à ma proposition, si tu changes d'avis viens me trouver.
- Je ne te promets rien ! s'énerva le gérant de l'établissement face à la désinvolture de son invité.
- Je le sais, nous nous reverrons bientôt. Je te remercie pour le verre, conclut-il avant de quitter la pièce suivi de près par son aide.
- Monsieur ? Vous allez bien ? questionna une serveuse nettoyant la table après le départ de l'homme d'affaires.
- Oui, juste un instant de fatigue, rassura-t-il tout en se frottant le visage. Demande à mes garçons de monter la céleste qui accompagnait l'autre abruti.
- Bien Monsieur, tout de suite.

La femme s'exécuta dans la foulée, elle sortit de la pièce pour se diriger vers deux hommes gardant une petite porte située au fond de la salle. Après leur avoir susurré quelques mots, le plus charpenté des deux descendit les escaliers donnant sur la réserve. Il se faufila entre les sacs et les tonneaux pour se présenter devant une porte en fer, un battant glissa bruyamment laissant apparaître un regard familier. Le chien de garde pesta contre la lenteur de son homologue, habitué à ce traitement celui-ci ouvrit le passage vers une arrière-salle remplie d'une clientèle peu fréquentable. Il traversa alors la pièce afin d'accéder à la trappe dissimulée derrière le comptoir, il descendit la courte échelle vers une salle humide et sombre. Quatre cachots séparés par un couloir, chacune des cellules comptant ses occupants, ceux-ci gémirent, supplièrent au passage de l'homme, mais ils n'obtinrent aucune réponse. Il ouvrit la dernière cellule de droite, devant lui une céleste menottée et dans un coin sombre, un manchot avachi, les yeux et l'entrejambe ruisselant de sang. Le garde attrapa la céleste qu'il chargea sur son épaule puis il rebroussa chemin jusqu'à la salle où patientait Griggs. Il jeta brusquement son paquetage sur une banquette puis il l'assit de force avant de se positionner à côté d'elle :

- Allons Sven, sois gentil avec la demoiselle quand tu la transportes. Nous n'avons pas eu le temps de faire connaissance et je trouve cela fort regrettable. La journée a filé à toute allure, le temps de m'occuper de cette raclure de Caviln et la nuit était déjà sur nous. C'est affolant ce que le temps passe vite quand on s'amuse... Selon mes hommes tu es arrivée à ses côtés et je me demande si je dois te faire subir le même sort, bien que je trouve cela dommageable d'abîmer un si joli minois, tu ferais une catin des plus prolifiques... D'ailleurs, bel ouvrage que ton épée, une merveille céleste, j'en tirerais un bon prix au marché noir...

Il marqua une longue pause laissant à son discours le temps de faire son office. Lorsqu'il comprit qu'elle ne lui répondrait pas, il continua sur sa lancée :

- Tu t'entêtes à rester silencieuse, bien... Je comprends que tu me tiennes rigueur pour ton ami, mais vois-tu je suis un homme de parole et...
- Par pitié, boucle-la...

Afin d'accompagner sa menace, Nève mobilisa son énergie gelant ses entraves au contact puis, d'un mouvement puissant, elle les fit voler en éclat, surprenant Griggs et son garde du corps. Elle reprit ensuite ses appuis avant de projeter deux morceaux de glace qui propulsèrent l'homme de main contre le mur, le laissant inconscient. Le contrebandier hurla au reste de sa troupe d'intervenir, mais la céleste fut plus rapide, d'une autre évocation, elle figea la porte dans la glace, les isolant ainsi de tous renforts potentiels.

- Nous voilà enfin seuls, un petit tête-à-tête s'impose. Pose cette épée avant que je ne m'énerve, entama la céleste tout en s'asseyant.
- Tu ne sortiras pas d'ici vivante ! Tu finiras comme l'autre chien !
- Assieds-toi ! commanda-t-elle en fixant le brigand dans le blanc des yeux.
- Tu es ici par vengeance ? demanda-t-il tout en obéissant.
- Je regrette sincèrement ce que tu as fait à Caviln et en d'autres circonstances, ma lame aurait déjà traversé ton cœur, mais je ne te tiendrai pas rigueur de ma stupidité, jamais il n'aurait dû m'accompagner. Par contre, cesse tes insultes… Parlons affaires maintenant, je veux que tu me fasses entrer à Nelium.
- Et pourquoi ferais-je cela ?
- Suis-je vraiment obligée de te menacer ? J'espérais que nous avions passé ce stade.
- Tu n'es pas en position de négocier ! Sans mon aval tu ne quitteras jamais la Gargote vivante ! pesta Griggs.
- Ne me sous-estime pas, si je suis ici c'est parce que je le souhaite. Défie-moi et je réduirais ton commerce en cendres. Écoute-moi et qui sait, peut-être qu'une entente cordiale pourrait même se créer.
- Avant tout je veux un nom… fulmina-t-il en essayant de s'imposer.
- Allons cesse donc ton jeu de grand méchant bandit et parlons sérieusement. Je me nomme Nève et je souhaite

rejoindre Nelium en toute légalité, je n'ai ni papier, ni laissez-passer, discourut Naïmah sur un ton calme et monotone.

- Et qu'as-tu à m'offrir en échange, céleste ?
- Plutôt, quel est ton prix cher Griggs ?

Il y eut un instant de flottement, le gérant perdu dans ses pensées, pesait le pour et le contre de l'offre de Nève.

- Écoute, je n'ai aucun grief contre toi. Voilà ce que je te propose, un service pour un service… se résigna le bandit. Je suis à court d'effectifs disponibles dans la cité et surtout de personnel compétent. Tes talents m'intéressent évocatrice, un service contre un laissez-passer.
- Continue.
- Un coursier doit transiter du portail vers la maison du régent demain dans la journée. Il faut l'intercepter et récupérer sa correspondance, sa vie importe peu ainsi que celle de son escorte.
- Qui te dit que je ne te ferais pas faux bond une fois dans la cité ? nota l'évocatrice.
- Disparais, échoue et j'enverrai la milice à tes trousses. Tu ne quitteras pas Nelium vivante.
- Franc-jeu. Une escorte donc, une idée de ce qui pourrait m'attendre ?
- Une demi-douzaine de gardes, peut-être plus.
- Cela me semble excessif pour un coursier, s'étonna-t-elle.
- Un ami tient vraiment à ce qu'aucune correspondance n'arrive au régent. Il se peut que plusieurs messagers aient trépassé dans les semaines précédentes.
- Pourquoi ai-je l'impression que ce service ressemble à un aller direct pour la fosse commune ?
- À prendre ou à laisser, céleste, imposa Griggs.

- Je prends, mais j'ai deux conditions.
- Lesquelles ?
- Je veux des informations sur le receleur d'Eden, Vanul. Et je veux un instant avec Caviln, exigea-t-elle alors que sa voix fluctua légèrement à la prononciation de son prénom.
- Accordé.
- Il va me falloir de l'équipement, une nouvelle tenue de circonstance, un bain et des informations sur l'emplacement du portail dans la cité ainsi que le trajet du coursier.
- Je m'occupe de tout cela.
- Marché conclu.
- Marché conclu, maintenant quitte cette pièce avant que je ne change d'avis, approuva Griggs en avalant d'un trait le reste de son verre servi plus tôt.

Avant d'aller se préparer, la céleste descendit retrouver son compagnon laissé dans le froid de sa cellule. La conversation fut de courte durée, Caviln ne sembla pas surpris par la proposition de son amie, il la remercia sincèrement pour sa bonté puis ils échangèrent quelques mots, essayant de ne pas laisser leurs émotions prendre le dessus. Elle mit sobrement un terme à sa vie en lui enfonçant une courte lame dans le cœur. Fidèle à lui-même, l'apollon tira sa révérence en s'excusant une ultime fois de sa bêtise.

Commandement VII - XXXV - Humain - déviance

- La procédure de dépistage standard offre une efficacité avoisinant les cent pour cent cependant une déviance peut apparaître.
- Un humain par dizaines de milliers peut être souillé sans manifester aucun symptôme.
- Cet humain est nommé Déviant.
- Un Déviant ne se révèle qu'à l'intronisation.
- Un Déviant est une abomination, un céleste corrompu.
- Il est obligatoire de purger un Déviant à sa découverte.
- Tout divin ne respectant pas cette règle se verra juger par les autorités responsables.
- Les Déviants sont aussi connus sous le nom d'Ange noir dans le folklore humain.

NB : *Retours d'informations relatives à la découverte d'un déviant non purgé en l'an 25 de la deuxième régence de la maison de La Foi.*

Chapitre 6-1 : Passage

Au premier étage de la Gargote, dans une chambre pauvrette et faiblement éclairée, une céleste profitait du peu de temps lui étant accordé pour se décrasser. Dans un grand baquet, une aide de maison lui lavait consciencieusement les cheveux tandis qu'une autre s'occupait de préparer ses vêtements.

- Tout est à votre convenance, Sire céleste ? ironisa Griggs pénétrant dans la pièce.
- Mon cher, si je dois me fondre dans la masse, je ne peux me permettre d'arriver telle la paysanne que tu as l'habitude de courtiser. Un peu de prestance et de paraître ne fera aucun mal.
- Pardonnez mon impudence ô Sire céleste !
- Cesse l'ironie veux-tu ? Et contrôle ton regard baladeur avant que je ne le fasse pour toi.

L'homme contourna le baquet d'eau disposé au milieu pour se diriger vers son aide de maison reprisant un vêtement.

- Comme convenu, je t'ai fait parvenir un pourpoint de cuir léger avec quatre emplacements pour tes dagues. Ma servante est en train de repriser la longue veste en soie qui te servira à dissimuler ton épée, les bottes ainsi que le pantalon devraient arriver sous peu. Tu accompagneras mon garçon, ton passavant ainsi que tes papiers stipulent que tu es garde du corps, cela reste la meilleure façon de justifier ton équipement et ta présence. Une fois passée la porte sud, il te conduira jusqu'au portail et répondra à toutes tes demandes. Tu

as carte blanche, bien évidemment ton affiliation ne doit en aucun cas fuiter. Des questions ?
- Ton garçon, est-il fiable ?
- Pour sûr, il connaît la ville comme sa poche. Planques, accès, chemins, un cerveau divin sur un corps de puceau, le petiot ne pourrait pas faire de mal à une mouche.
- Bien, une dernière chose. Envoie un de tes hommes quérir un certain Boln à la taverne située à l'entrée du hameau, qu'il me rejoigne devant la Gargote avec mes affaires, nous devons discuter. Ne sois pas méfiant Griggs, je n'ai nullement l'intention de te piéger.
- Très bien, ce sera fait. Cependant, dépêche-toi le soleil va bientôt poindre. Vous partez aux premières aurores.

Le gérant laissa la céleste en compagnie des deux servantes, elle profita de son départ pour sortir de son bain. Les deux aides s'affairèrent alors à terminer la couture, à la suite de quoi elle enfila son équipement dans lequel elle chassa ses quatre nouvelles dagues. Elle glissa Grâce dans le fourreau fixé au bas de son dos avant de les remercier. Lorsqu'elle descendit dans la salle commune, un jeune homme richement vêtu, aux traits disgracieux et à la carrure ridicule l'attendait. Planté au milieu de la pièce, il la salua d'un rapide mouvement de la main afin de lui enjoindre de se rapprocher.

- Enchanté Nève, je me nomme Dheln. Nous allons passer le reste de la journée ensemble jusqu'à l'accomplissement de votre mission qui, je l'espère, sera une totale réussite. Cela me peinerait de devoir mettre un terme à notre collaboration dans une effusion de violence, entama le jeune homme sur un ton autoritaire et confiant.

- Enchantée, j'espère aussi que notre collaboration mènera au succès de la mission. Je reste cependant curieuse des dispositions que vous pourriez prendre à mon égard si je venais à échouer, ironisa la céleste affichant un sourire narquois.
- Une femme qui n'a pas froid aux yeux, j'en suis ravi. Je m'excuse, il est malvenu de ma part d'user de si faibles stratagèmes à votre encontre. Mettons-nous en route sur-le-champ, voulez-vous ?
- Boln ? Est-il présent ?
- Il vous attend, quittons les lieux.

Le soleil pointant à l'horizon, Dheln et Nève quittèrent la Gargote afin de se diriger vers le nord, au pied du mur protégeant Nelium.

- Où se trouve-t-il ? Est-ce un piège ? questionna Nève sur la défensive.
- Pas le moins du monde, au contraire très chère. Mon père souhaitait emprisonner ton ami, par sécurité je présume. Je l'ai dissuadé, je pense qu'une coopération saine sera de bien meilleur augure. Il nous attend un peu plus loin, à l'abri des regards indiscrets.
- Nève ! Te voilà ! Caviln, où est-il ? s'inquiéta l'oculus.
- Peut-on avoir quelques minutes d'intimité ? s'enquit Nève.
- Oui, bien sûr, accepta le jeune homme en s'écartant d'un pas nonchalant.
- Que se passe-t-il ? Que vous est-il arrivé ?
- Je suis désolée, sincèrement désolée, balbutia-t-elle ne sachant comment lui annoncer la nouvelle.
- Explique-toi ! répondit sèchement Boln.
- Griggs nous a capturés. Le pire est arrivé, je n'aurais jamais dû le laisser seul.

- Je m'attends à ne jamais te revoir et je te retrouve main dans la main avec un fils d'assassin ! Tu te fous de moi ?
- Les choses sont compliquées.
- Compliquées ? Tu n'as que ce mot à la bouche ! Que se passe-t-il vraiment ? Qu'as-tu fait ? hurla l'oculus.
- Boln, je suis désolée, ce n'est pas…
- Assez d'excuses ! Que s'est-il passé ? Pourquoi te balades-tu avec ces ordures ? Ne me mens pas ! A-t-on vraiment une quelconque importance à tes yeux ? interrompit l'oculus en rapprochant sa main de son arbalète.
- Je suis désolée…
- Assez ! Assez de manipulations ! Assez de pleurnicheries ! Pour une fois réponds-moi sincèrement ! somma l'oculus son arbalète pointée contre la céleste.
- Il m'est impossible de le faire, si tu peux lire en moi comme tu le prétends tu sais que tous les mots que je vais prononcer sont vrais. Je regrette tout ce que ma présence a engendré, je regrette de ne pas avoir sauvé Vanille et Til, je regrette la mort de Caviln ! Les enjeux nous dépassent complètement, toi comme moi, nous ne sommes que des pions ! S'il te plaît Boln, retire-toi ! Je jure sur ma vie, sur mon nom, de t'expliquer les tenants et les aboutissants, mais pas aujourd'hui… Je dois partir, retrouve-moi et tu auras tes réponses… Naïmah, Naïmah de la Fierté…
- Ne bouge pas ! menaça-t-il le regard chargé d'incompréhension et de haine.

Nève désarma alors l'oculus puis sans lui laisser aucune chance de contre-attaquer, elle assena un violent coup qui l'assomma. Elle récupéra ses affaires sur l'homme inconscient puis elle rattrapa Dheln d'un pas rapide.

- L'amitié peut-être compliquée, un différend je présume ? compatit le gringalet.
- N'en parlons pas, avançons.
- Je comprends. Pour la suite des événements, je m'occupe de nous faire franchir le barrage de la porte sud. Je te prie de rester silencieuse sauf nécessité absolue, la milice de Nelium a pour principe de ne réfléchir qu'une fois par mois et seulement pour les gradés. Une fois dans la ville je te conduirai au portail, nous serons plus libres de discuter des actions à entreprendre. Une dernière question, j'aimerais que tu me listes tout ce que tu possèdes sur toi à cet instant, j'aimerais éviter toutes mauvaises surprises.
- Bien sûr, mon épée bâtarde, quatre dagues, une lettre, une rune d'ancrage, une barre de nilarium et environ deux cent- pièces d'or.
- Merci pour ta coopération, à partir de maintenant je te demanderais de garder le silence le plus complet.

Le duo longea l'immense mur entourant la cité en direction de la porte sud, au fur et à mesure de leur progression une cohue s'éleva, s'intensifia. Au détour d'une petite maison, ils débouchèrent sur la route principale face à l'imposante entrée de Nelium, une porte gargantuesque protégée par une milice omniprésente composée de soldats et d'archers contrôlant les moindres faits et gestes de la foule agglutinée devant le point de passage. La place grouillait, ce lieu de transit obligatoire accueillait convois miniers, marchands ambulants, roublards et autres voleurs à la tire, s'agglutinant devant cet imposant édifice. Derrière ce rassemblement s'élevaient les premiers bâtiments de Nelium, des bâtisses à l'architecture imposante et robuste, composées de pierres de taille plus longues qu'un homme. Les bâtiments possédaient de nombreux apparats, des fresques entièrement composées de nilarium, aux longues colonnes parcourant la hauteur des bâtiments le tout égayé par de clinquants éclairages en or pur. Les vêtements des rares passants discernables suivaient le même modèle, des tissus chers et précieux sublimés par de nombreux apparats volumineux. Un défilé permanent de richesses, d'accoutrements extravagants, de bourgeois célestes vivant dans l'opulence et l'insouciance la plus totale dans une ville forteresse où toutes les forces étaient au service de leur bien-être.

- Papiers et passavants, lança machinalement un garde se tenant devant l'entrée.
- Avec plaisir Sire céleste, voici mes papiers ainsi que ceux de mon garde du corps.
- Marchand, sans marchandise ?
- Un marchand ne fait pas que de la vente Sire céleste parfois il doit acheter et quel meilleur endroit que Nelium.
- Avec quels fonds ?
- La somme que transporte mon garde du corps, je ne suis qu'un humain je préfère confier mes richesses à plus compétent.
- Kaïne, fouille-les, ordonna-t-il d'un mouvement de la tête.
- La céleste est armée jusqu'aux dents et sa bourse est bien large, jubila le subordonné tout en profitant de sa position pour laisser ses mains se balader le long du corps de l'évocatrice.
- Combien ? demanda-t-il à son adjoint avant de s'adresser de nouveau à Dheln. Dis-moi, elle n'est pas farouche ton escorte et plutôt mignonne. Tu sais les choisir.
- Lorsque l'on y met le prix, la marchandise est toujours de qualité Sire céleste.

- À peu près deux cents ou deux cent cinquante et une barres de Nil.
- Bien, bien, ça fera cent cinquante pièces d'or le passage. C'est le prix moyen pour les humains. Combien de temps comptez-vous rester ?
- Le temps de faire quelques affaires puis nous emprunterons le portail vers Cor'vinus Sire céleste.
- Bien, bien, dégagez.
- Merci Sire céleste, passez une excellente journée.

Malgré l'effort vestimentaire, le duo contrastait fortement avec l'environnement, un simple coup d'œil suffisait à isoler les résidents de la forteresse des visiteurs. Le reste de la cité suivait le même modèle, tout y était sublime, des fontaines extravagantes jusqu'au palais de l'archange dominant toutes les structures de la ville. Dheln ne tergiversa pas, il entraîna Nève dans la rue principale.

- Suis-moi. Je te dépose aux abords du portail, je ne pense pas que le coursier arrive avant le milieu de matinée. En attendant, je me charge de glaner de l'information et de te trouver une porte de sortie.
- Je suis heureuse de te l'entendre dire, je m'apprêtais à t'égorger dans une ruelle sombre, taquina la céleste.
- Comme je te l'ai précisé, je pense qu'une coopération saine vaut mieux pour nous deux. Je ne suis pas mon père, je ne t'envoie pas en mission suicide, il te pense stupide, je suis convaincu que notre partenariat se révélera prolifique.
- Contente de te l'entendre dire, cependant…
- Nullement besoin de me menacer, je connais les répercussions. Guette un regroupement de soldats, de gardes, un mouvement de foule, tout ce qui paraît suspicieux. C'est le troisième coursier que l'on tente

d'éliminer, la sécurité… interrompit le jeune homme avant de se faire couper à son tour.

- J'en fais mon affaire. Trouve-moi une porte de sortie, une diversion si possible et un angle d'attaque.
- Bien, j'aime les gens consciencieux et impliqués. Arrêtons-nous ici. L'arche au fond, c'est ta cible, elle dispose de quatre sorties, difficile de toutes les guetter. Les entrées Est et Ouest donnent sur l'avenue principale, impossible d'avoir une vue correcte. Tu vois ce bâtiment au Nord de l'arche, deuxième fenêtre à droite, le propriétaire est malencontreusement décédé la semaine dernière. Il y a une porte à l'arrière du bâtiment, débrouille-toi pour entrer sans être vue. Faufile-toi jusqu'à la pièce et guette d'ici, une fois ta cible en visuel, il y a de fortes chances qu'elle emprunte la rue principale vers l'est, direction le palais du régent. Après à toi de jouer, on se sépare ici, je reviens vers toi le plus vite possible. Je suivrai ton évolution de près, je serai là au moment opportun, expliqua-t-il le plus intelligiblement possible afin de ne pas perdre son interlocutrice.
- Ne me déçois pas.
- Je n'y compte pas, conclut le fils de Griggs accompagnant ses mots d'un large sourire.

Dheln se faufila rapidement dans l'allée avant de disparaître un peu plus loin, la céleste entreprit de suivre le plan même si son instinct lui criait l'exact opposé. Elle s'engagea rapidement dans le chemin longeant la maison au nord du portail puis, comme décrit, elle se retrouva face à une petite porte d'accès loin des regards indiscrets. Elle gela la poignée ainsi que le mécanisme du verrou puis, d'un coup d'épaule bien placé, la porte céda lui offrant son ticket d'entrée. Elle jeta un regard furtif à l'intérieur espérant que le bruit de son effraction n'ait alerté personne, par chance la zone semblait vide. Nève pénétra ensuite dans le bâtiment en direction des escaliers qu'elle gravit prudemment pour éviter tout face à face involontaire. Elle arriva finalement devant la porte de la pièce mentionnée par son compagnon. La céleste répéta la même opération avant de pénétrer dans ce qui semblait être une chambre de bonne. L'endroit empestait la sueur et les détritus, pour cause, un petit tas de fruits en décomposition laissés sur le bureau près de la fenêtre et dans un coin, un amas de vêtements à l'odeur douteuse. Nève s'approcha doucement de la vitre, une vue idéale sur le portail et la place, Dheln n'avait pas menti, d'ici elle pourrait scruter tout le va-et-vient. Elle s'installa tranquillement sur le bureau en face de son objectif, attendant patiemment le moment où sa cible sortirait du portail.

Chapitre 6-2 : Assassinat

Un reflet, Dheln me signale sa présence avec un miroir, tout est en place, à moi de jouer. Je compte six gardes et une patrouille de la milice, un défi à ma hauteur. Je quitte rapidement l'appartement puis je gravis les escaliers jusqu'au dernier étage, j'enfonce une porte au hasard et je sors par la fenêtre qui donne sur le toit. Le soleil surplombe les pavés, je n'ai que quelques instants avant qu'ils ne me repèrent, il me faut agir dans la minute. Comme prévu, le groupe quitte l'arche vers l'est en direction du palais, le coursier bien à l'abri au centre du détachement, je repère Dheln dans une petite ruelle, il les suit, parfait. J'escalade, je me déplace tel un félin sur les toits de la ville, mon objectif se trouve dans la rue, à un peu plus de dix mètres sous mes pieds, je prends appui et je m'élance. Je tends mes deux bras, mon énergie, ma volonté, je la mobilise, une comète bleue fondant sur son objectif, la chute me paraît interminable, mes deux poings heurtent le pavé. Une onde de choc se propage brisant toutes les vitres alentour et projetant l'intégralité des gardes au sol, l'effet de surprise est total. Je repère au loin la patrouille, j'ai le temps de les isoler avant qu'ils n'interviennent, la tâche n'en sera que plus simple. Mon catalyseur vibre, l'énergie se libère, je puise dans sa force à outrance, mon corps approche de l'implosion lorsque mon pouvoir se libère. L'humidité de l'air se cristallise alors qu'un mur de glace jaillit du néant, coupant ainsi toute retraite au groupe. Je souris devant ce constat, ils sont à ma merci.

Ce vêtement d'apparat me gêne, je me débarrasse de ma veste en soie puis je saisis deux de mes dagues tandis que les gardes reprennent peu à peu leurs esprits. Profitant de mon avantage, je me rue vers ma première cible luttant pour se relever, j'utilise mon élan pour lui assener un coup de pied puissant dans la mâchoire. Celle-ci craque et plusieurs dents volent tandis que je continue ma foulée avant de terminer mon premier assaut en plantant mes deux dagues dans le flanc d'un autre homme hébété.

Quelque chose m'interpelle, je ressens une aura, de l'énergie que l'on manipule et condense, un évocateur, bras tendu, s'apprête à m'attaquer. Il projette un trait de feu droit sur mon visage, mon corps esquive instinctivement et pour réponse, je lui lance mes deux dagues, l'une lui transperce la main et l'autre vient se planter dans son épaule. Je n'en ai pas encore fini avec lui, je le charge frénétiquement esquivant au passage l'attaque pataude d'un garde désorienté. L'évocateur finalement à portée du fil de ma lame, je saisis Grâce puis tout en passant sur son côté droit je lui tranche la tête, libérant une effusion de sang. Je me délecte de l'instant, l'odeur de fer qui s'en libère me rend hystérique, mon démon resurgit, le diable que j'enfouis au fond de mon être, celui que je bride à chaque instant.

Je me retourne sur le reste de la troupe qui se regroupe, certains titubent, je ne leur laisse aucun répit. Mon arme en main, je charge le premier céleste à ma portée, je dévie sa pitoyable tentative de me résister et pour en finir je lui assène un violent coup de pied qui le projette au sol, brisant au passage ses côtes, sa tête se fracassant contre les pavés marquant le blanc de la pierre d'une traînée rouge. Un inconscient tente sa chance, je pare et attrape son bras que je brise d'un coup de genou avant de lui traverser la gorge de la pointe de mon épée. Je souris, je jubile, les derniers soldats encore valides hésitent, l'un d'eux attrape le coursier par le col dans une vaine tentative de me fuir. J'avance lentement vers eux, je veux savourer l'instant, la peur dans leurs yeux, la mort se rapprochant pas à pas.

Ils ont l'air bêtes avec leurs épées levées, ils tentent de me contenir, un cataclysme qu'ils veulent repousser de la pointe de leurs armes. Le coursier, apeuré, glisse sur le sang que j'ai répandu, une poignée de cadavres jonche maintenant la ruelle. Le messager, aidé par un garde, accomplit l'incroyable prouesse de se relever, un triomphe lui offrant une maigre lueur d'espoir. Ils pensent pouvoir me fuir, je ris. Je tends mon bras gauche suintant d'énergie, mon évocation cristallise le sang de l'une de mes victimes, le liquide rouge se changeant en étreinte figeant la jambe du coursier à un corps sans vie. Il implore, risible pantin, il supplie les deux soldats encore capables de le sauver. Il est temps de conclure cette mascarade, je me lance déviant d'un simple mouvement de poignet une attaque paniquée avant de passer sous leurs gardes, je tape l'arrière du genou de mon opposant l'obligeant à se courber devant moi. J'esquive une autre tentative de son compagnon avant d'en finir avec deux taillades, je ris à pleines dents. Ma cible est à ma merci, il continue de geindre, je sauve ce qui reste de sa dignité en abrégeant ses souffrances. Je tremble, mon corps réclame plus, toujours plus de sang, je serre les poings, comme on me l'a appris, respirer, contrôler.

Quelque chose résonne dans ma tête, un bref retour à la réalité, quelqu'un m'appelle, Dheln, le teint blême, m'attend dans une ruelle. J'attrape la besace du coursier puis je me jette dans l'étroit corridor rengainant Grâce au passage. En pleine course effrénée, il ne cesse de me parler, mais je n'écoute pas, mes pulsions sont assourdissantes. Au milieu du dédale, il me montre une trappe le long d'une bâtisse, je m'engouffre sans réfléchir, il m'emboîte le pas avant de la refermer. Il fait sombre dans cette cave humide, je m'assieds sur le sol froid et légèrement mouillé, il me faut me rappeler qui je suis, d'où je viens, où je vais, qui sont les miens… Je remarque son regard à la fois subjugué et apeuré, il me fixe couverte de sang n'osant me perturber, captivé par mes pupilles noir de jais. Il tremble la bouche béante car devant lui se tient une légende vivante, un ange noir.

Chapitre 6-3 : Stratagème

À quelques centaines de mètres de la joute, Keinil fixait impatiemment la fenêtre donnant sur l'allée principale, l'espoir futile de discerner un début de réponse sur l'attentat ayant frappé sa cité.

- Seigneur céleste, le coursier est arrivé sain et sauf. Le leurre n'a pas eu cette chance, expliqua l'intendant s'étant chargé d'accueillir le messager.
- Peu m'importe, retrouvez les coupables et éliminez-les. En attendant, fais-le entrer.
- Bien Seigneur céleste.
- Approche-toi, quelles nouvelles m'apportes-tu ? pressa Keinil.
- Seigneur céleste, notre régent tient à vous faire part de son inquiétude quant à la tenue de votre cité. Les atteintes à répétition et le désordre global soulèvent de nombreuses questions sur votre compétence à régner sur Nelium, transmit l'humain de la façon la plus humble possible. Pour le reste, je n'ai nullement été mis au fait des détails, voici les courriers relatant vos ordres provenant de la régence de la maison. Je suis à votre entière disposition.
- Merci coursier, tu peux disposer. Repose-toi et attends mes ordres, je formulerai une réponse dans les plus brefs délais.
- Seigneur céleste.

Le messager salua le premier né avant de se retirer discrètement.

- Laïmah, j'aimerais être seul un moment… Un instant, convoque Vanul je te prie, je veux le voir cet après-midi. Fais-lui bien comprendre que l'affaire est pressante.
- Bien Seigneur céleste, vos ordres sont ma volonté, acquiesça l'intendant.

Toujours tapis dans la noirceur rassurante de leur cave, deux individus attendaient que cesse le va-et-vient de la milice. L'un d'eux gesticulait à outrance :

- Merde et merde, de merde ! On nous a bernés ! La besace est vide ! Vide ! fulmina Dheln tout en contrôlant le volume de sa voix.
- À qui la faute, j'ai accompli ma mission. Une fois la voie libre, je continue mon chemin.
- Hors de question ! Tu ne…
- Je te pensais plus intelligent Dheln. Qui va m'arrêter ? Toi ? interrompit la céleste.
- Ce n'est pas ce que je voulais dire. Notre collaboration n'est pas terminée.
- Écoute si cette besace est vide alors le véritable coursier est déjà arrivé à bon port. La mission est un échec, fais avec.
- Mon père va me tuer, marmonna le jeune homme tout en s'affalant contre une caisse.
- Possible, sincèrement je m'en contrefiche. Je perds encore et toujours plus de temps avec vos idioties, il me faut atteindre Vanul au plus vite.
- Nos idioties ne semblaient pas te préoccuper quand tu massacrais tous ces gardes, ange noir.
- Serait-ce du chantage Dheln ? s'informa-t-elle sur un air condescendant.

- Je suis loin d'être fou, tu m'égorgerais avant que je
  n'aie pu lever le petit doigt. Vois cela comme la vaine
  attaque d'un homme au pied du mur.
- Je ne peux malheureusement plus rien pour toi.
  Cependant, j'aimerais que tu m'aides à atteindre Vanul.
- Et quel est mon gain dans tout cela ?
- Plutôt, quel est ton prix ?

Dheln disparut un instant dans ses pensées, le temps nécessaire à sa réflexion, qu'allait-il lui demander ? Il posa de nouveau ses yeux sur elle avant de lui répondre sereinement.

- Je veux la vérité.
- Quelle vérité ? répliqua la céleste se parant d'une mine
  renfrognée.
- Qui es-tu Nève la céleste ? Et pourquoi cherches-tu
  Vanul ?
- Que gagnes-tu à connaître la vérité ?
- Une simple curiosité malsaine que je ne peux freiner,
  un ange noir. Un mythe, un humain capable de rivaliser
  avec les premiers nés. Comprends ma position, je suis
  assis en face d'une entité légendaire, ne serais-tu pas
  curieuse à ma place ? exposa-t-il.
- Je le serais, concéda l'ange noir. Que tiens-tu à savoir ?
- Quel est ton but ?
- Éliminer Thola de La Compassion pour les intérêts
  privés de La Fierté.
- Je ne vois aucun lien avec Vanul ? s'étonna Dheln.
- Vanul est le dernier pion de Thola, sa fortune provient
  des réserves cachées de l'archange lorsqu'il régnait sur
  la région. Il reste ma meilleure chance de l'atteindre
  sans éveiller les soupçons.
- L'enfoiré ! articula-t-il après un court instant
  d'incrédulité.

- Réaction appropriée je présume. As-tu d'autres questions ?
- Comment as-tu découvert ta condition ? enchaîna-t-il avec une pointe d'excitation visible.
- L'intronisation déclenche la prolifération de la souillure latente dans le corps d'un déviant, l'énergie divine se mêlant à la corruption. Plutôt que de me purger, mon seigneur a trouvé l'opportunité intéressante, il m'a enseigné à me contrôler. Je lui dois la vie ainsi que mes pouvoirs.
- Et qui est ton seigneur ?
- Le Seigneur céleste Vehkiel de La Fierté, l'un des rares divins trouvant grâce à mes yeux. Il est bon, juste, tolérant, j'ai énormément de chance d'être à ses côtés et de pouvoir apprendre de sa personne. J'ai répondu à tes interrogations à ton tour maintenant, comment puis-je atteindre Vanul ?
- Impossible, Eden est une forteresse dans la forteresse et Vanul se trouve sous la protection directe de Keinil. Il y a quatre fois plus de patrouilles autour de sa demeure que dans n'importe quel quartier de la ville.
- Et si je frappe simplement à la porte ? plaisanta la céleste.
- Idée stupide. Écoute, je n'ai qu'une parole. Je vais te conduire dans une auberge où ta sécurité sera certaine, dans le même temps je vais faire mon possible.
- Merci beaucoup Dheln.
- Pour le moment, attendons la tombée de la nuit. Il sera plus facile de se faufiler au travers des patrouilles.

Au sein du palais de la ville forteresse, Keinil complétait la rédaction de son courrier destiné au régent de sa maison. Une fois qu'il eut terminé, il griffonna rapidement sa signature au bas du parchemin puis, utilisant son énergie, il scella l'enveloppe avant de la tendre au coursier.

- Tu transmettras mes salutations à notre Régent céleste ainsi que mes plus plates excuses. Tu lui confirmeras mon ressenti vis-à-vis de ses inquiétudes ainsi que ma compréhension des enjeux pour notre sainte maison. Fais vite et que le divin te protège coursier.
- C'est un honneur Seigneur céleste.
- Laïmah. Accompagne l'humain et assure-toi de sa sécurité. Fais entrer Vanul par la même occasion.
- Selon vos ordres Seigneur céleste.

Le messager quitta l'immense bureau de Keinil puis l'intendant invita l'homme d'affaires à rejoindre son hôte avant d'être lui-même congédié.

- Approche-toi et prends place, ordonna le premier né.
- Je vous salue Seigneur céleste.
- Vanul, tu le sais, tu as mon respect le plus complet, en tant qu'humain, en tant qu'homme d'affaires. Rares sont ceux qui se hissent aussi haut dans mon estime, qu'importe leur origine. Cependant, je ne peux rester sourd aux bruits courants. Des informations blessant ma confiance, mon estime de ta personne.
- Seigneur céleste, quelles sont ces fautes dont vous m'accusez ? demanda l'humain sans perdre son sang-froid.
- J'y viens, avant tout je tiens à te remercier pour ton financement généreux de la milice de notre cité, pour tes investissements multiples dans le commerce et pour le soutien incommensurable que tu m'apportes au travers de ton réseau d'espions. Mais voilà que dernièrement les langues se délient.

Le premier né chercha à sonder son interlocuteur, utilisant cet instant pour s'assurer qu'il formulerait convenablement sa question.

- Vanul, quelles sont tes implications dans les attentats de ces dernières semaines ? interrogea-t-il finalement. Je saurai me montrer clément, mais je t'en prie montre-toi à la hauteur de la confiance que je te porte.
- Seigneur céleste, je ne ferai nullement l'éloge de votre personne, de fait mes actions parlent d'elles-mêmes. Notre collaboration est pour moi la plus précieuse qui me soit offerte, mais voyez-vous, d'anciennes obligations supplantent mes envies et mes idéaux pour cette cité ainsi que notre sainte maison.
- Viens-en au fait Vanul, je ne te suis pas.
- Vetel, je ne peux en dire plus sans risque pour ma personne. Ces actions que vous m'incombez sont de ma main, je le confesse, mais une main esclave d'un marionnettiste disposant du pouvoir de vie ou de mort sur ma personne.
- Eh bien prononce le nom de cet homme de l'ombre, qu'attends-tu ?
- Je ne peux sans périr Seigneur céleste. Libre à vous de m'imputer les crimes de… L'homme qui se trouvait à votre place, bredouilla-t-il prenant le temps de peser chaque mot. Châtiez-moi en conséquence, mais sachez que peu importe votre décision, je la respecterai.
- Vetel, ainsi soit-il. Je comprends ton message ainsi que ta détresse. En tant que collaborateur, que dis-je ami, sois assuré que je vais mettre en œuvre tout ce qu'il m'est possible de faire pour tirer au clair cette situation. Pour le moment, je t'interdis de quitter Nelium, siège au sein de ta bâtisse jusqu'à nouvel ordre. Tu peux disposer.

- Seigneur céleste, vous avez ma gratitude la plus sincère ainsi que mes remerciements. Je vous promets vérité lorsque mes liens ne me restreindront plus.
- J'en suis certain, Vanul. J'en suis certain…

Keinil observa son ami sortir par la porte principale de son bureau, il resta un instant pensif, les yeux plongés vers sa cité. Il quitta finalement son lieu de travail par une petite ouverture menant à un escalier permettant l'accès rapide entre chaque niveau du palais. Il descendit les marches jusqu'à l'étage inférieur puis il s'engagea dans un long couloir. Il pénétra alors dans un bureau exigu où se trouvait une céleste assise derrière une écritoire croulant sous une montagne de papiers. Elle s'interrompit dans ses travaux à l'irruption de son seigneur puis elle le salua avec respect.

- Seigneur céleste, que me vaut le privilège, balbutia-t-elle.
- As-tu des nouvelles concernant l'attentat ?
- Oui Seigneur céleste, il semblerait que le massacre soit l'œuvre d'une seule personne.
- Et ton commandant, où se trouve-t-il ?
- Il gère les hommes en ville Seigneur céleste, tout le monde est sur le qui-vive pour trouver le responsable.
- Bien, envoie un homme pour le rapatrier et dis-lui qu'il me faut le voir dans les plus brefs délais.
- À vos ordres Seigneur céleste.
- Merci soldat, je compte sur ta réactivité.

La céleste salua son supérieur avant de se précipiter dans le couloir, Keinil soupira puis d'un pas lent et pensif il prit le chemin inverse retournant à contrecœur vaquer à ses obligations jusqu'au plus profond de la nuit.

Non loin du palais, Dheln guettait les allées et venues de la milice par l'entrebâillement de la trappe d'accès, sans succès.

- Ils ont l'air d'avoir renforcé les patrouilles, il y a des gardes tous les deux mètres. Jamais nous ne passerons, soupira le jeune homme.
- Dans ce cas patientons, il n'y a rien d'autre à faire. Et cesse de gigoter, tu vas t'épuiser.
- Comment peux-tu rester aussi calme ? Tu m'exaspères ! s'horripila le gringalet.
- Crois-le ou non c'est une journée banale pour moi. As-tu soif ?
- Bien évidemment ! Mais je ne vois pas en quoi cela… Oh, merci pour l'évocation.
- Bois et calme-toi, nous quitterons l'endroit au premier mouvement de foule dès le début de matinée. Profites-en pour te reposer un peu.
- Ve déveste va vie, répondit Dheln un glaçon dans la bouche.

Chapitre 6-4 : Patience

Le repos de Nelium, une auberge typique de la forteresse, placée aux abords du centre financier, elle recevait et hébergeait la majeure partie des marchands transitant dans la ville. Un bâtiment imposant comptant plus d'une cinquantaine de chambres disponibles à chaque moment de la semaine, un lieu d'échange, une place de vie de la classe moyenne de Nelium. Dans sa salle principale, où trônait le comptoir ainsi qu'une quinzaine de tables, patientait la seule cliente déjà présente, assise non loin du tenancier des lieux.

- Braaïn ! Toujours aucune nouvelle de Dheln ? interrogea Nève tout en se balançant sur sa chaise.
- Pour la quinzième fois, non !
- Et mon courrier ? Tu t'en es chargé ?
- Pour la vingtième fois ! Oui ! pesta le gérant.
- J'en ai marre d'attendre. Comprends-moi.
- Et moi j'en ai marre de te supporter !
- Ce n'est pas une façon de traiter ses clients !
- T'es une emmerdeuse ! Pas une cliente ! Quatre jours que tu tergiverses au milieu de mon établissement à me pourrir la vie ! Trouve-toi une activité ! Un travail ! Aide-moi à faire la vaisselle si tu t'ennuies tant !
- Je ne vais pas payer ma chambre et te faire la vaisselle ! Je ne suis pas ta boniche !
- Dois-je te rappeler l'énorme service que je te rends ? Alors attrape le chiffon et essuie !
- Par le divin tu es pire que la milice, bougonna la céleste tout en se levant de sa chaise.
- Tu sais te servir d'un torchon au moins ? ricana Braaïn.

- Oui, j'ai déjà étranglé trois ou quatre taverniers avec ! Peut-être un de plus aujourd'hui !
- Parle moins et travaille, dit-il en baissant la voix. J'ai reçu ta réponse tard hier soir, un émissaire de ta maison te rejoint dans la journée.
- Merci, je t'en dois une.
- Plutôt trois, je vous laisserai l'arrière-cuisine pour discuter de vos affaires. Ma part du marché est conclue, la tienne maintenant.
- Voilà ta barre de nilarium, mais pour ce prix mon grand je ne ferai pas la vaisselle, murmura la céleste en déposant le torchon sur le comptoir.
- Eh, pour ce prix je m'en voudrais de te faire trimer plus que nécessaire. Va t'asseoir je t'apporte un verre.
- Je te remercie, mais pas d'alcool. Je monte, préviens-moi à son arrivée.

Nève passa le reste de la matinée dans sa chambre, elle ne descendit qu'à la fin du service de mi-journée afin de grignoter une partie des restes. Elle s'installa au bout du comptoir, observant le va-et-vient permanent des employés de l'auberge nettoyant la pièce après le passage de la plus grosse partie de la clientèle. Dans le peu de personnes restantes, elle croisa le regard d'un céleste familier, elle lui fit un rapide signe de tête puis elle disparut dans l'arrière-cuisine.

- Naïmah, c'est un plaisir de te voir, notre Seigneur céleste te salue et réitère la confiance qu'il te porte, entama l'émissaire en pénétrant dans la pièce.
- Plaisir partagé, comment te portes-tu ? sourit-elle ravie de revoir Kelenh.
- Fatigué, l'oligarchie est en ébullition, avec cette rumeur de cinquième porte tous les espions sont sur le qui-vive. Notre maison en tête de ligne, d'ailleurs notre Seigneur

céleste espérait que ta position géographique apporterait certaines lumières.

- Selon les dires de plusieurs contrebandiers ainsi que de ma propre expérience, des démons pullulent au sud du territoire de La Compassion et particulièrement aux abords de Zéphès. Thiamel serait parti vérifier la véracité des faits il y a quelques semaines de cela, je ne peux en dire plus de ce côté, mais tout indique qu'une porte est bel et bien apparue dans les terres sauvages. De plus, des rumeurs circulent parmi les entrepreneurs de Nelium, beaucoup de guildes préparent hommes et ouvriers pour une initiative vers le sud. Je pense que la maison de La Compassion, Nelium en tête de ligne, compte annexer Zéphès et prendre possession de la nouvelle porte, exposa la fille aux cheveux d'argent.

- Merci pour tes informations, elles concordent avec les nôtres, je m'occupe de transmettre ton rapport. Quel est ton avancement vis-à-vis de Thola ? Où se trouve Joseph ?

- Joseph a… succombé lors du trajet me laissant avec pas mal d'interrogations, indiqua-t-elle la voix tremblante avant de retrouver son aplomb. Tout mène à Vanul, le receleur d'Eden, un de mes contacts s'occupe de me trouver un angle d'attaque. Je te préviendrai dès que la situation aura évolué.

- Très bien. Je reste en poste à Nelium pour le moment, ordre direct de la régence. Je viendrai déjeuner ici chaque midi, si tu as besoin de quoi que ce soit fais-le - moi savoir.

- Pas de souci, je te souhaite un bon séjour à La Compassion. À bientôt.

Nève salua son collègue puis elle retourna vers la salle principale, le tavernier l'attendait avec deux verres ainsi qu'une bouteille posée sur le comptoir.

- Hey, l'emmerdeuse, assois-toi. Un admirateur a laissé un petit quelque chose pour toi.

La voix du gérant trembla légèrement, suffisamment pour que la céleste, habituée à le côtoyer, saisisse que quelque chose le perturbait. Elle jeta un rapide coup d'œil dans la salle, elle n'y reconnut aucun habitué, tous les célestes présents agissaient de façon solennelle. Devant la porte d'entrée fermée se trouvaient deux gardes féroces empêchant tout passage. Nève resta impassible, elle s'assit en face du tavernier puis elle se servit un verre qu'elle descendit d'un trait.

- Braaïn, tu peux disposer, lança une voix descendant lentement les escaliers.
- Impressionnant dispositif pour ma simple personne, plaisanta la céleste acerbe.
- Je vois que les présentations ne sont nullement nécessaires, Nève de La Fierté. Je dois avouer que j'ai longuement réfléchi à notre rencontre, est-elle venue m'assassiner ? A-t-elle caché ses vraies motivations au pauvre Dheln ? Est-elle vraiment ce que le jeune homme a crié haut et fort sous la douleur ? M'asseoir aux côtés de l'ange noir ayant anéanti une escouade en pleine rue est-il prudent ?

Vanul tira un tabouret pour s'installer avant de remplir les deux verres posés sur le comptoir :

- Une décision incongrue que de venir te rencontrer, mais que serait la vie sans espoir et sans confiance ?
- Le monde tel que nous le connaissons.
- Amusant. Une vie cruelle où chaque pas, chaque rencontre peut être la dernière… Trinquons ?

- À quoi trinquons-nous ?
- À la providence et à notre future collaboration.
- D'où te vient cette subite confiance en ma personne ?
- Ma foi, il semblerait que tes intentions soient louables. Espérons simplement que l'espion en arrière-cuisine n'ait pas trop souffert de son interrogatoire.
- À notre collaboration, lança Nève dans un faux-semblant festif.
- À notre collaboration, répondit l'homme d'affaires en souriant.

Vanul tourna lentement la tête vers l'un de ses hommes, celui-ci vint déposer les affaires de Nève sur le comptoir.

- Vetel, unité sept et une rune d'ancrage, typique de mon cher et tendre détenteur, expliqua-t-il en déballant les possessions de la céleste.
- Thola de La Compassion.
- Un nom arrogant, dépeignant la haine ainsi que la soif de vengeance, quel plaisir de ne pouvoir le prononcer. Vois-tu maintenant que j'ai pris connaissance de cette lettre et plus particulièrement de ce mot, il m'est impossible de l'ignorer sous peine de succomber. Un présent de mon détenteur me liant à sa volonté, m'obligeant à accomplir mon devoir en dépit de mes ambitions.
- Une magie d'influence ?
- Effectivement, déclara Vanul tout en ouvrant sa chemise.
- Une gemme ancrée dans la chair, juste à côté du cœur. Poétique.
- N'est-ce pas ? Je vais donc te fournir les quatre-vingt barres de nilarium comme convenu, abrégea-t-il alors qu'un homme de main apportait déjà la somme. Tu

devras les remettre à l'unité d'Emeziel siégeant au sud du territoire de La Rigueur, dans les ruines du village de Helmer. Pour ce qui est de la rune d'ancrage, celle-ci ne répondra qu'à la présence d'un premier né.

Vanul se frotta le visage. Accomplir cette simple tâche semblait lui peser. Il reprit la parole :

- Voilà, mes obligations sont maintenant remplies. Bien évidemment, je ne puis être tenu responsable du mouvement suivant que tu exerceras. J'espère que ta route te mènera jusqu'à tes ambitions premières et que ta mission sera dûment accomplie.
- Je l'espère, cependant je pose une condition à notre saine collaboration. Si le sang de Kelenh coule le long de tes mains, je te fais la promesse solennelle de t'arracher le cœur à vif, menaça l'ange noir.
- Ma chère, inutile de s'emporter, répondit calmement Vanul en claquant des doigts. Le voici, sauf ! Je ne peux m'avancer pour le côté sain de sa personne.

Deux célestes à la solde de l'homme d'affaires poussèrent l'espion dans la salle. Celui-ci, roué de coups et souffrant de multiples lésions, semblait à la limite de s'effondrer. Kelenh mobilisa le peu de force lui restant pour sourire à sa collègue.

- Notre petit tête-à-tête est à présent terminé. Je te souhaite une bonne journée ange noir et que ta mission soit couronnée de succès.

Vanul prit la direction de l'entrée, heureux de sa mise en scène. Il se stoppa au milieu de la salle avant d'entamer une tirade forcée, montrant par la même occasion des signes de réjouissance.

- Ah, j'oubliais ! Je suis parfois si étourdi ! Malencontreusement, je ne vais pas pouvoir retenir les rumeurs sur ta condition très longtemps. Si je me trouvais être un déviant, je quitterai la magnifique cité de Nelium sans tarder. La milice est prompte à pourchasser les abominations. Adieu ma très chère collaboratrice.

Alors qu'il allait passer le pas de la porte, l'homme d'affaires fit un léger signe de la main et toutes les personnes présentes se levèrent afin de lui emboîter le pas. Quelques secondes plus tard, il ne resta plus que Nève, son compagnon ainsi que Braaïn caché dans l'arrière-cuisine. La céleste se rua vers son ami qu'elle guérit par magie, il finit par ouvrir les yeux heureux de se savoir en vie.

- Je suis désolé Naïmah, ils ont été persuasifs, s'excusa l'espion.
- Ne te fatigue pas, tu nous as sauvé la vie. Si Vanul avait eu un quelconque doute sur nos motivations, nous n'aurions jamais quitté la cité vivants. Par contre, nous devrions nous dépêcher, cette ordure a tout prévu.
- Que faisons-nous ?
- Ta situation est compromise, fais-nous passer le portail vers Cor'vinus et rentrons. La rune d'ancrage réagit à un premier né, notre Seigneur céleste pourra invoquer Thola. Nous le confronterons au sein de notre maison, nous n'avons aucune raison de traîner ici.
- Très bien et que fait-on du nilarium, demanda-t-il en pointant du doigt le sac sur le comptoir.
- Disons que c'est le jour de chance du gérant de l'établissement. Autant d'argent attirera l'attention, il nous faut quitter Nelium le plus rapidement possible.
- Je te suis.

- Merci pour tout Braaïn, dépêche-toi de cacher le sac, conseilla la céleste au tenancier caché dans l'arrière-cuisine.
- Je suis sincèrement désolé l'emmerdeuse, j'espère que l'on se reverra un jour, répondit timidement le gérant par l'entrebâillement de la porte.
- Ne t'en fais pas, je ne te tiens rigueur de rien. Au plaisir.

Extrait de l'Histoire des Trois Royaumes : chapitre I - Genèse : Histoire céleste

Trois plans, trois destinées, trois royaumes jusqu'à la fin des temps. De sa main nous sommes nés, un paradis brut elle nous a offert, pour que nous puissions le façonner selon notre volonté. Un paradis en expansion à peine plus imposant que notre cité mère, ici les premiers nés ont bâti, ici les premiers nés ont construit, une société, une vie, à l'image de notre mère. L'expansion a continué, de nos terres, de notre population, puis vint l'ouverture sur un autre royaume et avec lui la découverte de la seconde création divine : l'Humain. L'Humain impur, l'Humain souillé, l'Humain "marchandise", l'Humain "source de profits et de velléités". Avec lui est venue la discorde entre frères, entre sœurs, la tragédie d'une guerre permanente. De la guerre est née l'infertilité, de l'infertilité et de la guerre est née la nécessité, la nécessité de continuer notre lignée. L'Humain autrefois "régression" par la parole de notre mère est devenu salvation.

Préface du Registre historique de l'an - 247 avant la première régence, lettre de Thola, premier né, chargé du recueil d'informations sur les humains :

Il est de connaissance commune que notre royaume est un disque en constante expansion dont les bords sont délimités par un voile d'énergie modelant nos terres. Pendant plusieurs millénaires, l'idée d'être l'unique création divine a perduré et cela jusqu'à l'ouverture des failles communément appelées "Portes", quatre failles menant au second royaume. Dès lors nous avons découvert deux nouvelles espèces, l'humain et la créature souillée. Rapidement, nous avons compris que les deux ne formaient qu'un, l'un étant l'évolution de l'autre soumis à une corruption avancée. Encore aujourd'hui de nombreuses questions subsistent, l'humain est-il une création divine délibérée ou une simple tentative de nous égaler ? Les failles sont-elles un fait divin ou une instabilité du voile liant les plans ? Après étude du second royaume, nous sommes arrivés à la conclusion qu'à minima trois plans existaient, le premier royaume divin et pur, le second royaume souillé et corrompu ainsi que le troisième royaume lieu de naissance de l'humain. Ce dernier royaume, hors de notre portée, reste un mystère à nos yeux, nos seules connaissances découlent des informations obtenues auprès des humains, humains impurs dont la parole ne peut être prouvée.

Selon nos informations recueillies, voici ce que nous savons de leur royaume :

- Le royaume humain est un plan qui, contrairement au premier royaume, n'est pas en expansion.
- Ses limites sont définies par une chute, émanant d'une énorme réserve d'eau appelée "océan", vers un voile noir qu'ils nomment étrangement "espace".
- Ses terres seraient composées de deux énormes "continents".
- Plusieurs centaines de langages sont recensés.
- L'humain ne connaît pas sa provenance.
- L'humain est le prédateur ultime de son royaume.
- La hiérarchie humaine se rapproche fortement de la hiérarchie céleste.
- Un humain moyen dispose d'une longévité allant jusqu'à quatre-vingts ans maximum.
- Le mode de reproduction des humains est similaire au nôtre

Chapitre 7-1 : Retour

Au nord-est de Cor'vinus, au sein du territoire de La Fierté, siégeait le palais du troisième archange de la maison, un édifice dissimulé en plein cœur des montagnes de la région de Montis. Un établissement situé au milieu d'un lac naturel et réservé à la formation ésotérique céleste, une institution dirigée par le bienveillant Vehkiel. Lieu d'étude et de résidence de Naïmah, une zone recluse, agréable, loin du train infernal de la cité mère, où les évocateurs en devenir apprenaient et expérimentaient leurs pouvoirs. Un environnement à part entière, autonome, lieu de neutralité et d'indépendance par la volonté de l'archange dirigeant, une académie qu'il nomma Sanctuaire.

Un flash bleu, un imposant portail duquel jaillirent deux célestes. Nève retira sa capuche pour dégager un peu plus sa vue, elle observa les montagnes enneigées, la pureté de l'eau du lac, les jardins en fleurs, un sentiment de paix, de joie s'empara d'elle. L'évocatrice, un sourire irrépressible au coin des lèvres, inspira profondément, elle se sentait heureuse de retrouver cette odeur si chère à son cœur. Impatient, Kelenh lui enjoignit d'avancer, il ne semblait pas partager son allégresse peinant à se détacher de sa mission. Elle le suivit, parcourant le chemin longeant la rive jusqu'à l'allée principale. Ils croisèrent ici et là plusieurs résidents du palais qui les saluèrent avec respect, un égard que Naïmah leur rendit avec plaisir et sincérité. De l'allée principale ils s'engagèrent dans la cour centrale, lieu de vie commune, de nombreux célestes discutaient, échangeaient assis au pied des bassins remplis de poissons. Les élèves, surpris par leur retour inattendu, souriaient à leur passage, le duo pénétra dans le bâtiment avant d'emprunter l'escalier principal menant à l'étage supérieur. Une fois les marches gravies, ils firent face à une colossale porte légèrement entrouverte, les deux célestes se glissèrent à l'intérieur pour arriver à leur destination, la bibliothèque.

Au milieu des innombrables étagères trônait une majestueuse table de plusieurs dizaines de mètres de long sur laquelle travaillaient assidûment une douzaine de célestes. À l'exact opposé, le premier né Vehkiel supervisait l'étude. Curieux de l'irruption, il leva la tête croisant le regard de ses protégés qu'il salua d'un large sourire. Un acte chaleureux, rassurant, empli d'amour et de compassion, l'archange dégageait une aura pure, accueillante. Contrairement à la majeure partie de la caste céleste, il se confondait avec ses élèves, une coiffure sobre, des vêtements simples pour un divin droit et juste. Nève lui rendit son sourire puis elle s'approcha de son seigneur d'un pas vif et impatient.

- Naïmah, Kelenh, je suis si heureux de vous voir sains et saufs. Marchons, voulez-vous ? Pourquoi un retour si hâtif ? demanda l'archange à son espion tout en se levant de son siège.
- Mes excuses les plus sincères Seigneur céleste, ma position à Nelium s'est retrouvée compromise dans un délai honteux. Pour ma sécurité ainsi que celle de Naïmah, nous avons dû quitter la ville le plus promptement possible.
- Seigneur céleste, sa découverte est entièrement de mon fait. Mais par déport, sa présence m'a permis d'atteindre mon objectif et d'assurer ma sécurité. Kelenh n'est nullement fautif, j'assume pleinement l'échec de sa mission.

- Allons, allons, nullement besoin de vous confondre en excuses. Poursuis donc, où en est l'avancement de ta mission ? se renseigna Vehkiel qui semblait ravi de retrouver ses protégés.
- Il vit toujours, j'espérais pouvoir porter le coup final au sein du Sanctuaire. Thola a recruté Joseph en tant qu'intermédiaire, il l'a chargé de contacter un certain Vanul pour transiter des fonds vers une unité de mercenaire dans le but de détrôner son frère et prendre la régence de la maison de La Compassion. Thola souhaitait négocier personnellement avec la troupe d'Emeziel pour cela il a fourni à Joseph une rune d'ancrage activable par un premier né. Plutôt que de risquer une rencontre entre les deux parties, j'ai préféré mener le combat ici, avec vous à mes côtés Seigneur céleste.
- Tu as bien fait, je suis fier de toi. De combien de temps disposons-nous ?
- À peu près une semaine, répondit succinctement la femme aux cheveux d'argent.
- Nous mettrons donc un terme à la folie de Thola ici même, affirma-t-il calmement avant de porter sa curiosité sur un autre sujet. Avez-vous retiré quelques informations sur la nouvelle porte lors de votre séjour ?
- Suffisamment pour confirmer les soupçons Seigneur céleste, interjecta Kelenh. Loin d'être une rumeur, tout porte à croire qu'une nouvelle faille s'est ouverte, les charognards pullulent dans la zone et les marchands de Nelium semblent en ébullition, prêts à se mettre en route dans un moindre délai. Pour finir, l'archange Thiamel serait lui-même parti vers la porte à la tête d'un détachement de soldats.
- Bien, empresse-toi de transmettre un rapport à la régence de notre maison, l'équilibre du premier royaume est notre priorité.

- Dans ce cas Seigneur céleste, pourquoi ne pas laisser Thola achever son plan ? proposa la céleste réagissant au dire de son précepteur.
- Où veux-tu en venir ? s'étonna l'archange circonspect face à la proposition de sa protégée.
- Je m'explique, le coup d'État de Thola offrirait une opportunité parfaite pour rattraper notre retard. Cela déstabiliserait la maison de La Compassion dans sa conquête de la nouvelle porte.
- Pour se retrouver avec un archange avide de pouvoir à la tête de La Compassion. Non merci, rétorqua Kelenh.
- Selon moi, un grand conflit est inévitable, si La Compassion s'approprie la nouvelle porte, elle disposera des atouts suffisants pour supplanter notre maison. Cela nous mènera bien évidemment à la guerre et à la possibilité de perdre notre régence. Maintenant, imaginons que Thola réussisse sa manœuvre, effectivement on se retrouve face à un despote avide de pouvoir et de vengeance…, expliqua Nève à ses interlocuteurs.
- Qui peut tout aussi s'approprier la nouvelle porte, coupa de nouveau l'espion. Où veux-tu en venir ?
- Certes, mais cela nous laisse le temps de sécuriser la nouvelle porte avant que La Compassion ne se rétablisse du coup d'état et de, par exemple, l'offrir à la maison de La Rigueur. Nous offrant ainsi un nouvel allié contre les ambitions de Thola, suis-je claire ?
- Tu espères que l'énergie qu'il investira pour stabiliser son pouvoir le détournera de la cinquième porte, nous laissant ainsi une chance de le prendre de court ? reformula Kelenh.
- Historiquement, La Rigueur est étroitement liée à La Compassion, je ne suis pas certain que le risque soit à prendre, expliqua l'archange régent. Cependant, ton idée reste intéressante ma chère élève…

Leur marche les ayant conduits aux portes des jardins bordant le sanctuaire, Vehkiel en profita pour se saisir d'une fleur. L'occasion pour lui de justifier son mutisme et son instant de réflexion, une fois sa décision prise, il reprit :

- Préparez-vous nous partons pour la tour du pouvoir dans une heure, il est temps de discuter avec notre régent. Rejoignez-moi au portail.
- À vos ordres Seigneur céleste, répondirent-ils en chœur.

Le duo quitta promptement le premier né avant de séparer leur chemin. Nève prit la direction de ses quartiers situés dans la partie haute du bâtiment, une petite chambre lumineuse avec vue sur les jardins et sur les eaux paisibles du lac. La pièce débordait de livres en tous genres, la majorité traitant de l'ésotérisme céleste, sur son chevet un épais livre noir ouvert sur un chapitre ô combien important à ses yeux, Humain - Déviant. Elle le referma rapidement en passant à côté puis elle saisit quelques affaires dans son armoire avant de quitter la pièce vers les douches communes. Un nécessaire de toilette, quelques baumes et du parfum, rencontrer le régent du premier royaume ne pouvait être pris à la légère. La quasi-totalité de son heure fut réservée à la coquetterie, elle natta d'abord ses longs cheveux argentés afin d'en faire un élégant chignon. Elle enfila ensuite son vêtement de circonstance, l'armure respective à son grade, commandante des forces ésotériques de la troisième maison de La Fierté, sous les ordres directs de l'archange Vehkiel. Une magnifique pièce d'équipement recouverte de nilarium, composée de deux épaulettes, d'un plastron et d'une paire de jambières posées sur un pourpoint en cuir de qualité. Une fois ses préparatifs terminés, Nève jeta un dernier coup d'œil à sa tenue puis elle quitta sa chambre en direction du portail.

- Commandant Naïmah, se permit une voix féminine hésitante marchant dans le couloir.
- Heleïn, je suis ravie de te croiser. J'espérais avoir le temps de venir te saluer, mais les événements se sont accélérés. Comment se passe ton enseignement ?
- Bien, je progresse à mon rythme… Même si vos cours nous manquent à tous.
- Je comprends, ils me manquent aussi… Tu passeras le bonjour aux autres, je compte sur toi, confia la céleste avant de continuer son chemin.
- À vos ordres commandant, acquiesça-t-elle en saluant respectueusement son supérieur.

Nève regagna rapidement le hall afin de quitter le bâtiment par la porte principale, elle s'engagea sur l'allée jusqu'au portail où l'attendaient Vehkiel et Kelenh. À son arrivée, l'espion enclencha une rune ouvrant le passage vers Cor'vinus puis le trio quitta le sanctuaire vers leur destination.

Chapitre 7-2 : La tour du pouvoir

Le groupe émergea au cœur de la zone de transit, Vehkiel prit la tête et se dirigea vers les portails reliant les quartiers intérieurs de la cité mère. Ils se faufilèrent au milieu de la foule avant d'arriver devant une escouade de gardes contrôlant le va-et-vient au sein de la ville. L'archange salua respectueusement les célestes en poste puis il s'engagea dans l'un des passages joignant directement les abords de la tour du pouvoir.

Ils se retrouvèrent au cœur du plan céleste, le berceau même de la vie où les premiers nés avaient érigé un monument à la mémoire de ses heures perdues. Une merveille millénaire, la plus majestueuse des constructions divines, sa pointe à peine visible depuis le sol touchait la voûte céleste. Il ne fallait pas moins du quart d'une heure pour effectuer le tour complet de sa base. Loin d'une simple extravagance, ses fondations gigantesques servaient au maintien de la structure. Le monument se composait d'une centaine d'étages, le dernier servant de salle du trône dominant le royaume tout entier.

Trois zones circulaires bien distinctes entouraient la tour du pouvoir, dans le cercle accolé à son enceinte, chacun des premiers nés immortalisa son existence dans la pierre, un mémorial qui comptait pas loin d'un millier de visages. Proche de son entrée se trouvait un édifice démesuré représentant la régente actuelle, une œuvre d'art intrusive rappelant à tous les passants à qui appartenait le royaume. Dans le cercle suivant, siégeait le marché périphérique, lieu de commerce destiné à l'oligarchie céleste, produits extravagants et rares pullulaient. Dans le dernier pourtour, se trouvaient boutiques et restaurants disposant d'une enseigne, zone d'échange et de vie de la caste céleste.

Le trio arriva dans l'une des rues principales de la cité, aux abords du dernier cercle entourant la majestueuse tour du pouvoir. Devant leurs yeux, un ballet constant de célestes, marchands, clients et officiels zigzaguaient d'échoppe en échoppe à la recherche de la perle rare. Au milieu de cette effervescence de visiteurs, une troupe lourdement armée scrutait chaque allées et venues, veillant consciencieusement à la sécurité de la zone. Dispersé au milieu du chaos, un détachement de la milice de Cor'vinus repéra l'arrivée du premier né. Deux célestes les saluèrent alors respectueusement avant de se détacher du groupe afin de les escorter. Ils traversèrent les deux premiers cercles pour se présenter devant l'arche protégeant l'entrée du musée à ciel ouvert, un groupement de soldats salua l'archange et ses compagnons avant d'ouvrir la grille donnant accès à l'édifice millénaire.

Le rez-de-chaussée de la tour, une vaste salle commémorant les premiers balbutiements de la vie céleste dont la minutieuse fresque murale narrait les mémoires, les déboires et les espoirs de la vie divine. Sur des blocs de pierre travaillés avec soin et disposés de façon disparate, les anciens avaient immortalisé leur lignage. Malgré un positionnement à première vue hasardeux, toutes les stèles pointaient vers une représentation féminine et maternelle, une figure bienfaitrice dont les tracés avaient été magnifiés par une peinture fine en or. Le vestige d'un temps sans second royaume, sans humains, sans maisons, une communion parfaite des êtres, une époque que certains considéraient comme l'âge d'or de la civilisation céleste. Au milieu de ce vaste étage débutait un imposant escalier en colimaçon menant à la salle des portails permettant l'accès aux différents niveaux de la tour du pouvoir.

Le trio gravit les marches puis Vehkiel les dirigea vers le passage menant au sommet de l'édifice. Ils émergèrent dans une vaste salle où patientaient nombre de célestes richement habillés. Dans un coin se tenait un bureau derrière lequel s'affairait un scribe au bord de la crise de nerfs.

- Vehkiel ! Pardonnez-moi, mille excuses, Seigneur céleste Vehkiel… Nous ne vous attendions pas, balbutia l'intendant en feuilletant son registre d'une main tremblante.
- Je m'excuse de mon irruption inopportune à en juger par la foule présente ici même, répondit-il avec un sourire se voulant réconfortant. Mais j'aimerais m'entretenir avec notre régent dans un délai convenable, un sujet des plus importants.
- Oh, euh, ah, comment dire… Cela risque de se révéler compliqué Seigneur céleste. J'ai… Euh… J'ai une place, là ! Dans deux semaines, cela vous convient-il ? questionna timidement l'intendant sachant pertinemment que sa réponse ne correspondait pas aux attentes de l'archange.
- Il va vous falloir raccourcir le délai. Je crains qu'il me soit impossible de patienter aussi longtemps.

Devant le refus de son interlocuteur, le céleste au front perlant se mit à parcourir les noms de sa liste. Vehkiel s'impatienta face aux simagrées puériles du scribe :

- Je vois, inutile de continuer cette mascarade. Merci de votre coopération, déclara l'archange avant de se diriger vers la porte d'accès à la salle du trône.

- Seigneur ! Où allez-vous ? Seigneur ! Vous n'êtes pas autorisé ! cria paniqué l'intendant tout en se levant promptement de sa chaise. Je ne peux… Crotte…

Vehkiel laissa derrière lui un homme pantois et désemparé, il pénétra dans la salle du trône toujours suivi de ses deux compagnons. Une pièce lumineuse disposant de deux rangées de colonnes courant jusqu'à un imposant trône majestueux composé d'or et de pierres blanches sur lequel siégeait l'archange régent Zeliah, l'un de mes premiers nés. Cela faisait plus de trois siècles qu'elle gouvernait le premier royaume, une céleste à la fine carrure dont le visage pur entouré d'une chevelure démesurée aux reflets roses resplendissait. Bien qu'elle sache parfaitement se mettre en valeur, elle portait un simple drapé d'étoffe offrant le nécessaire de pudeur, une tenue sommaire qui témoignait de la faible importance qu'elle accordait aux séances de doléances. Par habitude, elle exhibait tout de même une fine couronne de nilarium ainsi qu'un pendentif tombant dans le creux de ses seins. Zeliah, l'archange porteur de destruction, une rose piquante et mortelle capable de faire pleuvoir foudre et météores sur quiconque oserait la défier. *La mort n'a jamais été aussi séduisante*, un adage évocateur connu de tous et célèbre à travers tout le royaume.

Une femme parfaite dont le pouvoir destructeur égalait son immense beauté, Zeliah, évocatrice de premier rang, responsable de la quasi-destruction de la tour de pouvoir par sa seule volonté, s'engoua lorsqu'elle vit son ami pénétrer dans la salle. Elle congédia alors un céleste agenouillé à ses pieds lui demandant amende honorable d'un simple revers de la main.

- Vehkiel ! Approche ! J'espère que cette irruption apporte des nouvelles intéressantes ! déclama-t-elle heureuse de se défaire des plaintes à répétition de ses sujets.
- Mon Régent céleste, je suis venu vous consulter sur une affaire des plus urgentes, répondit-il tout en s'agenouillant accompagné de Nève et de Kelenh.
- Parle, tu as mon attention et cesse ces sérénades, je suis toujours heureuse de te voir mon ami. Je ne mérite pas qu'un compagnon d'armes tel que toi s'agenouille à mes pieds. Laisse cela aux cloportes de rang inférieur ! lança la régente tout en observant les deux acolytes entourant le premier né.
- Pardonne-moi ce ton protocolaire et cette irruption, je suis tout aussi heureux de te voir. Entrons dans le vif du sujet, je suppose que tu es au fait de l'ouverture d'une cinquième porte au sud du territoire de La Compassion ainsi que des ambitions de ladite maison. Des mouvements de troupes se prépareraient pour annexer la nouvelle faille. Dans le même temps, j'ai chargé mon commandant ici présent d'éliminer l'archange Thola de La Compassion dans l'intérêt commun de notre maison.
- Sage décision.

Le visage de Zeliah se crispa lorsqu'elle entendit le nom de l'ex second de La Compassion. Les ambitions de Thola lui avaient presque coûté la régence trois cents ans auparavant. Alors que Vehkiel continuait son exposition, elle chercha à retrouver son calme en se concentrant sur les deux acolytes qui accompagnaient son ami.

- Il n'est nullement dans notre intérêt d'entrer en conflit direct avec notre allié, la maison de La Compassion. Cependant nous ne pouvons ignorer la menace qu'est l'accès à cette nouvelle porte. Mon commandant a suggéré une idée intéressante, Thola prépare un putsch et souhaite recruter la troupe d'Emeziel. Pour le moment nous avons intercepté son plan, nous avons deux solutions. La première, l'éliminer et entrer en conflit avec la maison de La Compassion pour garder l'équilibre des pouvoirs ou, accompagner Thola dans l'accomplissement de son plan, ce qui nous offrirait le répit nécessaire à l'établissement d'un accord avec la maison de La Rigueur dont l'objectif serait de sécuriser la porte et ainsi garder notre place dominante au premier royaume. Nous pourrions fournir troupes et appuis à la maison de La Rigueur dans le secret, ce qui nous offrirait un nouvel allié et, espérons-le, la possibilité d'éviter un nouveau grand conflit, exposa Vehkiel.

- Lequel des deux est le commandant en question ? s'impatienta Zeliah, la question lui brûlant les lèvres depuis un long moment.
- Moi-même Régent céleste, Naïmah de La Fierté, commandant des forces ésotériques de la troisième maison. C'est un honneur et un plaisir de vous servir, déclama la céleste toujours agenouillée.

Zeliah tressaillait, cette irruption éclairant son morne quotidien, elle signala à la céleste qu'elle pouvait dorénavant se relever. Une manière pour elle de montrer son intérêt pour sa personne, elle la questionna de nouveau :

- Quel serait ton plan ?
- Continuer ma mission, mettre en relation Thola et Emeziel puis prendre part à l'assaut de la demeure de La Compassion et m'assurer de la réussite de celle-ci. Dans un second temps, aider la maison de La Rigueur à

annexer et sécuriser la porte à l'aide de mon escouade
d'évocateur.
- Est-ce l'atout dont tu m'as si longuement parlé ?
interrogea Zeliah dont les soupçons transparaissaient.

Vehkiel ne fut pas décontenancé par cette question,
il avait déjà préparé sa réponse :

- Je connais tes craintes quant à sa condition, mais je
t'assure que je ne connais soldat plus dévoué. Quelles
sont tes instructions ?
- Je reconnais bien là ta patte, mets à bien ton plan.
Cependant, tu ne disposes d'aucun appui de ma part et
si cela devait échouer tu seras tenu comme seul
responsable devant les autres maisons en tant que partie
fourvoyée. Commandant Naïmah, le secret de ta
mission est la priorité numéro un, quant à toi Vehkiel,
tu te chargeras de contacter la régence de la maison de
La Rigueur dans le cas où ta protégée réussirait. Les
actions de La Compassion sont inadmissibles, leur
conquête de pouvoir est une menace, je souhaite de tout
cœur que votre mission réussisse nous évitant ainsi un
bain de sang à venir.
- Je te remercie pleinement pour ton temps.
- Je suis heureuse de savoir que tu veilles dans l'ombre.
- Toujours et jusqu'à la nuit des temps, conclut Vehkiel
arborant un large et sincère sourire.
- L'affaire est certes pressante, mais ne crois-tu pas que
tu exagères en me quittant déjà ? Cinq minutes de plus,
est-ce trop demander ? ajouta-t-elle alors qu'il tournait
les talons.

Vehkiel congédia ses deux compagnons avant de
s'entretenir en tête à tête avec son amie. Zeliah entraîna la
conversation loin des complaintes, des fomentations et

autres jeux de pouvoir. Elle le questionna sur le sanctuaire, ses élèves, son jardin, un échange qu'ils apprécièrent tous deux à sa juste valeur, un moyen de se détacher de leur statut, de revenir à une époque où leurs choix n'influençaient que leurs propres existences.

L'archange revint auprès de ses disciples après quelques minutes d'absence. Souriant, il se joignit à eux dans un coin isolé de la salle d'attente. Il entama sur un ton protocolaire convenant plus aux espaces publics.

- Commandant, vous avez vos ordres. Quels sont vos besoins ?
- J'ai déjà évoqué à Kelenh le montant dont il était question. Il ne me manque plus qu'un accès au portail m'amenant à destination.
- Je me charge de cela, affirma l'espion.
- Rejoins-nous au sanctuaire, déclara l'archange en fixant l'homme.
- À vos ordres Seigneur céleste, salua-t-il avant de quitter le groupe d'un pas rapide.
- Fais bien attention à toi ma disciple, Thola est un céleste retord, qui sait ce qu'il te réserve, susurra-t-il à son oreille.
- Merci de votre sollicitude, je serai prudente.
- Allons, quittons cet endroit. Il vous faut vous préparer, déclara-t-il à haute voix afin d'interpeller leur escorte de garde.

Chapitre 7-3 : Négociation

Dans la zone de transit en plein cœur de Cor'vinus un espion s'impatientait, faisant les cent pas aux côtés d'une monture chargée de barres de nilarium, il sourit lorsque son amie apparut. Elle avait troqué son armure de commandant pour ses habits de voyage. Sa tenue se composait d'un pourpoint en cuir sous un léger chemisier en tissu, d'un pantalon sur lequel on distinguait deux dagues ainsi qu'un fourreau contenant Grâce. Ses cheveux libérés de leur coiffure protocolaire lui tombaient juste au-dessus des fesses, une magnifique chevelure argentée volant au gré du vent.

- Enfin ! Ta monture est prête et j'ai déjà donné ton laissez-passer au garde. C'est un aller simple, tu devras te débrouiller pour le retour. Le paiement se trouve dans ce sac, je t'ai glissé une carte à jour de la région ainsi que de la monnaie, quelques rations… Enfin le nécessaire quoi. Je te souhaite bonne chance et que le divin te protège.
- Je te remercie, tu t'es démené pour un si court laps de temps. Notre Seigneur céleste attend ton retour, il veut que tu te charges de la préparation de mon escouade durant mon absence.
- Reviens-nous vivante, s'inquiéta-t-il tout en signalant au garde d'ouvrir le portail.
- Quatre cent vingt-sept ans, c'est bien trop jeune pour mourir, conclut la céleste tout en enfourchant l'équidé.

D'un coup de talon elle guida sa monture au travers du portail, un flash bleu puis elle émergea sur la place d'un petit village de pêcheurs bordant un magnifique lac perdu dans les forêts de La Rigueur. Des regards suspendus, la surprise, une cavalière déboulant au milieu de ce hameau paisible, loin de tout puis les murmures se changèrent en brouhaha de questionnements. Un bruit inhabituel qui tira de son office le céleste en charge de la zone, un homme aux habits impeccables à contrario de la masse des humains relégués aux tâches ingrates.

- Qui ai-je l'honneur de recevoir dans mon humble village ? questionna le gérant en se rapprochant de Nève.
- Personne d'important. Je suis simplement de passage, il me faut rejoindre le village de Helmer dans les plus brefs délais. Pourriez-vous m'indiquer l'itinéraire ?
- Dans mon village lorsque l'on espère recevoir quelque chose on offre a minima son prénom en compensation, rétorqua-t-il.
- Pardonnez mon insolence, je me nomme Nève.
- Enchanté, je suis Belfaïn gérant du village de Abundencia. Je te mets en garde ta destination est dangereuse, les habitants de Helmer n'apprécient que peu la visite d'inconnus. Cependant si tu tiens à t'y rendre coûte que coûte, emprunte la route vers le sud et longe le bord du lac, ensuite il ne te reste qu'à suivre les cadavres empalés sur une bonne demi-journée.
- Subtile décoration, les habitants de Helmer je présume ? interrogea la céleste impassible.
- Les pauvres bougres ayant refusé de céder leur village à ces monstres. Qui sait peut-être sommes nous les prochains sur la liste ?
- J'espère de tout mon cœur que tu as tort. Je te remercie pour ton aide Belfaïn, je souhaite bonne continuation à toi et à ton village.
- Bonne route et que le divin te protège.

Nève talonna son cheval pour s'engager sur la route principale menant vers le sud puis elle partit au trot droit vers sa destination. Elle longea le lac comme indiqué par le céleste jusqu'à découvrir un petit chemin s'enfonçant dans les bois. À l'entrée de la forêt trônaient quatre squelettes grossièrement disposés sur des piques par une corde nouée, nul doute sur la direction à prendre. La lumière du jour cédait lentement sa place à la brume de la nuit, un fin brouillard s'élevait au milieu des arbres, diminuant rapidement la visibilité. Le bois, peu accueillant en pleine journée, se transformait lentement en lieu inhospitalier et effrayant. Les racines pullulaient, mêlant leur marron profond au vert de la mousse. Les animaux, troublés dans leurs habitudes par le bruit des sabots, déguerpissaient en poussant des cris intimidants. Le léger brouillard se levant lentement complétait le tableau que l'on dépeint aux enfants dans les histoires horrifiques.

La nuit s'installa, il devenait impossible de continuer à dos d'équidé, Nève libéra sa monture de ses étreintes puis d'une claque sur l'arrière-train elle lui rendit sa liberté. Elle récupéra ses affaires préalablement disposées au sol avant de continuer son avancée sur le chemin coupant au travers du bois. Après une bonne heure de marche, les arbres se raréfièrent, coupés par la main de l'homme, la céleste décida alors de quitter la route et de continuer son chemin à travers bois pour éviter toute embuscade. De la lumière, une pépite dans le voile de la nuit, un feu, Nève prit la direction de sa trouvaille pour découvrir un hameau entièrement protégé par une barricade en bois. La lumière provenait d'un brasier allumé le long des remparts, aucun garde aux alentours, cependant du village s'élevaient régulièrement des beuglements de foule en ébullition. La céleste longea la barricade jusqu'à tomber sur une massive porte en bois sur laquelle elle frappa de toutes ses forces faisant taire instantanément les bruits provenant du hameau. Un mouvement de foule, des épées sortant de leurs fourreaux, les occupants de Helmer se regroupèrent derrière la porte puis celle-ci s'entrouvrit prudemment. La stupéfaction des mercenaires pouvait se lire sur tous les visages, une femme seule au milieu de la nuit se présentant à eux. Après un instant de flottement, Nève brisa le silence.

- Je suis messager de la part de Thola de La Compassion, je souhaiterais m'entretenir avec le Seigneur céleste Emeziel, mon Seigneur voudrait s'allouer vos services.

Les mercenaires, pour la plupart éméchés et dans un état second, prirent quelques secondes à traiter l'information. Des échanges de regards se firent puis deux colosses se détachèrent du regroupement et attrapèrent la céleste par les épaules, la forçant à avancer au milieu du camp. Nève en profita pour examiner les lieux, au centre du hameau se trouvait ce qui semblait être une arène de combat, deux hommes, deux humains étaient assis dans la gadoue, en sang et à bout de forces. L'un ne pouvait plus fermer la bouche, la mâchoire en morceaux, et l'autre n'avait plus qu'un œil valide, aucun des deux n'osa lever la tête à leur passage. Durant leur trajet, ils passèrent près d'une maison aux fenêtres barrées, la céleste eut le temps de distinguer quelques visages féminins épiant à travers les barreaux, des esclaves de chair. Le reste du village se composait principalement de baraquements et de tentes de fortune servant de dortoir pour les mercenaires. Leur périple se termina devant la plus cossue des maisons. L'un des hommes frappa lourdement à la porte, avant de hurler.

- Seigneur céleste... Quelqu'un... Un messager. Un messager veut vous parler. C'est... C'est une femme. Qu'est-ce que je fais ? hésita l'homme de main.
- Par le divin, qu'est-ce que j'en ai à foutre ! Amusez-vous avec elle ! Mais laissez-la en vie, je verrai demain ! hurla l'homme à l'intérieur de la bâtisse.
- Alors, hum... , entama Nève en raclant sa gorge pour être la plus intelligible possible. Que l'on soit bien clair, le premier qui a la simple idée de me toucher, je lui brise chaque os de la moindre partie de son corps.

La réaction des hommes fut instinctive, le mercenaire de droite resserra son emprise sur l'épaule de la céleste et le second tenta un coup de coude en direction de son visage. Elle soupira, d'un mouvement de bassin vers l'arrière, elle évita l'attaque qui lui passa bien au-dessus. Elle en profita pour saisir le bras de l'homme à sa droite, elle se plaça dans son dos afin de lui démettre l'épaule. Il improvisa une insulte situationnelle alors qu'il attrapait son bras invalide de son autre main. Le second mercenaire ignora la détresse de son homologue, il lança un assaut brutal et irréfléchi que Nève bloqua aisément en frappant le haut de ses côtes. Portée par son besoin de faire forte impression, elle enchaîna une série de coups bien placés, une frappe dans la jambe délogeant la rotule, un coup de genou brisant les côtes puis pour en finir, elle lui saisit le bras qu'elle brisa d'un mouvement sec. Une démonstration qui laissa les deux hommes agonisant sur le pas de la porte, elle s'assura de la bonne réception de son message en observant ses victimes. Le mercenaire à l'épaule démise semblait pris d'un accès de rage, elle calma ses ardeurs :

- Du calme mon grand, tu ne fais pas le poids.

Une fois la situation résolue, la céleste pénétra dans la maison, une odeur de sexe atroce lui brûla les nasaux. Elle se retrouva face à un premier né allongé dans son lit aux côtés d'une demi-douzaine de femmes aux regards perdus.

- Emeziel, je présume.
- Le messager... Joli minois qui plus est. Les filles, faites-moi penser à remercier Thola de son offrande ! rigola le premier né en claquant les fesses de l'une de ses catins.
- Je suis venue te délivrer un message, Thola m'a chargée de t'apporter quatre-vingts barres de nilarium dans l'espoir d'obtenir tes services. Voici la rune d'évocation qui te servira à le contacter.
- Blah, blah, blah... Je connais la marche à suivre, je te remercie. Que vas-tu faire maintenant messager ? Tu te trouves au milieu d'un camp de mercenaires, sans appui, après avoir attaqué mes hommes et m'avoir manqué de respect. Je te laisse calculer quelles sont tes chances de quitter les lieux vivante, commença-t-il avant de marquer une courte pause. Sacré flegme pour un messager, ni sueur, ni regard apeuré. Quel est ton secret ? s'étonna l'archange qui fixait la céleste depuis le début de la conversation. Quelque chose m'intrigue, je ne sais quoi, je ne sais pourquoi.

Emeziel, nu et maintenant face à Nève, caressa lentement le visage stoïque de son interlocutrice, sa main glissant doucement le long de ses joues et de ses lèvres.

- N'en as-tu pas marre de forniquer avec ces restes d'humains à la volonté brisée ? Ne préférerais-tu pas une véritable femme ?

L'archange posa ses deux mains autour du cou de la céleste avant de serrer lentement, la vue de Naïmah se brouilla alors qu'il renforçait peu à peu son emprise. Dans un dernier effort, elle avança ses lèvres vers celle de l'archange qui, surpris par ce retournement de situation, relâcha légèrement sa prise. Nève en profita pour se libérer et d'un coup violent, elle le projeta sur le lit faisant fuir au passage une partie des filles de joie. La céleste s'avança tout en retirant son chemisier, elle enjamba le bord puis elle se posa sur le premier né qui rigolait avachi contre le mur. L'archange ne résista pas heureux de la tournure des événements, il glissa ses mains dans le dos de la céleste avant de commencer à défaire le pourpoint enserrant sa poitrine. Nève rapprocha ses lèvres, leurs regards se croisèrent, il y vit des iris noir de jais, il comprit ce qui l'intriguait.

Les premiers rayons du soleil, des gémissements de plaisir se transformant en rapides cris étouffés, un dernier râle avant le silence. Nève s'allongea au côté de son compagnon qui laissa balader ses mains le long de ses formes. L'archange douta lorsqu'il croisa ses iris bleu ciel, mais peu lui importait, il l'embrassa langoureusement mettant de côté ses interrogations. Le véritable plaisir de la chair, une femme entreprenante et non ces déchets dont il avait l'habitude. Pensif, il s'allongea à ses côtés, le regard plongé dans le bois du plafond.

- Que me veut Thola ?
- Il a besoin de ton aide pour éliminer son frère Velnhia et prendre la régence de La Compassion.
- D'accord.
- Pas plus de réaction ? s'étonna la céleste.

- L'ennui me pèse dernièrement, je vais sûrement accepter si la monnaie est là. Et mes hommes ont besoin de se défouler. Habille-toi.
- J'en déduis que tu ne comptes plus me tuer ?
- Je n'ai pas encore décidé, répondit l'archange en enfilant un pantalon trouvé au hasard sur le sol.
- Peux-tu m'aider pour…

Elle n'eut pas temps de lui pointer son pourpoint qu'elle sentit dans son dos les mains d'Emeziel refermant délicatement le laçage.

- Merci. Que vas-tu dire à tes hommes ? s'inquiéta-t-elle.
- Rien qui les concerne. Suis-moi.

Emeziel et Nève quittèrent la maison sous le regard circonspect des mercenaires, elle croisa au détour de l'arène le céleste à l'épaule démise. Elle lui sourit narquoisement tout en continuant de suivre le premier né, ils s'arrêtèrent au centre du hameau sur la place publique. L'archange saisit la rune dans sa main droite, de l'énergie se dégagea de son bras, un voile violet parsemé de reflets blancs pénétra au sein de la pierre. Il lança alors l'objet devant lui qui resta en suspension dans les airs, créant un vortex de couleurs tournoyant dans une gerbe d'énergie. Un silence pesant, quelques minutes passèrent durant lesquelles les mercenaires se regroupèrent autour de la place puis une déflagration survint. Une boule d'énergie dense et imperméable déformant l'espace-temps, l'évocation creusa une partie de la terre, une silhouette apparut finalement et, d'un simple geste de la main, il fit disparaître le portail.

- Thola de La Compassion, cela fait bien longtemps, déclara Emeziel.

- Ravissant petit hameau, j'apprécie particulièrement l'ambiance paysanne et la gadoue, ricana-t-il. Où se trouve mon messager ?
- Ici, Seigneur céleste, répondit promptement Nève tout en saluant respectueusement l'archange.
- Et Joseph ?
- Mort, Seigneur céleste. Je suis une vieille amie de Joseph, il m'a recrutée pour l'assister dans sa mission. Mission que j'ai menée à bien comme vous pouvez le constater.
- Bien, peu m'importe.
- Parlons récompense, que nous proposes-tu ? questionna Emeziel.
- Je suppose que tu es au fait de la mission. En tant que futur régent, tout ce que tu désires. Argent, terres, humains, titres, demande et j'exaucerai tes souhaits.
- Je veux tout cela, tu m'offriras une parcelle de terre sur ton territoire avec un manoir et les humains nécessaires à son fonctionnement, ainsi qu'un titre légal au sein de La Compassion et des fonds pour l'expansion de ma troupe.
- Accordé. En contrepartie tu resteras sous mes ordres et tu seras responsable de ma protection le temps que la stabilité de mon pouvoir soit assurée.
- Qu'attendons-nous alors ? Nous avons un régent à détrôner ! hurla le premier né pour galvaniser ses troupes.

La réponse ne se fit pas attendre, les mercenaires exaltèrent dans un vacarme guttural assourdissant et incompréhensible.

- Prépare tes hommes, j'ouvrirai un portail vers la demeure principale dès que nécessaire.

- Thola, l'insaisissable archange aux mille portails. Tes tours de passe-passe vont se révéler utiles pour une fois, se moqua Emeziel. Plus sérieusement, que fait-on de ton messager ?
- Peu m'importe, fais ce qu'il te plaît d'elle. Je connais tes attraits pour la belle chair et celle-ci doit être à ta convenance.
- Mes Seigneurs célestes, avant toute décision inconsidérée, j'aimerais vous faire part de mon envie de me joindre à l'assaut.
- Décision inconsidérée ? s'étonna Thola. Et que peux-tu bien nous apporter ?
- Laissez-moi faire mes preuves, je vous en supplie, sollicita-t-elle en s'agenouillant.
- Qu'en penses-tu ? questionna l'archange de La Compassion.
- Ma foi, donnons-lui une chance. Cela fera un bon divertissement ! Celui qui me rapporte la tête du messager se verra offrir la première chevauchée des femmes capturées ! hurla le chef des mercenaires.

Un sourire espiègle, Thola libéra la place principale aux côtés d'Emeziel, laissant Nève face à la horde de mercenaires. Tous savaient qu'il ne fallait pas la prendre à la légère, ses exploits de la nuit passée avaient échauffé les esprits. L'appât du gain fit son œuvre, très rapidement de petits clans émergèrent de la masse, un spectacle quasiburlesque ressemblant plus à un règlement de comptes dans une ruelle sombre qu'à une quelconque stratégie militaire.

Me voici de nouveau au pied du mur, que faire ? Ma mission est prioritaire, je n'ai qu'une seule opportunité de prouver ma valeur, je dois prendre le risque. Thola et Emeziel jubilent, ils veulent du divertissement, je vais leur en donner. Après tout, ces hommes ne sont que des chiens, ils ne méritent que la mort, pour les femmes qu'ils utilisent, pour les habitants du village de Helmer qu'ils ont froidement massacrés. Ce sont d'ignobles porcs sans morale ni honneur, une meute sanguinaire aux bas instincts. Je dois essayer, juste ce qu'il faut pour ne pas me perdre. Je t'écoute.

Tue-les Nève. Ils le méritent et tu le sais.

Ses paroles résonnent en moi, comme un écho, un sceau qui se brise, une porte ouverte vers l'obscurité. Tu n'es pas lui, appelle-moi Naïmah.

Tue-les. Ils le méritent.

Sa voix s'amplifie, ma volonté se noircit, l'appel est enivrant. Joseph, je doute…

Tue-les.

Une douce étreinte me prend, qui aurait cru que la noirceur soit si chaleureuse et réconfortante. Ses paroles me caressent le cœur, elles m'apaisent et me laissent glisser vers le noir. Je lui appartiens…

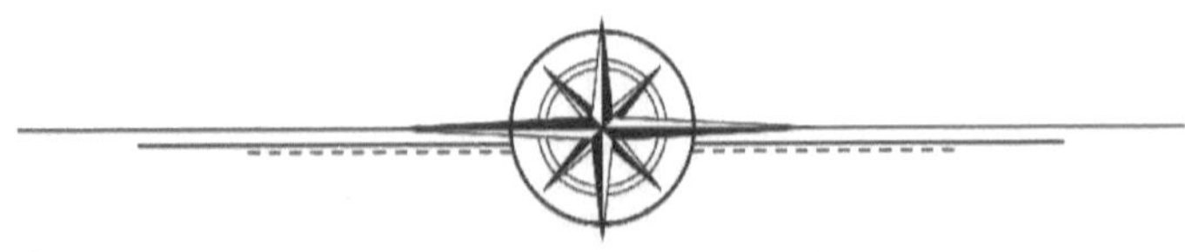

Seule, au milieu de cette meute prête à fondre, son expression changea du tiraillement vers la paix, le calme avant la tempête. Elle libéra son énergie qui se mit à suinter le long de son corps, ses yeux changèrent pour un noir profond et vengeur puis, dans le souci du détail, elle dégaina Grâce avant de se placer en position de combat. L'hésitation se fit ressentir dans le cœur de ses adversaires, ses pulsions corrompues supplantèrent son esprit, l'envie de sang l'enivra, elle jubila en prévision du carnage.

- Un déviant ? Quelle surprise ! Cette journée promet d'être des plus intéressantes. Il serait judicieux de rappeler tes hommes avant de voir leur nombre réduire drastiquement, s'exclama Thola.
- Et rater le spectacle ? rétorqua le second premier né. Où est donc passée ta légendaire curiosité ?
- Tu as raison ! s'engoua l'archange aux mille portails.

Ma création, mon soldat, poussé par ses pulsions se jeta corps et âme contre le mur de mercenaires. Un massacre violent et méticuleux, un bain de sang bestial ne laissant aucune échappatoire à ses proies. L'hécatombe perdura et l'intensité avec laquelle elle se déchaîna s'amplifia à mesure qu'elle répandait leurs entrailles. Elle fut sans concession ni merci prenant une joie immense à exulter sa colère. Ce sentiment ancré, l'imbrication de toutes ses souffrances, les injustices, ses amis perdus et surtout, Joseph. Elle se jura de leur faire payer, eux qui représentaient parfaitement tout ce qu'elle haïssait dans ce monde.

Je ne pus m'empêcher d'apprécier sa beauté, ses mouvements, sa férocité, à peine eut-elle joint la caste céleste qu'elle en surpassait déjà la vaste majorité.

J'assistai ce jour aux balbutiements d'une destinée marquante, cette graine jadis perdue sur une terre fertile jaillissait maintenant aux dessus de la forêt. Une enfant pleine de promesses m'offrant ce sentiment longuement perdu, l'excitation de voir sa progéniture grandir dans l'espoir qu'un jour elle se tienne à mes côtés.

La joute arriva à sa conclusion lorsque l'un des mercenaires supplia son supérieur d'intervenir. Bien qu'il ne fût pas touché par la requête, la perspective de devoir recruter le motiva à s'interposer. Il ne prit pas la peine de dégainer, d'un bond il se rapprocha de l'ange noir perdu dans la bataille. Il lui assena un violent coup sur la tempe qui fit vaciller la déviante, elle contre-attaqua d'une taillade hasardeuse que l'archange esquiva avant de riposter d'une frappe derrière la nuque. Nève sombra inconsciente, elle s'écroula dans la gadoue ensanglantée de la place principale.

Chapitre 7-4 : Coup d'État

Une faible lumière pénétrant par l'entrebâillement des rideaux tirés, l'odeur de sexe imprégnée dans les draps, Nève reprit lentement ses esprits. Elle se redressa sous les regards inquiets d'une des esclaves de l'archange tenant dans sa main un linge mouillé.

- Quel est ton nom ? demanda gentiment l'évocatrice.
- Volianne, Sire céleste, répondit-elle d'une voix vacillante et apeurée.
- Je te remercie pour tes soins… Depuis combien de temps vis-tu avec ces mercenaires ?
- Quelques années, Sire céleste. Lors de l'attaque. Pourquoi ? se méfia l'esclave.

Nève sembla irritée par le timbre de voix que prit la femme. Elle rétorqua sur un ton incisif :

- Pourquoi cette question ? Les égards d'un céleste te choquent-ils ? Nous ne sommes pas tous des monstres. Certains d'entre nous se souviennent de leurs origines, de leur passé. Entre toi et moi, il n'y a qu'un chemin d'écart, un choix bénin qui nous a chacun conduit à ce moment.
- Mais vous vous êtes libre… balbutia-t-elle surprise de la rhétorique de son interlocutrice.
- Crois-tu vraiment que j'ai choisi de forniquer avec un porc pour survivre ? Que j'ai choisi de laisser un sillon de sang partout où je passe pour servir les intérêts de l'oligarchie céleste ? Ces choix ne sont pas les miens, je suis un soldat au service d'une cause qui n'est pas la mienne. Le moindre mal, voilà ce que je choisis, un

sillon de sang contre l'effervescence du premier royaume et la mort de dizaines de milliers, s'emballa de plus belle l'évocatrice tentant de justifier ses péchés.

- Je… Je suis désolée Sire céleste, il me faut partir, brusqua Volianne déposant hâtivement le linge mouillé qu'elle tenait toujours.

La servante quitta précipitamment la pièce laissant Nève seule dans cette maison à l'odeur insoutenable. La céleste sourit devant sa propre stupidité, elle perdait petit à petit son détachement vis-à-vis des événements, elle laissait ses émotions la submerger.

Son amertume finalement passée, elle sortit de son lit afin d'enfiler son équipement disposé sur la commode. Du logis de l'archange, elle se dirigea vers la place principale sous les regards réprobateurs des mercenaires.

- Te voilà réveillée ange noir ! Quel spectacle ! Quelle férocité ! Pour l'instant je ne soulèverai aucune question sur ta condition et tes liens réels avec Joseph, mais sache que le moindre faux pas entraînera ta mort. Suis-je clair ? demanda Thola sur son ton théâtral habituel.
- Je comprends et je suis à votre entière disposition Seigneur céleste. Ordonnez et j'obéirai, assura Nève tout en posant genou à terre.
- Bien, tu prendras part à l'assaut à nos côtés. Pendant que les mercenaires ravageront le palais et tueront ceux qui sont loyaux à mon bien aimé frère, tu couvriras nos arrières. Nous affronterons Velnhia pendant que tu t'occuperas de sa garde rapprochée ainsi que des intrus potentiels. Suis-je clair ? commanda le premier né.
- On ne peut plus clair Seigneur céleste, acquiesça-t-elle.
- Emeziel, regroupe tes hommes ! J'ouvre le portail !

Thola se plaça au centre de la place principale, l'archange libéra son énergie dans un flash blanc aveuglant. Un pouvoir débordant qui fit ballotter ses vêtements ainsi que ses cheveux. Des ailes d'énergie pure se matérialisèrent dans son dos, offrant une magnifique prestance à la scène. L'aura de ses yeux s'intensifia à mesure que sa concentration progressait puis, d'un mouvement de bras, il commença à distordre l'espace créant un point d'énergie condensé. L'archange continua sa démarche jusqu'à l'apparition d'une imposante sphère avalant la lumière et les ombres alentour.

- Le portail est prêt ! En avant ! hurla Emeziel à ses troupes.

Un cri de ralliement et les mercenaires se jetèrent tête la première au travers du passage dans une cacophonie assourdissante, Nève plongea la dernière aux côtés des deux archanges. Le portail les mena jusqu'au petit bureau de Thola, de la porte enfoncée s'élevaient déjà des cris paniqués couvrant le bruit de l'entrechoquement des armes. Emeziel prit la tête du trio dirigé par l'archange aux mille portails. De la petite pièce, ils se dirigèrent vers l'escalier principal qu'ils gravirent en évitant la rivière de sang ruisselant le long des marches. Ils se stoppèrent devant une porte gardant l'accès à la salle du trône.

- Emeziel ! hurla l'archange aux mille portails.

Le premier né ne montra aucun signe d'hésitation, en un instant la porte vola en éclats sous l'impact de sa charge. Velnhia patientait sur son trône entouré d'une douzaine de célestes prêts à en découdre. Les deux archanges pénétrèrent lentement dans l'imposante pièce jaugeant prudemment la force de l'ennemi.

- Mon frère ! Voilà ta façon de remercier ma clémence envers tes méfaits ! Nous voici de nouveau face à face dans la course à tes ambitions ! Recule maintenant ! rappelle tes hommes ! ordonna Velnhia. Je t'offrirais une mort douce et rapide !
- Tu m'as tué, il y a trois siècles de cela, lorsque tu m'as destitué de mon titre ! Aujourd'hui est le jour de ma renaissance et rien ne m'arrêtera ! rétorqua le fomenteur qui se montrait sous un jour nouveau.
- Crois-tu vraiment que ton ascension va être tolérée par nos alliés ? Cela fait bien longtemps que Thola de La Compassion n'a plus sa place au sein de cette maison ! Si tu refuses de te soumettre je t'éliminerai moi-même, ainsi sera ton jugement !
- Ainsi soit-il, que le divin soit témoin de mon ascension !

Une pression débordante, les trois archanges libérant leur énergie en simultané, un frissonnement qui me parcourt lentement l'échine, la peur face à un déchaînement de monstres divins. Thola disparaît dans un portail, suivit d'Emeziel qui s'élance au travers du mur d'ennemis, une parade qui fait vibrer le palais entier, l'archange de la vitesse vient d'atteindre Velnhia. Les sous-fifres du régent restent statiques, pétrifiés par la puissance de la joute divine puis Thola réapparaît derrière son frère prêt à porter son coup en traître, sans succès.

Ils virevoltent dans un ballet incandescent à la limite de l'indéchiffrable, lumières et éclats se multiplient autour de moi. Je suis éblouie, impuissante… Ce n'est pas le moment de perdre pied, je dois réagir alors que le monde tremble autour de moi, je dois garder mon sang-froid. Combattre ceux qui sont à ma portée et surtout, prier que la chance soit de mon côté. Si un seul de ces archanges dévie son attaque, je serais hachée comme les autres, je ne peux m'empêcher de sourire face à mon impuissance, face à une mort certaine.

La joute continue inlassablement, hors de ma portée, mais voici que mes ennemis reprennent peu à peu leurs esprits. Il est temps de faire ce pour quoi je suis venue, je libère moi aussi mon énergie, je fais face à un mur de soldats parmi les meilleurs du domaine de La Compassion. J'inspire lentement, cherchant une faille à leur défense, je souris, il n'y en a aucune. Plusieurs évocateurs se mettent en position, prêts à libérer l'enfer sur les deux archanges, ils sont protégés de toutes parts par plusieurs soldats lourdement équipés. Il me faut un angle d'attaque et vite, hors de question d'échouer, l'avenir du royaume et de ma maison en dépend.

J'ouvre les hostilités, je me lance vers le premier garde armé d'un pavois qui me fait face. Bouclier levé, il se prépare à encaisser, tant mieux, j'amorce un coup de pied puissant. La force de l'impact le projette dans les évocateurs, coupant net leur magie, me voilà le centre de leur attention. Plusieurs célestes se jettent sur moi, je pare le premier et le déstabilise pour le placer sur la trajectoire de ses compagnons, m'offrant ainsi un court répit. Je profite de l'angle mort offert par son imposante carrure pour surgir sur son flanc droit et prendre un garde par surprise. Le fil de ma lame lui tranche la gorge dans une gerbe de sang impressionnante, mes réflexes et mon envie de sang prennent petit à petit le dessus, je me vois spectatrice de mon propre combat. Du coin de l'œil, je repère un trait de flammes venant dans ma direction, impossible de l'esquiver, je place mes bras en protection et génère un fin bouclier de glace me permettant de sortir quasi indemne de l'attaque. Une seconde évocation, celle-ci me touche de plein fouet et explose mon bouclier à l'impact me projetant plusieurs mètres en arrière. Je récupère mes appuis immédiatement, les évocateurs s'acharnent ! Plusieurs traits de feu me frôlent, ils ne me laissent aucun répit, impossible de contre-attaquer. Merde, que faire ? Il est temps pour moi d'arrêter de jouer, au diable les économies d'énergie, je ne mourrai pas sans leur offrir la vraie peur. Ils m'ont repoussée à bonne distance, attendant patiemment ma prochaine action, les évocateurs en position offensive. Je souris face à leur impuissance, il est temps de relâcher mon démon.

Le combat des archanges se poursuivait inlassablement, mais peu lui importait, l'ange noir avait pris le dessus. Elle se rua vers ses ennemis oubliant tout instinct de conservation, les évocations fusèrent dans sa direction la touchant parfois de plein fouet sans provoquer la moindre réaction. L'angoisse s'immisça lentement dans le cœur de ses proies, sa vitesse, sa force, sa rage, décuplées par la soif de sang. Plusieurs célestes libérèrent leur potentiel espérant rivaliser avec le démon qui leur tenait tête. Les gardes de La Compassion finalement à portée de lame, la danse macabre pouvait débuter… D'un appui, elle disparut sous leurs regards circonspects, une feinte suivie d'une gerbe de sang, aucun cri. Le corps de l'évocateur décapité s'affaissa devant ses frères d'armes décontenancés, l'ange noir effectua de rapides appuis afin de contenir la prochaine offensive.

Les soldats les plus proches se lancèrent de façon coordonnée, trois assaillants, trois futurs cadavres, elle saisit l'une de ses dagues qu'elle chargea en magie. Elle recula d'un bond afin d'éviter les coups puis elle lança l'arme imbibée dans le torse du céleste à sa droite. Bien que l'armure enchantée absorbât l'impact, la magie cristallisa son équipement entravant complètement le pauvre bougre. La déviante en profita pour lancer sa seconde dague dans la jugulaire du soldat immobilisé. Celui-ci ne s'effondra pas, seul le sang ruisselant le long de la glace attesta de l'efficacité du coup porté. Loin de se laisser abattre, les deux autres, assis dans leurs armures de métal, l'assaillaient à nouveau. Elle profita de leur lenteur pour se glisser sous leur garde. Elle les acheva d'une taillade tranchant aisément leur gorge, ils s'effondrèrent couvrant la pierre de leur sang.

Le reste de l'escouade maintint la formation, les soldats de métal encadrant prudemment le reste des évocateurs. Ils la ressentaient, la vraie terreur, la perspective d'une mort certaine. Un frisson de plaisir, elle se délectait de leurs regards effrayés, elle jubilait et souriait à pleines dents, détruisant toujours peu à peu le reste de leur confiance. Puis elle réalisa son erreur, un stratagème, l'un des évocateurs tenta le tout pour le tout, une évocation redoutable fusa, rapide, puissante, un jet de flammes bleues s'abattit sur l'ange noir l'engouffrant de toutes parts dans un torrent de lumière aveuglant. Fixé sur la menace masquée par la fumée, la troupe de La Compassion spéculait, avait-il abattu le démon ? Une tension effroyable s'installa, les secondes parurent interminables. Finalement, la peur reprit sa place dans leur cœur lorsqu'ils virent qu'elle se tenait debout. Son énergie débordante se chargeant de faire disparaître ses brûlures, cet échec cuisant désagrégea les dernières bribes de leur confiance.

Un voile de fumée s'échappait lentement le long de son corps, son arme lui glissa des mains puis elle posa genoux à terre. On pouvait lire l'interrogation sur leurs visages, ils ne purent s'empêcher d'y voir une manœuvre destinée à briser leur formation. Mais elle restait là, une statue immobile, le regard perdu, un statu quo au milieu d'une lutte de pouvoir interarchange, un temps mort au sein de l'apocalypse. Un évocateur à bout de nerfs s'évertua à finir la cible d'un assaut désespéré, une attaque qui heurta l'ange noir de plein fouet, mais celle-ci resta de marbre. Dérouté, un petit groupe de soldats de métal se détacha des évocateurs, épées et boucliers levés, ils se stoppèrent à quelques mètres de la femme, observant consciencieusement le démon à leur merci.

La pointe d'une lame se rapprocha lentement de sa gorge, l'homme en charge du coup de grâce amorça son assaut puis il porta l'estoc final. Il se crispa lorsque la main de l'ange noire entoura le tranchant de son épée. Il ne pouvait détacher son regard de cette abomination, le noir recouvrait maintenant le contour de ses yeux, ses veines pompant un liquide sombre pulsant sous sa peau. Une aura noire épaisse enveloppait l'entièreté de son corps, une énergie suintante, dense, visqueuse glissant le long de ses membres.

D'abord fébrile, elle commença à se redresser, l'épée de son assaillant toujours entre ses doigts qui saignaient abondamment, elle relâcha finalement son emprise. Elle cristallisa ensuite son sang d'une impulsion magique afin de créer une magnifique épée aux reflets noirs, une arme abrupte et transparente teintée par son aura. Cette lame sommaire semblait plus tranchante que n'importe quelle création artisanale, sa garde se composait d'un agglomérat de pics couvrant le haut de sa main tandis que la poignée à l'aspect primitif lui écharpait la paume lorsqu'elle la serrait.

Ce qui se tenait devant eux n'avait plus rien d'humain, la corruption ayant pris l'ascendant sur ce qu'elle était. Appelée par le défi, enivrée par le sang, elle acheva le reste des protecteurs de La Compassion. L'animal qu'ils combattaient les surpassait en tout point, en quelques secondes la vie quitta leur corp, coulant sur les pavés de la salle du trône. Elle se tint seule, observant la joute des êtres divins, son instinct lui criant son impuissance face aux premiers nés : Déesse parmi les hommes, esclave parmi les dieux.

Chapitre 7-5 : L'exécution d'un frère

Dans une cellule sombre sous la demeure de La Compassion se résignait un archange patibulaire. Assis devant cette petite table en bois et cherchant l'inspiration, son regard balaya ce qui l'entourait, un lit simple, un pot, des parois serties de runes en tous genres et ces barreaux conçus pour résister jusqu'à la nuit des temps. Il grelotta dans la froideur de son cachot, mais l'inévitable se rapprochait, il reprit sa plume qu'il trempa dans son encrier.

"J'ai échoué, échoué en tant que régent et encore plus en tant que frère. *Je regrette ma faiblesse lors du grand conflit, la traîtrise de ma propre chair. Je t'ai épargné, par amour, par décence pour nos parents, l'espoir qu'un jour tu retrouverais ta grâce au sein de notre maison. J'ai échoué, aveuglé par ma propre conviction, déchu par mon péché. Mais sache mon frère, qu'importent tes agissements, ton cœur noir et impur, moi qui pars le premier, je me battrai pour t'offrir une place à ses côtés. Je t'y attendrai, le cœur léger de te savoir à nouveau pur pour l'éternité."*

Une cloche retentit, Velnhia posa lentement sa plume sur son présentoir, dans un dernier soupir, il se posta devant la porte de sa geôle. Une escouade de mercenaires vint à sa rencontre, on pouvait lire la résignation sur son visage, il n'avait plus la force de lutter.

Il les suivit la tête basse traversant le palais jusqu'à la cour principale, ni fanfare, ni honneur pour la mort d'un régent déchu, seule la foule de mercenaires assoiffée de sang qui exultait et criait. La femme l'accompagnant le fit plier d'un coup dans les jambes l'obligeant ainsi à s'agenouiller devant son dernier autel. Il croisa le regard froid et impatient de son frère :

- Velnhia de La Compassion, moi, Thola de La Compassion, Régent céleste, te condamne à mort pour avoir manqué à tes devoirs et avoir déshonoré ta fonction. Pour ces affronts, tu périras de ma lame et ton corps sera brûlé ici même. Quelles seront tes dernières paroles au sein de ce royaume ?
- Je te pardonne mon frère, répondit sereinement l'ancien régent.
- Je n'ai nullement besoin de pardon. Bourreau en position ! commanda l'usurpateur.

Nève saisit les épaules de l'archange qu'elle plaqua contre le rondin de bois. Elle se pencha lentement vers lui pour lui dégager ses cheveux et dans un espoir d'expiation elle lui susurra :

- Je suis désolée, votre mort est une nécessité.

Sa lame quitta son fourreau, l'exultation, le silence, la tête d'un régent ne faisant qu'un avec la poussière. La fin d'un règne et d'une vie millénaire, un pan de l'histoire s'écoulant lentement dans le sable ne laissant derrière lui qu'un agglomérat rouge qui partirait à la première pluie, la futilité de la mort.

La nouvelle parcourut le royaume comme une traînée de poudre, atteignant les hautes sphères du royaume en quelques heures à peine. La mort de Velnhia de La Compassion et la prise de pouvoir illégitime de son frère, la promesse d'événements imprévisibles et d'un futur sombre. Nève profita des débauches qui suivirent la prise du palais pour quitter la demeure principale. Elle disparut dans les ombres de la nuit, laissant Thola et Emeziel dans un brouillard d'interrogations à son sujet.

> **Registre historique : Joseph de La Grâce**

Nom complet humain : Joseph Verlain

- Récupéré par la maison de La Fierté en 184 Gr2, revendu à la maison de La Gloire.

<u>Statut :</u> *Corruption non présente, Stérilisation réalisée, Apprentissage de la langue conforme, Registre réalisé, Accord de vente délivré.*

- 108 ans au sein de la maison de La Gloire, formation de soldat d'encadrement, obtention d'une distinction pour service rendu durant la Rébellion serval débutant en 72F4 et se concluant cn 74F4.

- 216 ans au sein de la maison de La Grâce dont 131 ans sous les ordres de l'archange Medhan en tant que meneur d'une unité d'infiltration humaine en charge du démantèlement de réseaux contrebandiers, distinction acquise dans le cadre de son service. 85 ans en tant qu'agent de sécurité au sein de Cor'vinus.
- Disparition du registre durant une transition de détenteur, arrivée prévue au sein de la maison de La Compassion...

Statut actuel supposé : 324 ans, mort dans le cadre de ses fonctions, à déterminer.

> **Registre historique : Naïmah de La Fierté**

Nom complet humain : Nève Démaya

- Récupérée par la maison de La Fierté en 82 Gr2, offerte à la maison de La Gloire.

<u>Statut</u> : *Corruption non présente, Apprentissage de la langue conforme, Registre réalisé, accord de vente délivré.*

- 93 ans au sein de la maison de La Gloire, formation de soldat d'encadrement, offerte dans le cadre d'une alliance à la maison régente.
- 291 ans au sein de la maison de La Grâce, a servi sous les ordres de l'archange Medhan en tant que soldat d'infiltration humain en charge du démantèlement de réseaux contrebandiers, distinction acquise dans le cadre de son service.
- En cours au sein de la maison de La Fierté sous les ordres de l'archange Vehkiel.

<u>Statut du céleste</u> : *Demande d'intronisation par l'archange Vehkiel, demande étudiée et acceptée par la régence en place, prérequis conforme, intronisation réalisée à l'âge de 405 ans, Intronisation conforme certifiée par l'archange, formation ésotérique conforme changement de classification du céleste.*

Statut actuel supposé : 426 ans et commandante des forces ésotériques de la troisième maison de La Fierté, vivante.

Chapitre 8-1 : Feu et artifice

Eden, bâtisse aux allures de forteresse et repère du plus célèbre receleur de la région. Un lieu secret où peu de monde fut invité à pénétrer, céleste comme humain. Un bâtiment sous haute surveillance, patrouillé jour et nuit par la milice locale dont Vanul finançait la majeure partie. Dans ce lieu reclus, un archange vint à la rencontre de son fidèle intendant, il jaillit d'un portail au beau milieu de son bureau.

- Cela faisait bien longtemps que je ne t'avais pas rendu visite mon cher intendant, entama l'usurpateur tout en feuilletant les documents du receleur posés sur une table.
- Seigneur céleste, que me vaut le plaisir ?
- Régent céleste je te prie… Une simple visite de courtoisie, où en es-tu dans l'avancement de notre petit projet ? L'évocateur a-t-il conclu son travail ? questionna-t-il tout en continuant de fouiller dans les affaires du receleur.
- L'artifice est prêt Régent céleste cependant aucune phase de test n'a été réalisée. Je ne peux garantir le bon fonctionnement.
- Bien et qu'en est-il du congrès ?
- La réunion se déroulera dans la demeure principale, Keinil en est l'instigateur. Si mes informations sont exactes, elle aura lieu dans les jours prochains.
- Parfait ! Que serais-je sans toi ! Voici tes ordres, Vetel, je veux que tu disposes l'artifice sous la salle du congrès, qu'importe ce qu'il te coûtera et débrouille-toi pour obtenir la date et l'heure exacte de cette mascarade. Tu me transmettras ces informations sans

défaut et dans le plus bref délai, commanda-t-il en se forçant à être le plus intelligible possible.

- À vos ordres Régent céleste, acquiesça le receleur le visage crispé.
- Quelque chose te trouble mon cher intendant ?
- Croyez-vous vraiment que tout ceci soit judicieux ? J'en doute fortement, rétorqua Vanul à son détenteur.
- N'oublie pas où est ta place, peu m'importent tes pensées, peu m'importe la position privilégiée que tu as acquise ici. Tout ce que tu possèdes m'appartient, tu en disposes car je le tolère ! Un simple mouvement de ma main et tu péris. Obéis ou subis mon courroux, je me fiche de tes idéaux et de tes ambitions. Dernier rappel à l'ordre Vanul, menaça-t-il froidement.
- Pardonnez-moi Régent céleste. Tout sera fait selon votre volonté.
- Bien tout est réglé, nous nous reverrons prochainement. À bientôt très cher.
- Régent céleste, grogna Vanul alors que son détenteur disparaissait dans un portail.

D'un mouvement violent, l'intendant bouillonnant de rage projeta tous les éléments de son bureau au travers de son office puis il s'affala dans son fauteuil le visage sombre. Assis dans son siège il plongea dans ses pensées, cherchant une solution à ce cruel dilemme.

Foutu traître, Naïmah de la Fierté ! Qu'a-t-elle fait cette garce ! Offrir le pouvoir à ce maudit, sa stupidité vient sûrement de signer la fin du royaume. Foutus célestes et leur ego démesuré, comment ai-je pu être assez stupide pour lui faire confiance !

Vetel, obéir ou mourir ! À quoi bon… Ma seule porte de sortie anéantie par leur machination stupide. Mais à quoi pense La Fierté ! Je n'ai plus d'échappatoire, vais-je supporter l'éternité asservie par cette raclure ? Vetel jusqu'à ce que la fin des temps me prenne ou que mon bon régent décide de mon inutilité.

Cachée dans le fond de son esprit embrumé par la rage, une idée se glissa lentement au premier plan. La vision de sa propre mort fit son cheminement, la fin de son existence. La terreur de l'inconnu, déjà sur terre cette pensée le terrifiait, puis vinrent les enfers, un souvenir atroce, l'essence même de ses cauchemars quotidiens. Sa rage dériva lentement vers l'effroi et sa volonté fondit comme neige au soleil, un lâche pétrifié. Dans un dernier sursaut, il se jura tout de même que si la mort devait le prendre, il ne quitterait pas ce royaume seul.

Une poignée de jours plus tard, la nuit tombait doucement sur la partie basse de Nelium, un homme imposant assis à une table profitait des derniers rayons de soleil un verre à la main. Un enfant poussé par ses camarades vint briser son moment de répit :

- Monsieur, Monsieur… Monsieur, répéta un jeune garçon s'approchant de l'arbalétrier.
- Que veux-tu jeune homme ? répondit calmement Boln.

-   Je peux tenir votre arme !

L'oculus se leva doucement puis il empoigna l'arbalète posée sur la table, une arme magnifique et imposante, avec pour munitions des carreaux fabriqués sur mesure par ses soins. Il la tendit au garçon, tout en lui délestant une partie du poids, ses yeux s'illuminèrent et son sourire rayonna. Ce court instant fut interrompu par le cri d'une mère annonçant la tombée de la nuit et l'insécurité l'accompagnant, le garçon déguerpit tout en saluant chaleureusement l'oculus.

Un enfant au premier royaume, une vision assez rare sitôt que l'on s'éloignait des zones minières. Un marché finalement marginal qui ne servait que de réponses ponctuelles dans les mondes souterrains, on les utilisait notamment pour l'exploration des crevasses ou autres tunnels trop étroits pour les adultes. Une marchandise éphémère au prix d'achat faible dû à la spécificité des travaux. Cela expliquait les problèmes d'implantation du marché ainsi que roulement dont il souffrait. Certains autres secteurs porteurs tels que l'orfèvrerie pouvaient servir de recueil pour ces malheureux, leurs petites mains étant appréciables pour le sertissage. La seconde solution, et malheureusement la plus répandue, venait de la prostitution accueillant à bras ouverts ce produit recherché par une clientèle douteuse de la ville de Nelium. Beaucoup ne supportaient pas ce monde incompréhensible et lorsque l'enfant n'était plus en état de fournir un travail convenable ou qu'il ne remplissait pas les quotas de production, celui-ci se voyait remplacé sans ménagement. Une vaste majorité atteignait leurs limites mentales ou physiques en à peine quelques mois, une faible partie se suicidait tandis que les autres se retrouvaient alors livrés à eux-mêmes. Pour ceux qui ne se tuaient pas à la tâche, ensevelis sous les décombres ou étouffés dans une cavité sans air, la vie se terminait dans la gadoue d'une ruelle. Seuls quelques élus trouvaient une famille d'accueil dans laquelle ils allaient pouvoir vivre éternellement dans leur corps d'enfant.

Boln lança quelques pièces sur la table, une vieille dame pesta du fond de sa taverne, il savait pertinemment qu'elle serait sa réaction, mais peu lui importait, il n'aimait pas être redevable. Il quitta alors l'établissement en direction du sud vers les plaines de Nelium, traversant le petit hameau sous les regards attentifs et bienveillants des habitants.

- Monsieur Boln, ma maman m'a chargé de vous donner un morceau de tarte et de la boisson pour la nuit, interrompit une jeune adolescente quittant le pas de sa chaumière.
- Merci jeune fille, tu passeras le bonjour à ta mère et tu la remercieras de ma part, répondit l'homme.
- Bon courage Monsieur le Chasseur de monstres ! lança-t-elle en courant vers son domicile.

Il continua son bout de chemin jusqu'à la colline située à l'entrée sud, il s'installa sur la même pierre plate que la veille, il y disposa son arbalète ainsi que ses munitions puis il se mit à scruter l'horizon. Une vaste plaine, impossible de passer entre les mailles de son filet, un endroit reposant où il pouvait laisser son esprit vagabonder tout en protégeant la population.

Nève ou plutôt Naïmah de la Fierté, je ne comprends pas. Pourquoi les choses se sont-elles passées ainsi ? Je te dois la vie, mais Calv… Pourquoi ne pas l'avoir sauvé ? Nous a-t-elle manipulés pour arriver à ses fins ? Pourquoi travaille-t-elle pour les intérêts de La Compassion ? Est-ce vraiment un hasard de retrouver Thola au centre de tous ces événements ? Pourquoi m'a-t-elle épargné ? Pourquoi me donner son nom céleste alors qu'il me serait si facile de la trahir ? J'essaye de te haïr, mais je n'y arrive pas, je sais que tu n'es pas mauvaise.

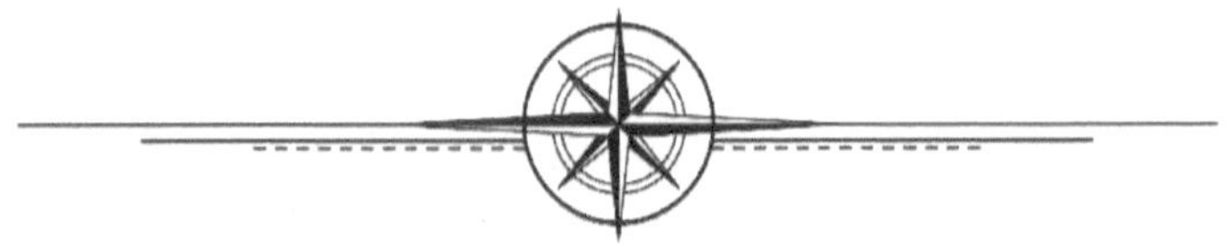

Il soupira avant de croquer à pleines dents dans une part de tarte aux poireaux. Il, scruta le fond de la nuit jusqu'aux premières lueurs, cette fois-ci il n'abattit que deux charognards, une prouesse suffisante pour s'octroyer la prime et vivre quelques jours de plus dans la basse ville de Nelium, en tant que héros du peuple.

Le jour suivant, dans l'enceinte de la cité forteresse, l'effervescence de la population face au défilé d'oligarques permanents donnait du retord à la milice. L'arrivée de tous les représentants de la maison de La Compassion au sein d'une même ville obligeait la mise en place de procédures tout à fait exceptionnelles. On avait barré les rues adjacentes, vidé l'allée principale jusqu'à la demeure de Keinil et chaque céleste se voyait accompagné d'un détachement conséquent de soldats.

La salle de conférences, sous l'égide de l'archange de La Compassion, hébergeait un congrès exceptionnel devant une situation ô combien extraordinaire. Un intendant se présenta sur le bord de l'estrade face à une assemblée en pleine ébullition :

- Mes Seigneurs célestes, je vous prie de garder le silence. Notre Régent céleste Keinil de La Compassion va maintenant prendre la parole, cria l'intendant.

Quelques derniers échanges irrépressibles puis le silence religieux, l'archange aux cheveux d'or fit son entrée par une petite porte dérobée dans le fond de la salle. Il se plaça au plus proche de la foule avant de prendre la parole :

- Mes Seigneurs, notre maison traverse à nouveau une grave crise. Pour la seconde fois, l'archange Thola s'oppose à nos intérêts. Tout comme vous, je pleure la mort de notre bien-aimé régent et j'aimerais que toutes nos pensées soient dirigées vers lui en ce jour sombre. Que son âme soit en paix auprès du divin, regretta le premier né et ami de l'ancien régent. J'ai longuement réfléchi à ce jour, à mon discours, ainsi qu'à la position qui m'incombe et j'en suis venu à la conclusion suivante : je ne prendrai pas la régence de notre maison.

L'assemblée ne put contrôler une nouvelle vague d'effervescence, chacun y alla de son petit commentaire. Keinil savait que son annonce échaufferait les esprits, il donna un court instant à ses confrères pour se calmer avant de reprendre son discours :

- S'il vous plaît, s'il vous plaît, mes Seigneurs. Je comprends votre surprise et je m'excuse de vous décevoir. Mes obligations envers Nelium, cité que je porte sous mon aile depuis maintenant trois siècles, sont pour moi une priorité absolue. Cette ville que j'ai vue grandir, ce peuple que j'ai guidé de ma main bienveillante, traverse une grave crise et ma priorité ainsi que mon cœur m'incitent à continuer mon devoir. Vous n'ignorez pas l'ouverture d'une cinquième porte, qui je le pense sera notre salut dans ces moments troubles. C'est pourquoi je laisse la place de régent à quiconque aura la volonté, je laisse la lourde de tâche de réparer les dommages causés par l'usurpateur Thola à ce même divin, mais je ne vous laisserais pas sans une solution, et c'est pourquoi je vais moi-même vous proposer un successeur qui, je pense, se montrera à la hauteur.

- Bravo, bravo, bravo ! coupa bruyamment un céleste passant la petite ouverture empruntée par le propriétaire de la demeure. Bravo, touchant et comme à ton habitude Keinil, tu restes l'éternel second même quand la providence t'offre le pouvoir sur un plateau. Les millénaires ne t'ont pas changé !

- L'usurpateur ! hurla un membre de l'assemblée tout en se levant.

- Messieurs, ne sommes-nous pas civilisés ? Je suis venu m'exprimer au sein de ce congrès qui ne m'a pas convié, rétorqua-t-il.

- Seigneurs, gardez votre calme ! Écoutons puis nous agirons, ordonna Keinil. Je ne te pensais pas stupide, que mijotes-tu ?

- Une simple visite de courtoisie, je suis venu m'assurer de votre loyauté en tant que nouveau régent de notre noble maison.

- Jamais ! Va au diable ! Qu'on l'attrape ! hurlèrent plusieurs voix perdues au milieu de la mer d'oligarques.

- Je reconnais bien là ta vanité, mais penses-tu vraiment que quiconque va te suivre ? Tu es un paria, un reclus et une honte pour notre sainte maison, ton frère a péché en te laissant la vie, je ne ferai pas cette erreur, menaça Keinil tout en matérialisant une arme dans sa main droite. Rends-toi et ta mort sera rapide !
- Écoutez ! Voici mon ultimatum ! Soumettez-vous à ma volonté ou mourez ! déclama l'archange en levant ses bras dans une tentative d'intimidation.
- Jamais Thola, tu m'entends, jamais ! hurla l'archange sur le point d'attaquer.

Un sourire se dessina sur le visage de l'usurpateur, il semblait ravi de la tournure que prenaient les événements. Il tendit lentement son bras droit savourant l'instant, un claquement de doigts puis une déflagration souffla l'intégralité de la demeure. Une explosion emportant simultanément toute la régence de la maison de La Compassion, une nouvelle magie au premier royaume, un artifice surpassant la puissance d'un premier né. Le souffle brisa l'intégralité des façades et des vitres de la forteresse, les morts se comptèrent par centaines autour du bâtiment. Un jour sombre dans l'histoire céleste, pour Nelium, pour La Compassion, une victoire grandiloquente pour l'archange aux mille portails qui jubilait dans l'ancien palais de son défunt frère.

Chapitre 8-2 : L'offre et la demande

La fraîcheur de la nuit tombante se distillait au sein de la pièce, une douce brise provenant des montagnes pénétrait lentement par la fenêtre de cette petite chambre du sanctuaire. La céleste, allongée sur son lit, gardait les yeux plongés dans la pierre du plafond, son visage inexpressif se crispant lorsque les souvenirs se montraient douloureux. Elle patientait laissant couler les heures dans l'espoir que le fil du temps lave ses péchés. Isolée dans sa chambre, un énorme livre noir posé sur ses cuisses, elle restait passive alors que le froid l'étreignait. Un manque de volonté témoin de ce dernier jour passé, le fardeau de sa dernière mission, le poids de ses actes l'accablant plus qu'elle ne souhaitait l'admettre.

Elle gardait le souvenir de cette joute au sein du palais de La Compassion comme une plaie béante impossible à refermer. L'inconnu, la peur de ne pouvoir revenir, elle dut lutter corps et âme pour retrouver un semblant de calme, son corps entier tremblant sous la pression de la corruption, ses yeux restèrent teintés de noir et ce bien après son accalmie. Une perte de contrôle dont elle subissait encore les séquelles, une envie de chair qu'elle n'arrivait plus à refréner. Elle n'était plus seulement séduite par le goût du sang, elle voulait planter ses dents dans la carcasse de ses ennemis. Seuls les mantras de Vehkiel la sauvèrent à ce moment décisif. Des années durant il l'avait préparer à ce genre d'éventualité, mais Joseph… Il passait ses barrières bien plus facilement que les précédents, il la connaissait mieux que les autres. Son étreinte si rassurante la poussait vers un précipice qu'elle savait sans fond.

Un bruit sourd du poing que l'on abat sur une porte, son cœur s'emballa surpris par cette irruption au beau milieu de ses pensées. Elle lança d'une voix tressaillante :

- Entrez.
- Nève, je ne te dérange pas ? demanda Kelenh passant le pas de la porte.
- Non pas le moins du monde, qu'y a-t-il ?
- Je… Les recrues s'inquiètent pour toi, beaucoup t'ont vue passer la mine basse. Je me suis dit que je pourrais passer prendre de tes nouvelles. Je peux m'asseoir ? demanda l'espion poliment.
- Oui bien sûr.
- Comment te sens-tu ?
- Fatiguée… Mentalement. J'ai de plus en plus de mal à me distancier de la cruauté, de ma propre cruauté. La mort de Joseph, les vies que j'ai prises, les gens que j'ai menés à la perdition, de bonnes personnes que j'ai traînées dans mon sillage, par intérêt.
- Tu es un soldat, tu accomplis simplement ta mission, qu'importent les conséquences, rassura-t-il.
- Ce qui fait de moi un mauvais soldat doublé d'un pitoyable être humain.
- Tu n'es pas mauvaise, loin de là. Regarde autour de toi, au sanctuaire, tous les élèves que tu aides et formes.
- Une piètre repentance, la tentative de maintenir une balance, un équilibre. Une bonne action n'annulera jamais la cruauté dont je me suis rendue coupable. Mon côté sombre ronge petit à petit ce que je suis, je le sens. J'aurais pu éviter ces bains de sang, mais mes tripes me l'interdisent, je prends plaisir à tuer et à chaque vie que j'ôte quelque chose s'éteint au fond de moi.

- Je suis sûr que tu exagères, combien de personnes as-tu éliminées ? questionna Kelenh voulant relativiser la situation.
- Un peu plus d'une trentaine entre Zéphès et Nelium… répondit-elle honteuse.

L'espion, bouche bée, se contenta d'un simple :

- Oh…
- J'ai sincèrement peur… Je sens la corruption se propager au fond de moi, elle me tire vers les abysses. Je n'arrive plus à me contrôler, j'ai tué tous ces gardes dans la salle du trône, je ne m'en souviens plus … continua-t-elle les yeux humides.
- Ne t'en fais pas, nous sommes ici avec toi. Personne ne te laissera tomber, réconforta l'espion tout en la prenant dans le creux de ses bras.
- Kelenh, si un jour je sombre, tu feras ce qu'il faut ? Tu seras prêt à faire ce qu'il faut ?
- Tu te sous-estimes encore et toujours… Notre seigneur te fait confiance, il t'a prise sous son aile et te voilà commandante des forces ésotériques en à peine quelques années. Tu as surpassé la totalité des apprentis, tu n'as jamais failli et tu doutes encore de tes capacités. J'ai confiance en toi.
- Merci… En parlant de notre seigneur, as-tu de ses nouvelles ? balbutia-t-elle tentant de détourner la conversation afin de faire passer sa gêne.
- Bien sûr, notre seigneur est parti négocier les derniers accords avec le régent de La Rigueur, nos troupes devraient se mettre en mouvement demain dans l'après-midi. Il m'a d'ailleurs confié un message que je devais te transmettre à ton retour. Je te le laisse juste ici, indiqua l'homme en posant un bout de parchemin sur la

table basse. Veux-tu que je te remplace à la tête de ton escouade ?
-   Je m'en charge, ne t'en fais pas, sourit-elle.
-   Bien, comme tu le souhaites. Bonne nuit Naïmah, repose-toi bien.
-   Kelenh, tu n'es pas obligé de partir…
-   Une prochaine fois peut-être, repose-toi.

Kelenh quitta la pièce en lui adressant un dernier sourire chaleureux. Impatiente, elle attrapa alors le message de son maître avant de s'allonger lourdement dans le creux de son lit toujours bercée par la sensation étrange qu'un parasite rongeait lentement le fond de son être. Elle décacheta d'un coup sec le parchemin scellé puis en rapprochant la petite bougie de sa table de chevet, elle entreprit la lecture :

Ma chère élève,

Je regrette de ne pas pouvoir être à tes côtés, je sais à quel point ces derniers jours ont été difficiles pour toi. Sache que, comme à ton habitude, tu surpasses mes attentes et je suis extrêmement fier de tes accomplissements. Comme convenu, je prends la suite de tes efforts, nous nous reverrons bientôt.
Si jamais tu doutes, souviens-toi de qui tu es et quel est ton objectif, comme je te l'ai appris.

Ton ami et protecteur Vehkiel

La céleste replia précautionneusement le parchemin qu'elle déposa sur sa table de chevet, elle se glissa dans ses draps le regard plongé dans les ombres du plafond. Anxieuse, elle se mit à répéter son mantra espérant étouffer cette voix qu'elle ne pouvait taire.

Je suis Nève Démaya, je suis la fille du comte Serj Démaya. Je me *bats* pour le sanctuaire, pour Vehkiel, pour Kelenh, pour Joseph, pour mes élèves, pour l'humanité. Un jour, j'offrirai cette terre à ceux qui la méritent.

La Rigueur, cinquième puissance du premier royaume, une maison faible disposant cependant d'un savoir-faire ancestral en matière d'architecture. Ce commerce générait la majeure partie de son revenu. Une collaboration centenaire avec la maison de La Compassion ratifiée par accord à la fin du dernier grand conflit. Un échange de bons procédés entre les deux factions, les ouvriers de Nelium se chargeaient d'extraire le nilarium tandis que les hommes de La Rigueur dégageaient volontiers le surplus de pierre gênant l'avancée des travaux. Cernée par les deux plus imposantes maisons du premier royaume, La Compassion siégeant à l'ouest et La Fierté au nord, elle se voyait écrasée entre deux puissances. Par conséquent, elle ne pouvait disposer que d'une maigre puissance militaire et d'un territoire étriqué. Bien que considérée comme l'une des maisons les plus faibles du royaume cela n'empêchait pas son régent d'être ambitieux et, comme pour répondre à ses rêves de grandeur, Gahvael recevait en ce jour une proposition inattendue portée par un émissaire de la maison régente du royaume.

- Pardonne mon incrédulité, mais que va retirer la maison de La Fierté de tout cela ? questionna le premier né assis sur son trône.
- Un allié Régent céleste, nous savons pertinemment qu'il nous est impossible de maintenir l'intégrité d'une position aussi loin de nos terres et ce juste sous le nez de La Compassion. L'ascension de Thola et la mort de Velnhia sont un coup dur pour toutes les maisons du royaume.
- Tu dis vrai, il nous est impossible de maintenir une relation saine avec ce fourbe et je comprends ton ressentiment à lui laisser l'acquisition d'une porte. Que me proposes-tu ?
- Un partenariat, ma maison vous offrant l'aide nécessaire pour assouvir vos ambitions. Dans un premier temps une collaboration furtive, l'appui suffisant pour sécuriser la porte et maintenir vos positions puis espérons-le, un partenariat plus poussé dans les années à venir.
- Pourquoi l'ombre et non la lumière sur cette alliance ? s'interrogea Gahvael.
- Thola garde un ressentiment très fort envers notre maison, un affront direct ne ferait que propulser sa folie et déclencher un bain de sang inutile. Une alliance nous assurant la victoire ne devrait éveiller ses soupçons, sa colère certes, mais cela, notre collaboration saura y faire face.
- Considérant que sa colère se soit calmée un jour… Que proposez-vous ?
- Une mise en mouvement rapide, La Fierté assurera le déplacement de vos troupes au sein de Cor'vinus. Dans un premier temps, un petit bataillon devrait suffire pour

annexer Zéphès avec l'appui d'une de mes escouades d'évocateurs. Mes troupes sont prêtes à être déployées, quel délai pouvons-nous espérer de votre côté ?

- Il m'est possible de rapatrier et de former un bataillon d'ici demain.
- Très bien, le regroupement de nos troupes se fera sur votre territoire dans le village d'Abundencia. Mon commandant vous y attendra, je me charge de la circulation de vos hommes à la cité mère. Je serai de retour demain vers le milieu de journée pour accompagner vos soldats et m'assurer de leur transit. Je vous salue Régent céleste.
- Je te salue Vehkiel de La Fierté, que le divin te protège.

À quelques milliers de kilomètres de la demeure principale de La Rigueur dans une salle rapidement aménagée, Emeziel avait regroupé un conglomérat de représentants provenant des guildes de la cité forteresse. Les célestes échangeaient dans un brouhaha incessant, Thola émergea finalement d'un portail, la foule se tut instinctivement. L'archange mercenaire prit la parole :

- Messieurs, le Régent céleste Thola de La Compassion est venu à votre rencontre pour vous éclairer et vous guider. Je lui laisse la parole, veuillez garder le silence.
- Je vous salue nobles représentants de l'activité florissante de Nelium. Je revois énormément de visages familiers et cela me ravit. Je viens à vous aujourd'hui pour vous assurer mon soutien dans le renouveau et la reconstruction de votre cité. Comme vous le savez tous, une nouvelle porte a fait son apparition au Sud de notre territoire et je ne suis pas sans savoir que la totalité d'entre vous a pris les dispositions nécessaires à son annexion. Il est maintenant l'heure de se mettre en marche, avec mon soutien et celui de mes soldats nous

vaincrons ! Emeziel ici présent vous assistera dans cette tâche difficile, il sera le garant de notre succès. Mon discours sera bref, vos actions le seront tout autant. Que vos soldats et ouvriers soient prêts à marcher dès les premières aurores, le détachement n'attendra aucun retardataire et il serait dommage pour chacun d'entre vous de rater une telle opportunité ! Messieurs, joignez-vous à moi pour votre prospérité, celle de votre cité et celle de notre maison !

Une fois son discours conclu, Thola disparut dans l'un de ses portails laissant Emeziel à la tête de l'opération.

- Votre régent a parlé Messieurs, vous pouvez disposer. Demain aux aurores.

Chapitre 8-3 : Commandant des forces ésotériques

Dans un recoin de la zone de transit patientait un regroupement coordonné de militaires surarmés. Une vingtaine d'évocateurs parmi les meilleurs de La Fierté, cinquante soldats en charge de leur protection et à la tête de ce régiment, monté sur son destrier, un commandant à la chevelure argentée. La troupe traversa le portail pour émerger sur la petite place du village de Abundencia, soixante-dix soldats chevauchant de magnifiques destriers élevés sur les terres de La Fierté. Les humains présents délaissèrent rapidement leurs occupations pour se réfugier dans leurs habitations, une agitation tirant de son office le gérant du petit village.

- Personne d'important selon ses dires ! N'est-ce pas demoiselle Nève ? lança ironiquement le céleste sortant de son office.
- Bonjour Belfaïn, je m'excuse de l'irruption et du dérangement, mais ton village va servir de base d'opération pour la journée à venir.
- Tiens donc et sous quelle égide ?
- Celle de ton Régent céleste, cinq cents hommes de ta maison devraient rejoindre l'initiative.
- Comment ça ? Six cents hommes dans mon village et puis quoi encore ? Je ne suis pas une auberge ! J'ai un village à faire vivre, des produits à expédier, à vendre !
- Ne t'en fais pas, tu seras dédommagé grassement pour service rendu. Commencez les agencements ! Que l'on prépare mon poste dans l'office du gérant et que l'on paie cet homme ! ordonna la céleste à ses troupes.

- À vos ordres, commandant ! répondirent en chœur les soldats.
- Que ! Quoi ! Mon bureau hors de question !
- Allons Belfaïn, viens discuter tranquillement de tout cela derrière un verre, veux-tu ? Je vais te raconter comment j'ai permis à ton village de vivre en sécurité en délogeant la troupe de mercenaires au sud.
- Que ? Quoi ? s'interloqua le gérant.

Nève força doucement le céleste à se diriger vers son office afin de laisser ses hommes travailler en paix. Ils s'assirent derrière un verre le temps de discuter des derniers événements. La nuit tomba lentement alors que les hommes de La Rigueur manquaient toujours à l'appel, Naïmah, fatiguée, quitta la compagnie du gérant tôt dans la soirée afin de se défaire de son armure qui commençait à lui peser. Elle changea sa tenue d'apparat pour ses vêtements habituels de voyage lui offrant plus de confort. Le calme revenait doucement sur le village, la plupart des soldats devaient avoir fini leur aménagement, une supposition qui se confirma lorsqu'elle vit de multiples groupes de guerriers disséminés autour la place principale. Ses hommes avaient disposé une multitude de sources lumineuses, plus ou moins magiques, elle quitta la maison de Belfaïn pour se présenter devant eux. La céleste se posta au milieu de ses soldats, Grâce à la main.

- Moi, Naïmah, commandante des forces ésotériques de la troisième maison de La Fierté, serai votre commandant durant cette opération. Quiconque doute de mes capacités au combat est libre de faire connaître sa voix et de se présenter devant moi à cet instant. Quiconque refusera cette invitation me prêtera allégeance pour la durée de cette mission.

Les soldats restèrent solennels, la tête basse en signe de respect. Une reconnaissance de ses compétences et un hommage à ses faits d'armes. Un rite habituel au premier royaume, un commandant servant de fer de lance, mais aussi de tacticien sur le champ de bataille.

- Bien, j'accepte votre confiance que le divin nous protège et nous guide. Rompez !

Les guerriers commencèrent à se disperser, elle reconnut rapidement certains d'entre eux qu'elle interpella :

- Gelhm, Talial, Naem, venez ici j'ai besoin de vous. Dégainez ! ordonna-t-elle.
- Pourquoi ? demanda alors dubitatif l'un des célestes.
- Allez ! Plus vite ! En garde ! J'ai besoin de me défouler un peu avant de monter me coucher.

Désemparés, ils cherchèrent l'appui de leurs frères d'armes vaquant à leurs occupations. Nève commençait déjà à s'échauffer, impossible de refuser, elle ne lâcherait pas prise.

- Bon, vous attaquez où je vous botte le cul ?

Les trois soldats s'élancèrent chargés de doutes, la joute d'entraînement se transforma rapidement en leçon pour ses hommes puis en spectacle pour l'assemblée. Nève profita pleinement de l'instant, une façon d'aiguiser ses talents et de relâcher la pression pour elle ainsi que pour ses troupes. Finalement exténuée, elle salua et remercia ses hommes avant de retourner dans ses quartiers, après une toilette sommaire elle se glissa dans son lit espérant que le sommeil la prenne rapidement.

Les premières aurores aux abords de Nelium, un impressionnant regroupement de mercenaires, soldats, marchands, ouvriers, wagons attendaient l'ordre du détaché de Thola. Emeziel dominait sur son magnifique destrier blanc, d'un coup de talon dans le flanc de sa monture il se plaça en tête de ligne et, d'un mouvement de bras, il donna le signal. Les opportunistes quittèrent Nelium pour un périple de quinze jours vers le sud, Zéphès en ligne de mire.

Le lendemain, dans le petit village de pêcheurs transformé en camp militaire, un portail s'ouvrit donnant lieu à un défilé de soldats s'étirant sur plusieurs minutes, un peu plus de cinq cents hommes rejoignant l'initiative pour Zéphès. Le dernier soldat à se matérialiser attira l'attention de la céleste, un homme barbu aux traits tirés disposant d'une musculature proéminente qui contrastait avec sa petite taille. Son armure similaire à celle de ses soldats avait subi les affres de ses multiples affrontements, Nève comprit qu'il s'agissait de Kelmain, le premier humain intronisé élevé au rang d'archange et le plus réputé des commandants de La Rigueur. Une légende, un modèle, un homme à la carrière irréprochable dont le titre de noblesse fut acquis lors du dernier grand conflit. Les rumeurs le dotaient d'une puissance conséquente et le décrivaient comme un stratège hors pair, bien qu'il soit couvert d'éloges, il n'en restait pas moins un modèle de vertu et d'humilité.

- Commandant Naïmah, c'est un plaisir de vous rencontrer. On m'a vanté votre beauté, mais je vois que les mots ne peuvent décrire telle magnificence.

- Enchantée Commandant Kelmain, je vous prierai de garder une attitude professionnelle, je ne suis pas objet de conquête, rétorqua froidement l'évocatrice.

Les récits lus par la céleste avaient omis un détail important, l'homme était un adepte du bon mot et de la flatterie, un dragueur inconditionnel, par définition une plaie pour la gent féminine.

- Je suis flattée de vous rencontrer, vous êtes un modèle pour tout humain intronisé. Les récits à votre sujet sont un délice à dévorer, épiques et héroïques, est-ce fiction ou réalité ? demanda Nève curieuse.
- Je vous laisse forger votre propre opinion, après tout, vous allez vous aussi participer à l'un de ces récits. Pour ma part, je ne suis qu'un simple soldat en mission, la seule chose qui m'importe est notre réussite, ainsi que la vie de mes hommes.
- Tout à votre honneur, je vous prête allégeance pour la durée de l'opération, mes troupes sont à votre entière disposition, affirma solennellement la céleste.
- J'accepte volontiers cette charge commandant Naïmah. Que diriez-vous de discuter devant un verre ? Nous ne prendrons la route que demain aux aurores, une distraction ne serait pas de refus.
- Avec tout le respect que je vous dois commandant, je me vois dans l'obligation de refuser. L'office du gérant vous servira de quartier, veuillez m'excuser.
- Si vous changez d'avis, ma porte est ouverte, tenta le dragueur ne se laissant pas démonter par la froideur de son homologue.

Chapitre 8-4 : Mouvement

Dans le bois de Capel, situé dans la région sud de Nelium, une jeune évocatrice accéléra sa monture pour rattraper son commandant à la tête du détachement.

- Commandant, avez-vous quelques instants à m'accorder ? demanda poliment Heleïn.
- Oui bien sûr, quelque chose te tracasse ? répondit amicalement la commandante aux cheveux argentés.
- Comment dire… C'est ma première mission. J'ai peur de ne pas être à la hauteur… Il y a des rumeurs qui circulent et si Thiamel était de retour à Zéphès ? s'inquiéta la jeune évocatrice.
- En d'autres mots tu n'as pas peur de l'échec, mais de la mort.
- Non ce n'est pas ce que je voulais dire… balbutia-t-elle prise de court par la remarque de sa supérieure.
- Il n'y a pas de honte à avoir. La peur, le courage et la stupidité sont étroitement liés. Je ne te demande pas de sacrifier ta vie vainement, je te demande de faire front à mes côtés. De protéger tes frères et de faire de ton mieux, si Thiamel est de retour, alors l'initiative se révélera infructueuse. Je ne risquerai pas la vie de mes hommes pour une vaine cause, calme tes inquiétudes, expliqua sereinement la céleste.
- Comment pouvez-vous être si confiante ? Thiamel pourrait anéantir toutes nos troupes d'un revers de la main.
- Le jour où tu comprendras que ta vie n'a rien d'exceptionnel, qu'elle n'est ni précieuse, ni importante alors tu pourras affronter l'adversité avec sérénité.

- Je ne suis pas d'accord commandant, toute vie est précieuse, s'offusqua la jeune évocatrice.

Nève semblait imperméable à ce genre de discours, elle continua simplement :

- Je ne te contredirai pas, je comprends ton ressenti même si celui-ci ne m'atteint plus. Fais de ton mieux Heleïn, c'est la seule chose qui m'importe. Je t'ai moi-même formée, je connais tes capacités, ne doute pas de toi.
- Bien commandant, je vous remercie.
- Reprends ta position, ordonna le commandant de La Fierté.

Le commandant Kelmain ayant tendu l'oreille se rapprocha de la céleste :

- Un doute dans les rangs ?
- Rien d'anormal, vous qui êtes maintenant archange pensez-vous pouvoir rivaliser avec un premier né ?
- Je doute que le divin lui-même puisse rivaliser avec l'un de ses premiers nés, leur puissance est terrifiante.
- Je vous l'accorde, espérons que ces rumeurs soient fausses.
- Elles le sont, cela fait plus d'un mois que Thiamel a disparu. Les probabilités de son retour sont quasi nulles, indiqua Kelmain.
- À votre avis, que lui est-il arrivé ? Il est peu probable que quelques charognards aient eu raison d'un archange.
- Sincèrement, je n'en sais rien. Un premier né part vers une porte et ne revient jamais, c'est sans précédent. La faille s'est peut-être refermée après son passage, peut-

être a-t-il croisé une menace supérieure à sa puissance, toutes les hypothèses sont envisageables.
- Dans tous les cas, nous aurons la réponse sous peu. Une fois Zéphès et le portail sécurisés bien évidemment, conclut la céleste.
- Effectivement, nullement besoin de débattre plus en avant sur le sujet. Arrêtons-nous ici, la zone semble propice pour un campement.
- À vos ordres Commandant, répondit Naïmah en signalant aux hommes de se stopper.

Le détachement s'installa dans une large clairière perdue au milieu de la mer d'arbres, un endroit paisible où coulait un petit ruisseau. Une place disposant de tous les atouts stratégiques nécessaires à une initiative de cette ampleur. En plus de se trouver à une distance raisonnable de Zéphès, cette clairière, entourée d'un bois dense et sombre, offrait une discrétion non négligeable pour les quelque six cents soldats détachés pour l'occasion. Les éclaireurs auraient un avantage considérable sur les éventuels assaillants, ils pourraient aisément se dissimuler dans l'épais fourrage recouvrant le parterre, parterre qui ralentirait par la même occasion l'avancée de troupes ennemies. Pour couronner le tout, une réserve d'eau illimitée courait en plein milieu de la zone, enlevant de ce fait un problème logistique majeur. La nature leur offrait ici une zone de campement rêvée par tout commandant.

À la fin de cette journée chargée, les deux officiers supérieurs discutaient stratégie au centre de l'installation :

- Le village est découpé comme suit, ici se situe le hameau central comportant la place du marché et la demeure de Thiamel. En périphérie, on trouve les habitations en pierre se changeant rapidement en chaumières bordées de champs. La garnison se situe à l'ouest à quelques minutes de marche, le portail se trouve dans les sous-sols. Notre problème est le phare de Zéphès, dès que nous quitterons la forêt, nos troupes seront repérées. Impossible de compter sur un quelconque effet de surprise, expliqua Nève forte de son expérience.

- Une évaluation des forces ? demanda Kelmain.
- Faible, selon mes informations, Thiamel a emporté une bonne moitié de ses hommes. Le reste a subi de lourdes pertes suite à mon passage il y a quelques semaines, la résistance sera minime nous serons à vingt contre un si rien n'a changé.
- Bien l'annexion de la ville ne devrait pas être un problème, essayons de minimiser les pertes matérielles, visons la protection du puit et du grain. Concentrons-nous sur les infrastructures militaires, une partie de mes hommes va contourner le hameau en direction de la caserne pour l'incendier le plus tôt possible. Tes évocateurs vont se déplacer au nord pour couper toute retraite et éviter une contre-attaque par le flanc. Le reste de l'infanterie progressera par l'est jusqu'au village afin de consolider notre position.
- Je résume, la cavalerie contourne par le Sud en direction de la caserne avant de remonter au travers des rues éliminant toute résistance. Mes évocateurs se chargent de bloquer le front nord, nord-est avant de pénétrer dans le village juste après l'incursion de l'infanterie par le front est. Que faisons-nous de la population ?
- On ne peut se permettre de laisser des électrons libres ou dissidents. La guerre demande ces sacrifices, ne laissez aucun survivant. Cependant, attendons le rapport des éclaireurs afin de fixer la stratégie définitive.

La courte réunion conclue, les deux commandants se séparèrent, Nève arpenta le camp pour s'assurer que les préparatifs avançaient conformément à la demande de Kelmain. Elle parcourut les allées sous les saluts respectueux des soldats des deux maisons, respect qu'elle leur rendit, une cohésion saine s'étant instaurée depuis le départ de Abundencia. Elle se posa près d'un feu nouvellement disposé avant de se servir un morceau de gibier, elle observa les troupes vaquer à leurs occupations un long moment. Les armures étaient lustrées, les armes disposées sur les râteliers, les bestiaux harnachés et les regards durs. Il n'y avait aucun doute, la bataille pour le contrôle de la cinquième porte approchait. Elle ne se reconnaissait plus dans ces soldats. Elle en avait trop vu, leur peur lui était indifférente, la perspective d'une mort certaine la faisait sourire. Elle comprenait leur angoisse, mais ne la ressentait plus.

Les plaines nord de Zéphès, deux hommes chevauchaient vers l'orée d'une forêt partiellement calcinée, deux soldats de La Rigueur partirent en reconnaissance pour leur commandant. Ils stoppèrent leurs montures à quelques centaines de mètres du bois afin de continuer leur avancée le plus discrètement possible. Devant eux s'élevait un paysage lugubre et sombre, les troncs des arbres noircis par les flammes, l'absence quasi totale de verdure à perte de vue, une chance que la pluie ait coupé net l'avancée du feu. Le duo emprunta l'ancien chemin vers Nelium, remontant lentement mais sûrement entre la mer d'arbres morts, le silence complet seulement rythmé par le bruit de leurs pas. Un calme trompeur, la mort patientant tapis dans l'ombre, un claquement de corde coordonnée, une pluie de carreaux mortels perfora les deux âmes des éclaireurs de La Rigueur s'affaissant sur le sol noir de la forêt.

- Pardonnez-moi commandant, la plupart des éclaireurs sont revenus, entama un officier de La Rigueur.
- Comment ça la plupart ? s'étonna Kelmain.
- Nos éclaireurs partis vers le nord… Nous avons retrouvé leurs chevaux aux abords du bois. Aucune trace de leurs corps ou de leur présence.
- Commandant Naïmah ?
- Ils ont emprunté la route de Nelium, peu de chances qu'ils aient croisé des charognards dans une zone dévastée par le feu. Ils ont une tendance à rester autour des zones d'abondance en gibiers ou en humains. Il y a également peu de chances qu'un détachement soit parti de Zéphès sans que nos éclaireurs s'en aperçoivent, ce qui laisse deux possibilités : soit leurs assaillants viennent de Nelium, soit ils siègent directement dans la forêt.
- Et pour quelle solution penchez-vous ?
- La première malheureusement… Il nous faut plus d'informations, envoyons un détachement d'éclaireurs dans la nuit.
- Avons-nous un quelconque choix, il nous faut déterminer la menace à laquelle nous devons faire face. Officier, détachez trois escouades, je veux des informations au petit matin, ordonna-t-il après une courte réflexion.
- À vos ordres Commandant, répondit le soldat tout en saluant.
- Espérons que ces hommes nous reviennent sains et saufs.
- Je l'espère aussi commandant, acquiesça la céleste.

La nuit profonde dans les bois nord de Zéphès, impossible de se mouvoir sans bruit dans l'entremêlement d'arbres calcinés, une aubaine pour l'oculus qui guettait l'avancée des soldats éclaireurs, deux voiles bleus se faufilant avec agilité entre les troncs calcinés. Il surveillait attentivement leur progression, attendant patiemment qu'ils pénètrent dans la zone non ravagée du bois. Des années que Boln parcourait cette forêt, il la connaissait sur le bout des doigts, pisteur hors pair, il saurait où et quand frapper.

Le chasseur de monstres, héros de la basse ville de Nelium, changé en mercenaire à la solde des guildes, il ne put résister à la somme exorbitante qu'on lui proposa même si cela impliquait de servir indirectement les intérêts de Thola. Boln l'oculus n'avait jamais été vénal, mais depuis peu, l'idée de construire un établissement pour les nécessiteux abandonnés par Nelium avait fait son chemin. Il pensait plus particulièrement à tous ces enfants dépérissant dans les ruelles de la basse ville. Il s'affairait à présent à réunir la somme nécessaire à l'achat d'une maison dans l'un des hameaux entourant la cité forteresse.

La forêt reprit lentement de sa superbe, sa traque les ayant menés jusqu'aux derniers ravages du feu. Boln escalada habilement un vêche planté non loin du petit chemin traversant le bois. Arbalète à l'épaule, il la pointa dans la direction des quatre premiers éclaireurs de La Rigueur, le bruit provoqué par leurs déplacements trahissant leur arrivée. Un tir, l'un des quatre célestes s'effondra, ils se figèrent devant la soudaineté de l'attaque puis leurs lampes à capote s'accélérèrent frénétiquement dans un chaos signalant leur peur. Il rechargea calmement avant d'emporter sa deuxième victime, les deux derniers prirent la fuite devant l'inconnu. Une stratégie stupide, le chaos de la forêt et la pénombre empêchant toute fuite rapide, ils trébuchèrent dès leurs premiers pas. Boln bondit de son perchoir afin de se placer sur leur trajectoire, ils s'écroulèrent deux carreaux figés dans leurs colonnes respectives. Les cris d'agonie alertèrent les escouades alentour qui se rapprochèrent de sa position à un rythme effréné, l'oculus se dissimula parmi les ombres, son arme en main. Méthodique chasseur, il patienta dans les fourrés, à chaque claquement de sa corde, un corps tombait. Il répéta l'opération jusqu'à l'élimination totale de la menace. Boln reprit finalement sa position initiale, laissant les corps de ses ennemis attirer les charognards. Il en profita pour faucher quelques mangeurs d'hommes continuant ainsi son travail de chasseur de monstres, il espérait ainsi que chaque créature qu'il renvoyait en enfer serait une menace de moins pour Banne.

Chapitre 8-5 : Confrontation

Un début de matinée calme au milieu du camp de La Rigueur, les ombres mouvantes du soleil perçant au travers du feuillage dense de la forêt, les soldats émergeaient lentement de leur nuit inconfortable au milieu des racines et de l'humidité. Une tension palpable, le jour de l'assaut, beaucoup le savaient et en subissaient les conséquences : le stress, la peur, pour une grande majorité approchait la première manœuvre militaire de grande envergure. Au milieu de ce regroupement de célestes, deux commandants portaient le poids de toutes ces vies sur leurs épaules.

- Aucune nouvelle de nos éclaireurs ? demanda Kelmain à son officier en frottant ses yeux tirés par le manque de sommeil.
- Aucune Commandant, ils ne sont jamais revenus. Je m'excuse platement.
- Tu n'as rien à te faire pardonner. Tu peux disposer, ordonna-t-il en soupirant. Commandant Naïmah, regroupez les hommes, nous attaquons dès que possible.
- Êtes-vous certain ? s'étonna la céleste.
- Nous ne connaissons ni le nombre, ni la force de l'ennemi, si celui-ci vient à sécuriser Zéphès, nos espoirs s'envolent. Cependant, si nous parvenons à contrôler le hameau et les environs, nous pourrons faire front efficacement.
- Je comprends, à vos ordres Commandant, répondit-elle saluant respectueusement son supérieur.

L'effervescence, les soldats s'attelaient à la tâche, le branle-bas de combat complet du camp jusqu'à la fin des préparatifs. Les commandants perchés sur leurs destriers de guerre inspectaient la formation d'assaut, un bataillon de près de six cents célestes parés au combat. La cavalerie, placée en première ligne, leur faisait front. Non loin derrière, en seconde ligne, les fantassins prêts à en découdre se préparaient pour l'attaque frontale. Puis, en troisième et dernière ligne se trouvait la troupe d'évocateur de La Fierté ainsi que les quelques soldats veillant à leur protection. Les aurores passées, une corne retentit annonçant le début de la bataille pour Zéphès. Les destriers s'élancèrent en premier, labourant les champs sud de leurs sabots. Dans un tintamarre de métal, l'infanterie amorça son départ vers le flanc est du village, tandis que les troupes de la Fierté se dirigeaient vers le Nord.

Nève se retrouva seule avec son détachement derrière un écran de poussière opaque généré par la ruée des soldats de La Rigueur, la cloche du phare de Zéphès retentissait inlassablement, indiquant aux commandants que le temps était compté. Elle serra son poing bien haut pour signaler à ses hommes de commencer la manœuvre. Tout en se dirigeant vers l'entrée nord du village, une poignée de ses évocateurs enflamma les jachères et les hautes herbes bordant les champs. Un brasier maîtrisé offrant trois avantages majeurs : la ligne de flammes empêcherait tout contournement venant du Nord-Est, la fumée dissimulerait une partie de leur présence et le brasier dissuaderait les habitants de Zéphès voulant échapper au massacre. Les paysans, bloqués, tomberaient fatalement sur eux ou sur l'infanterie s'approchant par l'est.

L'escouade de La Fierté se posta finalement au Nord de Zéphès à une cinquantaine de mètres des premières habitations, les soldats servant de rempart formaient une ligne impénétrable protégeant les évocateurs. Des râles d'agonie s'échappaient déjà des ruelles adjacentes, les villageois jaillissaient de toutes parts sur l'axe principal pour fuir le massacre. Les pauvres paysans, pris d'assaut par une force militaire les dépassant s'éloignèrent instinctivement des zones de conflit. Massacrés par une armée à l'Est, fauchés par la cavalerie à l'Ouest et bloqués par l'absence de terres au Sud, ils se jetèrent dans les griffes de La Fierté. Un bataillon formé pour la guerre attendait fébrilement l'ordre de leur commandant tardant à venir, les plus vifs fuyards s'engageaient déjà dans le petit terrain de terre passant devant l'écurie. Un des soldats de métal proche du front, s'impatienta devant la passivité de la céleste :

-    Commandant ! À votre signal ! hurla-t-il.

Nève resurgit du fond de ses pensées avant de détacher son regard du lieu de l'incident, elle se rendit compte de son absence lorsqu'un paysan dépassait déjà sa position. Elle se permit un dernier battement avant de donner l'ordre fatidique, celui qui ferait de nouveau couler le sang :

-    Évocateur ! Que personne ne passe !

Elle n'eut pas le temps de conclure son ordre que la magie fusa, les douzaines de villageois à leur portée succombèrent, engloutis par les flammes ou transpercés par la glace. Un déferlement de puissance infernale qui dissuada rapidement les téméraires. Les habitants de Zéphès choisissant volontiers le fil d'une épée à l'agonie longue et douloureuse des flammes azur célestes.

Intrigué par un bruit sourd et constant se réverbérant dans le sol, un des évocateurs positionné en retrait fit un constat alarmant. Il hurla à plusieurs reprises d'une voix tremblante et apeurée :

- Armée ennemie en vue !

Le tintamarre qu'il provoqua finit par mobiliser l'attention de ses compagnons d'armes, l'information se diffusa dans les rangs jusqu'à atteindre leur commandant situé en première ligne. Incrédule face à cette soudaine déclaration, l'évocatrice aux cheveux d'argent se fraya un chemin au travers de ses hommes afin d'évaluer cette menace. Elle se retrouva face à un front de mercenaires s'étirant sur une centaine de mètres, un panel d'hommes presque deux fois supérieurs au leur. À la tête du détachement, un noble monté sur un destrier blanc agitait la bannière de Nelium, il finit par abattre celle-ci d'un coup sec sonnant de ce fait le début des hostilités.

L'effroi s'immisça dans la moindre de ses articulations, un sentiment glacial se déplaçant le long de sa colonne à mesure qu'elle comprenait que son détachement devrait faire face à la menace seule. Chaque seconde étant maintenant précieuse, elle se retourna pour agripper la première de ses élèves, celle-ci semblait hagarde, la céleste lui pressa le bras si fort que la jeune femme se courba. Nève savait exactement ce qu'elle faisait, un acte volontairement appuyé qui capterait son attention, les informations qu'elle lui transmettrait étant cruciales :

- Heleïn ! Trouve Kelmain au plus vite ! Nos vies et la mission en dépendent ! Dis-lui que nous tiendrons le temps qu'il faut ! Dépêche-toi !

Elle n'eut pour réponse qu'un hochement de tête hésitant, mais devant l'urgence de la situation, elle s'en contenta. Les vibrations s'intensifiaient, son regard alarmé se porta sur les mercenaires qui se rapprochaient à un rythme effrayant. Elle beugla la première stratégie qui lui traversa l'esprit :

- Soldats ! Pénétrez dans le village ! En position entre l'écurie et cette bâtisse ! Évocateurs, enflammez le front ouest, nous les retiendrons ici !

Sous ses directives, les porteurs de boucliers échangèrent de position avec les évocateurs lançant des gerbes de flammes dans les champs situés à l'Ouest puis, dans un deuxième temps, ils reculèrent dans la rue principale jusqu'à ce que leurs flancs soient protégés par les habitations. La cinquantaine de soldats de métal se plaça en trois lignes distinctes, bloquant ainsi chaque centimètre de la rue, un mur qu'ils espéraient infranchissable protégeant de leur vie les évocateurs de leur maison.

- Évocateurs ! Décimez-les ! ordonna la céleste.

L'ennemi continuait inlassablement son avancée, ils avaient étiré leur ligne de front afin de limiter la perte d'hommes face aux attaques ésotériques. Obéissant à leur commandant, les évocateurs relâchèrent leur énergie avec l'espoir qu'en offrant le meilleur d'eux-mêmes ils pourraient dévaster les rangs ennemis. La première salve d'évocations fusa, un feu d'artifice bleu -azur s'abattant sur la ligne de mercenaires dans un torrent de lumière. La réponse fut immédiate, une pluie de flèches vint s'abattre contre les pavois des hommes de La Fierté, deux évocateurs succombèrent… Acculés face à l'inéluctable approche de l'ennemi, ils tentaient le tout pour le tout dans l'espoir de voir un autre jour. Les porteurs de boucliers bloquaient les flèches provenant du camp ennemi, tandis que les évocateurs relâchaient un enfer bleu -azur.

Cachée entre deux chaumières, une jeune évocatrice guettait la rue principale occupée par la milice de Zéphès. Elle stoppa sa course lorsque le ciel s'assombrit brutalement, une nuée de flèches allait s'abattre sur la partie nord du village. Son cœur se serra devant l'éventualité de perdre ses proches. Galvanisée par cette peur, elle surgit d'un recoin face aux quelques gardes de la ville de Thiamel. Heleïn libéra son énergie, un glyphe entoura son avant-bras qu'elle abattit contre le sol, une veine bleue creusa la gadoue jusqu'au pied des célestes. Les yeux imbibés, la jeune évocatrice surchargea son évocation qui avala ses ennemis dans un torrent de flammes s'élevant vers les cieux.

Alors que Heleïn reprenait sa route, un gémissement plaintif s'élevant d'une charrette l'interpella, deux femmes sanglotantes avaient assisté à la scène avec effroi. La plus maigre des deux tenta vainement de quitter la sécurité de son chariot, retenue par sa camarade, elle dut se résigner devant la force de celle-ci. Heleïn réalisa son erreur, les gardes qu'elle venait d'abattre froidement servaient de rempart pour ces deux femmes apeurées. Elle n'eut pas le temps de pondérer la situation qu'un trio de La Rigueur, lames ensanglantées, passait le pas d'une habitation. Deux d'entre eux s'arrêtèrent à sa hauteur pour vanter et flatter les mérites des évocateurs de La Fierté, pourtant Heleïn ne pouvait détacher son attention des gémissements poussés par les épouses des hommes qu'elle venait de tuer. Celles-ci suppliaient alors que le soldat les arrachait de force de leur cachette, il les égorgea consciencieusement avec une technique qu'il semblait maîtriser à la perfection. Il jetait les femmes au sol avant de les attraper par les cheveux, il plaquait son genou dans leur dos libérant ainsi leur gorge afin de les empêcher de se débattre. Il lui suffisait alors de laisser glisser sa lame le long de leur gorge, une fois sa basse besogne conclue, il se retourna vers ses compagnons avant de se gargariser :

- Et de neuf ! Je suis en tête les gars !
- Tu parles ! s'offusqua l'un des hommes se tenant à ses côtés. Ça fait quatre pour l'évocatrice plutôt !
- Je… Où se trouve votre commandant ? J'ai un message important à lui porter, réussit-elle à articuler.
- Probablement là-bas, vers la place principale. En tout cas c'est la direction qu'il prenait avant que l'on se disperse.

Elle ne les remercia nullement, elle se contenta de reprendre sa course effrénée en évitant leurs regards. La première mission d'une jeune évocatrice maintenant confrontée à la réalité de la guerre, partout où se posaient ses yeux elle ne croisait que mort et désolation. Des monstres assoiffés de sang tuant sans pitié chaque individu qui se trouvait sur leur route, pillant les cadavres touchant à peine terre. Des hommes, des compagnons de voyage agréable, elle avait bu, ri et joué avec ces célestes dépravés, elle manqua de vomir à plusieurs reprises. Après une course qui lui parut interminable, elle arriva finalement à la place centrale du village, changée en poste de commandement avancé, un sanctuaire, ici les célestes semblaient avoir gardé un semblant de bonté, une décence au moins d'apparence, cela lui suffisait. À bout de souffle, elle profita de son irruption remarquée pour implorer qu'on la guide au commandant Kelmain.

À l'opposé de la place centrale du village, un archange fut interrompu alors qu'il s'entretenait avec l'officier en charge de la cavalerie. Il reconnut l'évocatrice de la Fierté sous les ordres directs de Naïmah. Soucieux de connaître la raison qui motivait son homologue à dépêcher un coursier, il interrompit son interlocuteur afin de se diriger vers la femme à bout de souffle, il entama la conversation sur un ton autoritaire.

- Quelles sont les nouvelles du front nord ?
- La Compassion, ils arrivent, ils sont trop nombreux ! Nous avons besoin de vous… Vite !
- Mirkal ! Prends tes cavaliers et chevauchez vers le nord ! Balyun, regroupe le maximum de nos hommes et envoie-les -nous ! Les autres ! Avec moi ! Nous avons des chiens à abattre !

L'angoisse crispa un peu plus le visage de l'intronisé aux traits tirés, au jugé il devait disposer d'une centaine d'hommes à ses côtés, il espérait que cela suffirait. Les troupes de la Rigueur convergèrent vers leurs alliés, Kelmain en tête de ligne. Lorsqu'ils arrivèrent, le constat se révéla désastreux, seule une vingtaine de soldats de la Fierté tenait encore debout. La plupart des évocateurs avaient péri sous les pluies de flèches incessantes et les nombreuses évocations ravageaient encore les habitations alentour, exposant de ce fait leurs flancs. Les forces de Nelium en profitaient pour les encercler malgré tous les efforts de la cavalerie, maintenant décimée. Les derniers survivants devaient leur salut au nombre de cadavres humains et équidés jonchant le champ de bataille, une difficulté qui, couplée au manque total de cohésion des brutes ainsi qu'à la férocité de l'ange noir, empêchait le déferlement de l'armée d'Emeziel.

Kelmain n'hésita pas un seul instant, d'un cri bestial il galvanisa ses troupes et tous fondirent vers l'ennemi. Malgré son armure imposante, il se lança dans une course spectaculaire, son énergie se libéra et dans la foulée, un imposant marteau de guerre se matérialisa entre ses doigts. Son premier coup fut tonitruant, il projeta une dizaine de mercenaires dans les airs, sa réputation n'avait rien d'usurpé. Un ours, une bête venait de rejoindre la bataille, chacune de ses attaques creusait les rangs ennemis, ses soldats semblaient pathétiques à ses côtés. Il continua son avancée sans jamais faiblir, repoussant les assauts futiles des mercenaires d'un revers de la main, si bien qu'il finit par se retrouver loin dans les lignes adverses. Ceux qui le connaissaient savaient qu'une fois sa frénésie enclenchée, il ne stopperait que pour deux raisons, sa mort ou l'annihilation totale de ses ennemis. Leur situation, au premier abord désespérée, tourna finalement en leur faveur, l'armée de Nelium faiblissant à vue d'œil tandis que La Rigucur fortifiait maintenant ses lignes.

Loin dans les champs nord de Zéphès, un premier né observait la scène sur son destrier blanc, il pesta devant l'inefficacité des hommes qui lui coûtait si cher. À contrecœur, il descendit de selle, ses bottes s'enfonçant dans la gadoue, il pesta de nouveau jurant de tuer tous ces pucerons inutiles qui l'obligeaient à se joindre à cette mascarade. Il avança dans ses rangs en poussant allègrement tous les obstacles sur son chemin. Il constata avec horreur qu'à chaque foulée l'état de sa tenue flamboyante dépérissait, la gadoue recouvrant à présent l'intégralité de son pantalon. À quelques pas devant lui, ses mercenaires continuaient de valdinguer dans un vacarme assourdissant, l'espoir que son effort soit récompensé par un combat digne de son intérêt. Emeziel stoppa son avancée suffisamment proche de la menace et d'un sifflement bruyant il dissipa ses hommes, interpellant par la même occasion le commandant adverse. Un homme bourru, couvert de sang et de gadoue de la tête aux pieds, un puéril intronisé menaçait sa mission, un cloporte couvrait son armée de honte. Son air nonchalant changea pour un visage haineux, les mercenaires ne pouvant savoir si cette colère était dirigée contre eux ou contre l'ennemi, ils reculèrent afin de laisser le premier né face à son adversaire.

Son visage devint livide, la férocité de l'ours se ravisa, la mort se présentait à lui, voilà un événement qu'il n'avait pas prévu. Le premier né délaissait son travail de garde du corps pour lui-même mener l'assaut, ses espoirs s'envolèrent. Il ne lui restait qu'une seule chose à faire, offrir le temps nécessaire à ses troupes de sauver leur vie, une tâche aisée, il décida de chatouiller l'ego du premier né afin de capter son attention :

- Le grand Emeziel en personne ! L'unique ! Enfin un adversaire à ma mesure, je commençais à me lasser de tes petites mains inutiles ! s'esbroufa le commandant de La Rigueur s'assurant que sa voix portait le plus loin possible.
- Commandant Kelmain si je ne m'abuse. Je suis étonné de voir que La Rigueur compte encore un simili de force militaire.
- Ta présence ici m'indique que tu n'es pas à la tête d'une armée non plus. À moins que l'on considère dorénavant une poignée de pochtrons comme un regroupement de soldats. Lancer une pièce à un chien affamé n'en fait pas un valeureux guerrier pour autant, enchaîna-t-il.

- Amusant de te voir garder autant d'aplomb alors que ton heure sonne. Il est temps de conclure, après tout je ne suis pas ici pour m'amuser.
- Pourtant, ta tenue de danseuse m'indique le contraire. Y'a-t-il de la gadoue dans tes ballerines aussi ? ricana une ultime fois le héros de La Rigueur.

Quelques instants plus tôt, loin derrière Kelmain, une bataille qui faisait rage depuis presque une heure s'arrêta brusquement. La première ligne de défense de La Rigueur se retrouva face à une cohorte de mercenaires inertes. Aux premiers abords décontenancés, ils comprirent rapidement lorsque la voix braillarde de leur commandant prononça intelligiblement ce nom indiquant que l'heure n'était plus au courage. Des échos de couardise s'amplifièrent, les rangs commencèrent à s'effriter, la rumeur de l'apparition d'Emeziel avait suffi à briser le reste du moral des troupes. Ceux qui ne rejoignaient pas l'ange noir fuyaient tout simplement le champ de bataille en direction de la place principale, qui aurait pu leur en vouloir.

Un petit bataillon se forma autour de la commandante de La Fierté, le dernier rempart face au prétendu monstre s'approchant. Un statu quo s'instaura, seul le bruit d'une joute extrêmement brève au milieu de la mer de brutes ponctua le champ de bataille. Le silence reprit sa place puis lentement, les mercenaires ouvrirent un couloir laissant apparaître le premier né à son extrémité. Il se rapprocha de leur position traînant derrière lui le commandant Kelmain. Il se planta devant les derniers braves osant lui faire front avant de lancer le corps inerte de l'intronisé. Il se contenta de sourire…

> Registre historique second millénaire, rapport d'information sur l'humain :

Régent céleste, nos premiers rapports confirment qu'aucun humain n'est jamais apparu au sein du premier royaume depuis l'invasion du premier contact il y a quelques mois de cela, leurs lieux d'apparition se cantonnent au second royaume. Notre unique moyen d'acquisition reste l'établissement d'avant-postes au plus proche de leur point de chute et cela dans les plus brefs délais. Malgré nos efforts, la prolifération de charognards au second royaume reste incontrôlable et le surcroît devient alarmant. La sécurisation d'humains doit devenir et rester notre priorité jusqu'à la mise en place d'une réponse adaptée à la menace, cela en vue de sauvegarder la sécurité de notre population. Mes salutations les plus sincères, Régent céleste.*

**Invasion du premier contact : Déferlement de charognards au premier royaume suite à l'ouverture des failles.*

Dogme céleste :

Par-delà les cieux nous régnons,
Depuis des millénaires nous respirons,
Sous notre joug les trois royaumes tomberont,
Car la grâce du divin nous guide dans notre mission.

En dessous des cieux vous existez,
Depuis des millénaires vous proliférez,
Par notre main votre existence sera purifiée,
Car la grâce du divin au-dessus de vous nous a placés.

Au milieu des deux, l'humain fragile,
Depuis des millénaires votre destin puéril,
Notre royaume en tant que terre d'asile,
Car la grâce du divin vous offre l'Évangile.

Chapitre 9-1 : Ange gardien

Nelium, théâtre de l'un des plus sanglants attentats perpétrés au premier royaume, un acte barbare qui emporta plusieurs centaines d'habitants de la luxueuse cité. Un stigmate omniprésent pesant depuis quinze jours sur chaque âme de la forteresse. La ville s'affairait pourtant à retrouver de sa superbe, mais cela n'empêchait pas les habitants de déambuler dans ces rues autrefois splendides en affichant tous cette même expression de dégoût. En place de la demeure principale, là où se trouvait un amas de gravats, les citadins avaient érigé un lieu commémoratif, un parterre de fleurs grossièrement disposé au pied de l'ancien bâtiment du régent. Agenouillé devant cet agencement de pétales multicolores qui contrastait avec son décor, un riche homme d'affaires déposait une simple fleur jaune en signe de respect pour son ami perdu. Il arpenta pour la dernière fois les rues de Nelium autrefois si chère à son cœur avant de s'en retourner à Eden, sa demeure. À contrario du reste de la ville, peinant à trouver la main-d'œuvre ainsi que les fonds nécessaires, sa bâtisse avait déjà retrouvé sa flamboyance, les murs nouvellement restaurés resplendissaient.

De retour dans son bureau, l'intendant au visage déconfit se planta au centre de la pièce, un homme abattu, apathique, dégoûté par sa lâcheté et les méfaits dont il se rendait coupable, sa propre existence lui pesant. Le meurtre ignoble de son ami, le déclin de sa maison, l'ascension du fratricide, autant de péchés accablant sa conscience. Son égocentrisme ayant vaporisé un pan entier de l'histoire céleste. Un bruit l'extirpa finalement de sa léthargie, l'impact d'une porte s'écrasant contre son encadrement, un électrochoc qui le poussa vers son bureau. Une bouteille à la main, il noya ses pensées, anesthésiant son esprit dans la tentative désespérée de ne plus craindre l'heure de son jugement. La visite habituelle, mais impromptue de son détenteur, son ultime discours, son dernier acte en tant qu'homme de principe, Thola entama la conversation sur un ton incisif :

- Mon cher intendant, voilà que je te trouve la mine basse, oisif. J'espère que cet instant de plaisir que tu t'accordes survient après l'accomplissement de ta tâche ?
- Régent céleste… rétorqua dédaigneux l'intendant.
- Choisis bien les mots que tu vas prononcer Vanul, de cela dépendra ton avenir. Où en es-tu dans la fabrication de mes nouveaux artifices ? La production est-elle lancée ?
- Question stupide d'un archange cupide, ricana-t-il.
- Doucement, ma patience atteint sa limite.
- Serais-je en vie si votre volonté n'était pas respectée ? Vous m'avez asservi, vous mieux que quiconque savez ce qu'il m'en coûterait.
- Je connais tes désaccords envers mes plans, mais me voilà victorieux et sache que ton indispensabilité touche à sa fin. J'ai détruit tous mes opposants, j'ai asservi le reste de l'oligarchie, j'ai sécurisé la cinquième porte et bientôt ce royaume sera mien. Ton rôle prédominant touche à sa fin, je n'ai plus aucune raison de me cacher et bientôt chacun de mes opposants subira mon courroux. Les célestes se prosterneront ou mourront par ma main !
- Vos ambitions toujours, votre nombrilisme devient des plus lassants, Régent céleste… Cependant, plutôt que de flatter votre ego, assurez-vous que vos propres machinations n'accélèrent pas votre déchéance !

Le dernier acte de Vanul, d'un coup de talon il enclencha l'artifice dissimulé sous son bureau. Heureusement pour le premier né, les yeux éloquents de l'intendant trahirent ses intentions, la courte hésitation dont il fit preuve avant de frapper l'armature en métal permit à l'archange aux mille portails de disparaître. L'ultime sacrifice d'un humain face à l'ignominie de son détenteur, un acte noble, mais inutile, Thola se releva indemne au sein de sa demeure avec pour seul regret, la déception de ne pas avoir pu ôter lui-même la vie de son traître d'intendant.

Tard dans la soirée, dans une pièce sombre de la nouvelle caserne de Zéphès accueillant l'archange mercenaire en charge des opérations, deux premiers nés se détendaient.

- Un peu plus et je prenais ta place, quel dommage ! rigola Emeziel tout en sirotant son verre.
- Je dois avouer que la surprise est totale, je ne le voyais pas capable d'un tel acte. J'ai toujours pensé que je finirais par l'étrangler, je suis quelque peu déçu. J'aurais apprécié de le fixer dans le blanc des yeux jusqu'à son dernier souffle. Triste jour, expliqua Thola en se versant un peu de vin.
- Et pour les artifices ? Détruits dans l'explosion ? s'intéressa Emeziel tout en ôtant ses pieds de son bureau.
- Me crois-tu suffisamment stupide pour tout miser sur le même cheval ? Tous les plans sont en sécurité, maintenant que mes ressources ne sont plus limitées je vais lancer une production à grande échelle. Quiconque se dressera face à moi disparaîtra dans une explosion magistrale.
- Tant que ton machin explose loin de moi !

- J'y pense, l'autre prisonnier, l'ange noir, as-tu finalement des réponses ?
- Pas encore, sa résistance est au-dessus de mes espérances, mais elle parlera, aucune inquiétude à avoir. Que prévois-tu maintenant ?
- Un acte de dissuasion, un message ! s'engoua l'archange sous l'effet de l'alcool. Fais-la parler, je veux qu'elle confirme ses affiliations ensuite j'agirai. Fais vite, sécurise la porte et fais parler cette femme.
- À vos ordres Régent céleste, répondit Emeziel sur un ton ironique.
- Continue sur ta lancée Emeziel et je te couvrirai d'or.
- Parfait, il me faut de nouvelles bottes, conclut-il en replaçant ses pieds sur les parchemins disposés sur le bureau.

L'ouest de Zéphès, dans la cour d'un corps de ferme recyclé en caserne par les troupes de La Compassion, une céleste nue et ensanglantée maintenue contre un arbre par une chaîne subissait les affres du froid. À la vue de tous, elle accusait les heures, les minutes, les secondes, la soif, la faim, son corps, couvert de contusions et de lésions, suintait de toutes parts. Deux jours de tortures, son esprit bientôt à bout, elle espérait que son supplice s'achève. Le bourdonnement sourd d'une cloche, le début de l'après-midi annonçant la reprise de la torture, elle ouvrit péniblement ses yeux secs, leurs sourires joviaux, leurs mains baladeuses qui profitaient de son impuissance, le grincement d'une lame quittant son fourreau.

- Bien commençons, une dernière chance de parler avant le début des hostilités ? Je t'écoute.
- Boire… À boire…
- Mauvaise réponse.

Une douleur stridente, sa lame passa entre la peau et le muscle, une dépouille à vif, des lambeaux de sa chair partant à chaque coup de lame. Elle hurla, pleura, implora de toutes ses forces, ses yeux se révulsèrent, elle sombra de nouveau. Un contact glacé, un seau d'eau l'extirpa de sa torpeur, la brise glaciale lui congelant les extrémités, elle aspira faiblement le peu de liquide stagnant dans les coins de sa bouche, espérant étancher un peu sa soif. Puis une lame se glissa à nouveau sous sa peau. Elle n'en pouvait plus, elle ne voulait plus, elle abandonna murmurant dans un dernier effort…

- Veh…
- Je t'écoute, plus fort ! beugla le bourreau en lui attrapant la tête.
- Veh… kiel… Pitié…
- Vehkiel ? Pour le compte de Zeliah ? Acquiesce si je suis dans le vrai, ordonna le tortionnaire.
- Oui…
- Vehkiel pour le compte de la régente de La Fierté a dépêché des troupes pour assister La Rigueur, interrogea-t-il à forte voix.
- Oui…
- Parfait, tu vois, rien de bien compliqué ! Si tu avais parlé plus tôt…
- On ne se serait pas autant amusé, s'esclaffa le second mercenaire.
- Tu dis vrai, ricana-t-il. Je vais transmettre ces informations à Emeziel, dis aux gars qu'ils peuvent s'amuser avec. Donne-lui de l'eau ainsi qu'un peu de nourriture. Qu'elle reste en vie en attendant les ordres du régent, compris ?
- On va faire attention te bile pas.
- Pitié… murmura la céleste à peine consciente.

Un bruit de ceinturon suivit les râles d'un céleste lubrique, maintenue à son arbre et balancée par les allers-retours ignobles d'un mercenaire sadique, les décombres de son esprit la quittèrent, laissant son corps subir les séquelles de cet enfer.

Le creux de la nuit au sud du premier royaume, les soldats de La Compassion fêtaient encore et toujours leur victoire sur l'ennemi. La conquête d'un territoire et d'une porte sous l'égide d'un nouveau régent ambitieux promettait des lendemains d'opulence. Au milieu de cette effervescence se tenait un oculus aux ambitions contraires, un homme aspirant à une vie tranquille dans un royaume en paix. Pensif, son esprit vagabondait au milieu de la cohue lorsque l'interruption d'un mercenaire le tira de ses songes :

- Hoy ! L'arba… l'arba… l'arbalé… rier ! Mon pote ! T'es… T'es une légende ici tu sais… Douze péquins que tu as tués ! Tout seul ! Douze ! entama-t-il imbibé d'alcool.
- Je fais simplement ce pour quoi on me paie, aucune fierté là dedans, répondit l'oculus stoïque.
- Ooooohhhh ! Fais pas la tronche ! Je sais ce qui te remontera le moral… J'ai un plan… Chuuuuuuttt… Parle moins fort… Je sais comment me taper une… Minette… Pas farouche. Tu veux ?

Devant le regard lubrique et insinueux de l'homme alcoolisé, Boln soupira avant de répondre sèchement :

- Je passe.
- Allleezzzzzzz ! Parait que c'est une beauté… Enfin de ce qu'il en reste… Les gars l'ont pas mal amochée… Mais ça reste baisable tu sais !

- Il est temps pour toi de partir, insista-t-il.
- Tu sais pas ce que tu rates… Moi je vais me la faire… La commandante… Tant pis pour toi…
- C'est l'oculus ! T'es une légende, beugla un second titubant un peu plus loin.
- Y veut pas venir tirer la prisonnière…, se chagrina le premier mercenaire.
- Oooohhh, c'est une beauté… Avec ses cheveux argents…

Galvanisé par mon messager, l'idée fit son chemin dans l'esprit de l'oculus. Son regard se suspendit, étudiant toutes les hypothèses. Son cœur palpita, l'esprit troublé et perturbé il finit par lancer d'un air enjoué sonnant totalement faux :

- Pis merde, on n'a qu'une vie ! J'ai changé d'avis, allons-y !
- Hoooyyyy ! hurla le mercenaire en levant les bras exagérément. La légende est d'attaque ! Suis-nous !

Les deux hommes empestant l'alcool bon marché entourèrent l'oculus afin de marcher bras dessus, bras dessous sur le petit chemin de la caserne. Boln s'efforça de sourire, mais une seule pensée occupait son esprit. Ils pénétrèrent dans le bâtiment d'un salut amical et alcoolisé destiné au seul garde présent. Ils franchirent la petite porte menant sur la cour, Boln s'immobilisa horrifié avant de balbutier :

- Non…
- Qu'est ce qui t'arrive mon pote… Elle est canon hein !
- Nève, marmonna l'oculus effaré.

- On te laisse passer en premier… On est sympa comme
  ça nous ! Hein Toufute ! se vanta l'un des deux
  hommes.
- C'est bien vrai ça ! acquiesça le second.
- Je… Je pourrais faire ça seul ? demanda-t-il la voix
  tremblante.
- Oohhhh ! La légende est timide… Ben, dis-nous quand
  tu as fini ton affaire ! Fais vite tout de même, on se les
  pèle.

Les deux célestes titubèrent lentement, se raccrochant
l'un à l'autre, Boln profita de leur ébriété pour saisir l'un
de ses couteaux de chasse puis il leur trancha la gorge. Son
regard se perdit quelques secondes devant l'état déplorable
de la céleste, son cœur se serra.

- Nève ! Nève ! Réponds-moi ? Par le divin, qu'est-ce
  qu'ils t'ont fait… Je vais te tirer de là, je te le promets.

L'oculus récupéra la clé des liens entravant son
amie sur l'un des cadavres puis il l'enveloppa dans son
gilet avant de la prendre dans ses bras. Il trancha sans peine
la gorge du seul garde à l'entrée de la caserne avant de
disparaître dans la nuit, une céleste au bord de la mort dans
les bras.

Chapitre 9-2 : Message

La demeure principale de La Compassion, dorénavant siège de l'archange le plus craint du premier royaume, assis sur son trône, il parcourait le courrier de son mercenaire en poste à Zéphès.

- Incompétent d'Emeziel ! Toi ! cria Thola tout en pointant du doigt l'un de ses intendants planté à quelques mètres de lui.
- Régent céleste, balbutia un humain blême.
- Envoie un message à travers le royaume, la maison de La Fierté a délibérément engendré un déviant, un ange noir dans le simple but de m'assassiner et cela sous la tutelle du troisième archange de leur maison. J'offre une récompense de cinq mille pièces d'or morte ou vive. Femme, cheveux argentés, grande taille, joli visage, taille fine. Dépêche-toi ! ordonna le régicide.
- Régent céleste ? glissa timidement un autre homme venant de pénétrer dans la salle.
- J'espère pour toi que c'est une bonne nouvelle ? fulmina le premier né.
- L'artificier est arrivé avec le premier engin Régent céleste.
- Fais-le entrer. Pas si vite ! Où en est la sécurisation de notre territoire ? Les portails ont-ils été scellés comme je vous l'ai ordonné ?
- Oui Régent céleste, nos évocateurs redirigent les portails au cœur de notre territoire. Aucune incursion extérieure n'est possible par magie.
- Tu as bien fait, tu peux disposer.
- Merci Régent céleste, termina l'intendant tirant sa révérence.

- Entre évocateur ! Je suis impatient d'enfin te rencontrer !

Un homme de taille moyenne et d'un certain âge pénétra dans la salle poussant avec délicatesse un chariot sur lequel se trouvait un artifice. Il portait une longue robe de couleur unie, son visage d'homme mûr soigné, sa barbe de quelques jours impeccablement rasée ainsi que ses cheveux plaqués lui donnaient un air tout à fait charmant.

- Régent céleste, c'est un honneur et un plaisir.
- De même, je suis heureux de finalement mettre un visage sur tout ce talent, dévoila Thola en se rapprochant de l'artifice. Explique-moi comment cela fonctionne ! Ton invention me fascine.
- C'est une combinaison de magie et de science Régent céleste, la pression est la clé. Le cœur est composé d'une quinzaine de runes chargées en magie jusqu'à un seuil critique les rendant volatiles. Elles sont prises dans un cœur en sable pour limiter leurs mouvements et les chocs, entama l'évocateur particulièrement heureux de l'intérêt porté à sa création. Autour de ces runes se trouve une première coquille en nilarium puis une seconde légèrement espacée et enfin une troisième, toutes entièrement lisses pour faciliter une dilatation homogène. Il suffit ensuite d'activer les runes par choc ou surcharge magique. La pression augmente dilatant la première chambre qui vient pousser la seconde et ainsi de suite. La déflagration d'énergie annihile toute vie dans un rayon de cinquante mètres garantis, puis l'onde de choc se charge de détruire ou tuer tout ce qui se trouve autour. C'est ma fierté Régent céleste.
- Tout à fait fascinant ! Combien peux-tu en produire par mois ? pressa Thola.
- Une vingtaine devrait être réalisable.

- Parfait ! Je garde celle-ci, attelle-toi à la tâche dans les plus brefs délais. Tout ce que tu désires est tien ! Demande et je te fournirai !
- Régent céleste, c'est un honneur, répondit l'évocateur flatté tout en inclinant son buste en signe de respect.
- Tu peux disposer. Vois avec mes intendants pour les demandes.
- Ce fut un plaisir et un réel honneur de vous rencontrer Régent céleste.

L'homme quitta rapidement les lieux d'un pas jovial, heureux de l'opportunité accordée par son régent. Thola observa un moment la création, sa curiosité s'attelant à visualiser le mécanisme qu'il peinait à saisir. Il se plaça alors son pied sur l'artifice avant de s'adresser à ses aides non loin de son trône.

- Je reviens.

Franchissant un portail, il apparut sur une petite île perdue au milieu d'un lac dans les montagnes de La Fierté. Dévisagé par les regards circonspects des jeunes évocateurs assis au bord des fontaines, le sourire narquois de l'archange aux mille portails leur glaça le sang. D'un coup de talon, il enclencha la réaction en chaîne avant de disparaître dans un nouveau portail. Mort et destruction déferlèrent sur l'un des lieux les plus reclus de La Fierté, anéanti par une magie perfide, sans honneur, sans concession, sans âme. Ce jour fut marqué par la disparition de l'un des plus anciens célestes, la fin tragique d'un archange bon et généreux, la dernière tombe de Vehkiel entouré de ses élèves qu'il chérissait tant. Une tragédie pour le premier royaume, pour La Fierté, pour Nève, une raison supplémentaire de jubiler pour un archange perfide et sournois.

- Toi ! Message ! lança-t-il à peine de retour dans sa salle du trône. Thola de La Compassion, Régent céleste, revendique l'anéantissement du sanctuaire de Montis, lieu de formation ésotérique de la maison de La Fierté. Pour avoir conspiré contre les intérêts de notre sainte maison, justice fut rendue. Dorénavant, aucun affront direct ne restera impuni. Envoie ce message dans tout le royaume, personne ne doit ignorer ce qu'il en coûte de s'opposer au Régent céleste Thola de La Compassion. Fais vite.
- À vos ordres mon Régent céleste, transpira un sous-fifre la plume glissant de ses mains moites.

Au cœur du royaume, la tour du pouvoir et sa salle du trône perchée dans les nuages, adossée à une colonne une archange à la chevelure rose parcourait un courrier provenant de la régence de La Compassion.

- L'ordure ! L'enfoiré ! Crevure de… Thola, cloporte de bas étage ! Velnhia et maintenant Vehkiel… Tu vas crever par ma main, raclure. Je vais moi-même t'arracher le cœur, liquéfier tes entrailles ! hurla Zeliah seule face à son écho.

La rage laissa place aux larmes, un nouveau pan de son histoire venait de disparaître à jamais, un ami cher à son cœur emporté par sa propre cupidité et ses désillusions. Une déesse parmi les célestes courbant l'échine face au plus perfide de ses frères, ce sentiment lointain lui rappela brutalement que sa puissance n'était pas omnipotence. Seule dans l'immensité de sa tour avec pour seul réconfort ce carrelage froid, sa colère gronda faisant vibrer jusqu'aux fondations du bâtiment. La perte d'un être cher, l'une des seules douleurs plaçant mes deux créations sur un pied d'égalité. J'aurais aimé consoler mon enfant, lui dire que son frère siégeait à mes côtés, mais l'heure n'était plus au sentimentalisme, le temps pressait.

Chapitre 9-3 : Cinquième porte

Au sud du premier royaume, une expédition s'installait aux abords de la nouvelle porte afin de mettre en place un comptoir de commerce et d'entamer la création d'axes marchands vers le reste des terres célestes. Un mélange d'ouvriers et de soldats aménageait les infrastructures nécessaires à leurs activités, les baraquements, la zone de stockage d'humains ainsi que les barricades entourant la faille. À cela s'ajoutait la construction d'une route par des humains non qualifiés, un travail dantesque facilitant ainsi les futurs transits de marchandises rapatriées du second royaume. Au milieu du chantier, un archange veillait à la bonne réalisation des travaux :

- Comment se passe l'avancée de la zone de quarantaine ? demanda Emeziel à un représentant de guilde.
- Bien Seigneur céleste, la plupart des cages sont installées, les évocateurs prennent leurs marques et seront prêts à traiter les premiers humains sous peu.
- Parfait, parfait… Pour ce qui est des charognards, des problèmes à me faire part ?
- Aucun, rien ne semble sortir de la faille. Seuls quelques points d'émergence ci et là, mais rien d'alarmant, ils ont rapidement été purgés.
- C'est ce que j'aime entendre, s'enthousiasma le premier né.
- À vrai dire, il y a bien un petit problème Seigneur céleste.
- Parle.
- Il se trouve que tous les éclaireurs qui traversent le portail ne reviennent jamais de leur expédition. Notre

troisième escouade a quitté le camp et nous sommes toujours sans nouvelle.

- Alors pourquoi ne pas commencer par-là ! Par le divin ! Vous me fatiguez !
- Allons Emeziel, traite nos respectables représentants de guilde avec la déférence qui leur est due, interjecta Thola émergeant tout juste d'un portail.
- Tu tombes bien archange aux mille portails, on a justement un souci…
- J'ai entendu, coupa Thola. Je m'en charge, il serait dommage d'avoir traversé la moitié du royaume pour se voir refouler par un problème technique, pointa-t-il avec la gestuelle adéquate.
- Merci Régent céleste, remercia le représentant.
- Je me charge de la faille, accompagne-moi s'il te plaît, demanda le fratricide à son mercenaire.
- Crois-tu réellement pouvoir faire quelque chose ? s'étonna Emeziel.
- Ton manque de confiance me blesse énormément, que connais-tu en ésotérisme ? Que sais-tu des portails ? J'ai passé plusieurs siècles à les étudier, à ton avis d'où me vient ma capacité de téléportation ?
- Pas la peine d'en faire des tonnes et arrête ce ton ironique.
- Bien traversons, après toi mon cher collaborateur.

Les deux archanges émergèrent dans une plaine dévastée, un terrain saillant dégagé à perte de vue. À leurs pieds se trouvaient deux squelettes portant des lambeaux d'armures sans écusson et non loin devant eux, un regroupement d'éclaireurs retrouvait peu à peu espoir à la vue des premiers nés.

- Régent céleste, merci, merci d'être venu à notre secours, bénit l'un des hommes du groupe.

- Pas de portail de ce côté-ci. Voilà qui explique la disparition de Thiamel et de son armée, constata Emeziel.
- Peu m'importe qu'il soit mort dans ces terres où perdu à jamais. Ce n'est plus notre problème. De toute façon le portail est là, juste sous ton nez ! Ne sens-tu pas cette force chatoyante, le déchirement du voile qui chatouille ta volonté ? Non ? Par le divin, vous êtes bien tous pareils à prioriser les gros muscles en éludant le monde qui vous entoure. Bon, écartez-vous, commanda l'archange aux mille portails. Toi aussi Emeziel ! La déflagration pourrait te tuer, le voile entre les plans est instable, je vais devoir forcer son ouverture. Il est cependant possible que j'échoue, dans ce cas nous pouvons dire adieu à la réalité telle que nous la connaissons. Tu finiras ta vie à errer dans un lieu sans temps, sans lumière.

Fier de sa petite galéjade, il ricana devant la crédulité de son auditoire. Tout particulièrement devant l'expression d'Emeziel qui appréhendait face à une force qu'il ne cernait pas. Une blague qui ne fit rire que le spécialiste puis, lorsqu'il constata que ses sous-fifres ne possédaient pas les compétences suffisantes pour comprendre, il se dépita :

- Je suis un humoriste incompris. Je vous prierais de rester silencieux, j'ai besoin d'espace et de concentration.

Le silence planait maintenant sur les terres désolées, l'archange aux mille portails libéra son pouvoir qui se concentra en un point à quelques mètres devant lui. Lentement, sa puissance quitta son corps pour se joindre à son évocation dans une danse de particules fabuleuse, un pouvoir faramineux condensé dans une boule à peine plus grosse qu'un poing. Thola travailla son évocation, une opération qui semblait fastidieuse et complexe, il manipula les forces alentour jusqu'au retentissement d'une violente déflagration déchirant le voile. Une faille traversant les plans, un passage stable entre deux royaumes dont La Compassion pourrait disposer à volonté :

- Impressionnant, comment savais-tu que la faille se trouvait à cet endroit exact ? interrogea Emeziel.
- Mon cœur perçoit ce que peu d'autres ne peuvent, je vois les énergies du monde comme je te vois, je les manipule à ma guise, expliqua-t-il avant de sentir un besoin de partage. Vois-tu, lorsque l'on est l'éternel second d'une famille exigeante il est naturel d'apprendre à s'élever d'une manière moins conventionnelle.

Galvanisé par son discours, il retomba rapidement dans ses travers :

- Disons plus simplement que je n'ai pas eu les faveurs de notre mère, comme certains. Elle ne m'a pas tout offert sur un plateau d'argent, la place que j'ai, je la mérite.
- Tu recommences à geindre ! répondit simplement Emeziel.

Il y eut un moment de flottement, comme si les deux archanges manquaient de remarques désobligeantes à s'envoyer au visage. Thola brisa finalement le silence :

- Rentrons, je te laisse en charge des opérations.
- Régent céleste, salua Emeziel imitant maladroitement un soldat.

La cinquième porte dorénavant fonctionnelle, les guildes débutèrent leur essor, un avant-poste sécurisé fut installé au second royaume puis des escouades de mercenaires commencèrent à arpenter les terres désolées. Ils ne tardèrent pas à rapatrier les premiers humains. S'ensuivit la quarantaine obligatoire de deux semaines avant la stérilisation des hommes, accompagnée du tatouage attestant de la conformité de la procédure. Victime de l'embargo lancé par la maison régente du royaume, il fut impossible pour la maison de La Compassion de certifier ses humains. Ils ignorèrent tout bonnement cette étape, ce qui permit aux guildes de réaliser une marge confortable sur les ventes tout en réduisant les coûts. Deux semaines après l'ouverture, les premiers humains estampillés Compassion circulaient illégalement au premier royaume, la réception d'une main-d'œuvre moins chère, sans traçabilité, attira rapidement une clientèle céleste peu portée sur le respect des lois. En effet, la politique de prix instaurée par Thola et la dérobade à la certification permettaient de trouver des humains deux fois moins chers qu'une marchandise certifiée par La Fierté.

La zone sud du territoire entama un essor insoupçonné, Zéphès devint la nouvelle plaque tournante du commerce de La Compassion et le petit camp entourant le portail dénombra bientôt plusieurs milliers de personnes. Une nouvelle victoire pour l'usurpateur Thola qui devint en quelques mois un dirigeant soutenu par ses sujets et reconnu comme un contre-pouvoir alternatif à la dominance intrusive de La Fierté.

Chapitre 9-4 : Blessure

Une auberge désuète au sein de Banne, une vieille bâtisse nouvellement réaménagée de la basse ville de Nelium où débutait une soirée pleine de festivités. Dans cet établissement de contrebandiers, la clientèle se réjouissait de l'opulence accordée par le nouveau receleur attitré de la région. Une ascension inopinée pour le gérant depuis la mort de Vanul. Griggs, accompagné de son fils Dheln, s'affairait comme jamais à la gestion d'un commerce florissant. Dans une petite chambre à l'étage, une céleste dormait paisiblement surveillée de près par deux hommes discutant autour d'un verre. Seule la faible lueur d'une bougie permettait de se discerner, un vin de mauvaise qualité pour deux humains aux croyances opposées réunis autour d'une femme défaite.

- Je suis désolé, je t'impose ma présence ainsi que celle de Nève. Sans ton hospitalité, je ne sais pas ce que nous serions devenus, s'excusa l'oculus dans un état de fatigue apparent.
- Tu es ici comme chez toi, cesse donc de t'excuser à tout va et sache que ta présence est tenue secrète. Vous ne risquez rien, cette chambre est tienne pour la durée que tu jugeras nécessaire, expliqua tranquillement Dheln tout en se frottant le visage. Je vois que ma cicatrice t'interpelle, un petit cadeau de Vanul lors d'un service rendu à ta protégée. Pas d'inquiétude, je ne lui en tiens nullement rigueur, je ne peux m'en prendre qu'à ma propre stupidité.
- Je suppose que la nouvelle de sa mort intervient comme un soulagement ?

- Un soulagement et une aubaine, les différents attentats ainsi que sa mort servent nos intérêts. Une chose est sûre, je n'irai pas pleurer sur sa tombe, ricana le fils du gérant de l'établissement.
- Pardonne-moi de changer de sujet, mais qu'as-tu donné à Nève tout à l'heure ?
- Quelques herbes médicinales pour l'aider à dormir. Que sais-tu de son état et de la raison de celui-ci ? Elle s'est refusée à me parler.
- Les horreurs de la guerre, elle a subi ce que le monde offre de pire, se renfrogna l'arbalétrier.

Dheln laissa planer un long silence durant lequel il remplit les deux verres disposés sur la table. Du bout des doigts, il poussa une petite bourse en cuir en direction de son interlocuteur puis il reprit :

- Si son état ne s'améliore pas, donne -lui deux pastilles par demi-journée, cela devrait l'aider à trouver le sommeil.
- Je te remercie sincèrement pour tout ce que tu fais…
- Qu'ai-je dit à propos des excuses à répétition ? s'offusqua Dheln. Que vas-tu faire maintenant ? Vas-tu continuer à la suivre malgré la prime qui pèse sur ses épaules ?
- Je ne sais pas, je vais rester à ses côtés le temps qu'il faudra. J'ai une part de responsabilité dans ce qui lui arrive, qui serais-je pour lui tourner le dos maintenant, expliqua l'oculus le visage plein de remords et de regrets.
- Tu as pris part au conflit de Zéphès ? questionna-t-il curieux.
- En tant que mercenaire.
- Et quel a été son rôle dans tout cela ? demanda le gringalet puis, sans lui laisser le temps de répondre, il

continua. Ce qui me fait penser ! Nous avons reçu deux missives de Thola dans les derniers jours. Une première mettant la tête d'un ange noir à prix, un assassin sous les ordres directs du troisième régent de La Fierté. Pour ton information, il fait référence à l'archange Vehkiel. Puis un nouveau message revendiquant la destruction du Sanctuaire tenu par ce même céleste. Sans trop peiner, je pense pouvoir affirmer que tout ceci est lié et que notre chère Nève a un rôle prépondérant dans tout ce chaos.

- Le sanctuaire ? marmonna une petite voix tremblante enfouie dans les draps.
- Je… Pardonne-moi. Tu l'ignorais probablement, balbutia le receleur. Le sanctuaire ainsi que Vehkiel ont disparu il y a deux semaines de cela, Thola a revendiqué l'attentat… Nève ? Comment vas-tu ?

Quelques sanglots emplis de désarroi, un mutisme lourd de sens, la gêne des deux hommes impuissants était palpable. Elle se tourna vers le mur, leur offrant la vision d'un dos meurtri. Un esprit souffrant dans un corps mutilé, le cœur de Boln se serra un peu plus devant l'état de son amie.

- Je suis désolé, s'excusa Dheln posant son regard sur la céleste et sur l'oculus à tour de rôle. Je ne voulais pas, je pensais…
- Ne t'en fais pas, ce n'est pas de ton fait. Elle aurait appris la nouvelle tôt ou tard… Cette ordure de Thola ! s'énerva l'arbalétrier les poings serrés.
- Ce que je ne comprends pas c'est pourquoi il est toujours vivant ? N'était-elle pas censée l'éliminer ? Le voilà propulsé régent de sa maison, une nouvelle porte annexée, ses rivaux éliminés et une nouvelle magie destructrice tenant le royaume entier en respect. Que

s'est-il passé ? énonça Dheln en prenant soin d'atténuer le son de sa voix.

- Je ne sais pas et elle se refuse à me parler depuis notre départ de Zéphès. Je suis dans le flou le plus total peut-être même plus que toi, répondit dépité l'oculus.
- Il ne sert à rien d'essayer de recoller les morceaux, peut-être se décidera-t-elle à parler un jour. Je te laisse veiller à ses côtés, demande s'il te faut quoi que ce soit.
- Un repas pour nous deux serait appréciable, je paierai bien évidemment, insista poliment l'oculus.
- Ne sois pas stupide, tu vas finir par m'offenser. Je te fais porter cela, je passerai plus tard, salua-t-il tout en se retirant de la pièce.

Boln resta un long moment pensif, les yeux rivés sur le dos meurtri de son amie. Il se leva finalement de son siège en direction de son paquetage, il saisit quelques fioles et un linge propre en vue de soigner la céleste. Il s'agenouilla près du lit :

- Il faut que tu te soignes avec ta magie. Tes plaies ne sont toujours pas guéries et ta fièvre ne descend pas. Il est stupide de te laisser mourir ainsi, je comprends ce que tu ressens. Je sais ce que tu as subi, mais tu ne peux pas abandonner, je ne te laisserai pas abandonner… Nève… Réponds-moi s'il te plaît, monologua l'homme inquiet tout en pansant délicatement les plaies visibles. Encore et toujours, tu te refuses à me parler depuis deux semaines, tu évites mon regard, je ne veux que t'aider. Qu'importe le passé, qu'importe ce que tu as fait, rien ne justifie ce qui t'est arrivé et sache que je n'ai aucune rancune envers toi.
- Laisse-moi… S'il te plaît, murmura une voix sanglotante.

L'oculus soupira, il imbiba son linge d'un produit désinfectant avant de frotter consciencieusement les plaies de la céleste, un travail fastidieux, mais nécessaire qui facilitait la guérison de son amie couverte de lésions de la tête aux pieds. Qu'importent les manipulations qu'il effectua, elle se refusa à croiser son regard, préférant plonger ses yeux dans le gris du mur lui faisant face. Comme prévu, un repas leur fut porté, l'oculus entama seul la nourriture, Nève refusant toute collation. Un borborygme attira son attention, malgré son refus le ventre vide de la céleste réclamait, Boln soupira affichant tout de même un léger sourire. Il coupa quelques petits morceaux de pain qu'il tartina de fromage, il trancha le saucisson en fines lamelles puis il se posa sur le bord du lit.

- Je sais que tu as faim, cesse de faire la forte tête et mange un morceau. S'il te plaît, pour me faire plaisir, tu n'es pas obligée de parler. Ne m'oblige pas à te supplier, j'ai beaucoup trop de fierté pour cela, tu le sais. Quel spectacle ce serait de voir Boln l'oculus, le chasseur de monstres se mettre à genoux devant une céleste, l'implorant de manger une tartine de fromage. Une honte pour l'humanité, plaisanta l'homme tendant une petite tartine sous le nez de sa protégée.

Hésitante, elle saisit le morceau de pain qu'elle grignota difficilement, sa gorge se serrant à chaque bouchée. Un large sourire se dessina sur le visage de son curateur, il passa doucement ses doigts dans ses cheveux tentant tant bien que mal de les démêler.

- Tu me fais plaisir, je te laisse l'assiette. Si tu en veux d'autres, dis-le-moi.

Nève se redressa dans son lit afin de s'asseoir en tailleur, le plat planté dans le creux de ses cuisses. Elle grignota doucement les quelques tartines et le saucisson présent avant de fixer hagarde les pliures des draps. Son esprit divagua le long de ses souvenirs, sa bouche s'entrouvrant régulièrement prête à laisser échapper un mot, mais rien ne sortit. Elle se recoucha finalement après avoir déposé l'assiette sur le sol, elle espéra que le sommeil la trouverait.

Chapitre 9-5 : Suspens

Le temps est relatif, pour moi ces quelques mois ressemblent à un brouillard, un ciel nuageux alternant entre la lumière et les ombres. Parfois la pénombre, Boln s'absente chassant les charognards pour le compte de Griggs, parfois le jour, il dort au pied du lit gardant toujours un œil sur moi. Les premiers temps sont difficiles et je le comprends, l'inquiétude, la joie de me voir me nourrir, la colère, l'exaspération quand je faiblis, l'abandon momentané, mais jamais il n'a perdu espoir, je lui dois ma vie. Pour moi, le pli des draps, ce mur gris qui me fait horreur, les souvenirs, ma culpabilité, la chaîne enserrant mes poignets, ce vieil arbre au milieu du champ…

Les visages me hantent, l'obscurité au fond de mon âme, mon cœur est un verre brisé ne reflétant que la noirceur du monde. Je les ai tués… Leur sang coule sur mes mains, le long de mes joues. Tant de fantômes s'immisçant dans la moindre de mes pensées, dans les moindres de mes songes, mon esprit est un palais lugubre et sombre duquel je ne peux m'échapper. Les souvenirs remontent, se mêlent, se déforment en un miasme vicié couvrant tout ce qui est bon en moi. J'en oublie l'envie de sang, ma déviance tapie dans les recoins de mon être, un prédateur patient et impitoyable. Je la sens au fond de moi, mais elle paraît si fragile, si puéril face à cette peine écrasante.

Souvent je revois leurs regards, sa lame couverte de sang, les morceaux de ma peau qu'il tient entre ses doigts. Ses gémissements de plaisir me soulevent l'estomac. Une pensée atroce et salvatrice, ai-je mérité ce qu'il m'arrive ?

Des voix en retrait me susurrent que tout ceci est ma faute, j'appuie sur mes plaies pour provoquer la douleur, ma souffrance en guise d'expiation. Il m'en faut plus, je fixe le couteau de chasse posé sur la table, des heures durant, à combattre mes pulsions. Une simple taillade et le tour est joué, un dernier acte noble en guise de salvation. La lutte pour la survie, cette petite lueur vacillante comme dernier rempart, l'infime partie de mon être ayant encore envie de vivre.

Les premières semaines se résument avec facilité, il part la nuit durant, protégeant la populace pour une poignée de piécettes, redevable par ma faute. Cette chambre, la nourriture, mes remèdes, autant de frais qu'il prend à sa charge sans jamais se plaindre. Aux premières aurores il passe la porte, un bonjour jovial puis il grignote sur la petite table en coin, consciencieusement il me prépare de petites portions que je pourrais avaler. Il dépose le tout sur ma table de nuit, je reste aphone, jamais je ne le remercie, jamais je ne souris, j'aimerais trouver la force. Il finit par s'endormir éreinté par sa nuit, j'en profite pour manger dans le silence puis je reprends mes deux pastilles, le sommeil me porte jusqu'en fin de soirée. Il quitte la pièce pour une autre chasse et le cycle recommence inlassablement...

Je me souviens vaguement de Dheln prenant parfois le relais en début de soirée, s'assurant de mon confort, nettoyant les quelques restes et s'assurant de la salubrité du lieu. Il me réconforte, me parle, jamais un mot de travers, aucun reproche, je ne mérite pas cela. S'il savait ce que j'ai fait, les gens que j'ai poussés vers la mort, le sang laissé dans mon sillage, pour mes ambitions, ma maison, le soi-disant moindre mal, le bien collectif. S'il connaissait ma responsabilité dans l'ascension de Thola, je suis l'instigatrice de tout ce chaos, ma fierté m'ayant poussée à me croire supérieure à un archange, au démon perfide de La Compassion.

Puis vient le déclic, un soir comme les autres, le gris de mon mur, la joie des contrebandiers à l'étage du dessous. Boln passe la porte comme à son habitude, mais le bonjour jovial ne vient pas, seulement le bruit lourd d'un homme s'affalant sur une chaise. Sa respiration haletante, l'odeur de fer, du sang embaumant lentement la pièce, il ne dit mot, un cri d'agonie, il souffre. L'inquiétude monte, un effort anodin, mais au combien difficile, je me retourne, son regard, le premier échange depuis notre départ de Zéphès. Il essaie de me sourire, mais je m'en fiche, il se tient l'avant-bras, celui-ci saigne abondamment, une morsure profonde pour cause. De nouveau les pleurs sur mon visage, mais cette fois je ne recule pas, je m'approche lentement de lui, hésitante. Je m'agenouille à ses pieds tout en lui saisissant le bras, ma volonté, mon énergie, un bleu pur recouvrant mes mains, sa plaie se rétractant jusqu'à disparaître. Le temps se suspend puis il me serre dans ses bras, contre son torse, je ne sais pourquoi, mais je craque, les chagrins se libèrent, je lui parle de Caviln, Vehkiel, Heleïn, mes méfaits, mon cauchemar, ma responsabilité, j'ai mal, il le ressent, je pleure, il me pardonne…

Le début de ma convalescence, un mutisme difficile à vivre, mais il comprend, un cadeau de Dheln, une tenue en cuir, une cape, une épée bâtarde et deux dagues. Un nouveau cycle, la nuit, l'oculus et l'ange noir chassant le charognard pour quelques pièces. Le jour dans le creux de ses bras, un instant platonique, salvateur, un amour sans retour, l'abnégation d'un homme bon pour une femme viciée. Les semaines défilent, chassant les charognards côte à côte, ma sociabilité revenant lentement, parfois autour d'un verre avec Dheln comptant les événements du premier royaume. L'ascension de Thola, le statu quo instauré, le rejet officiel de Vehkiel et du sanctuaire tenu pour seul responsable de l'affront envers La Compassion, le développement ahurissant de Zéphès, les premiers humains provenant de la cinquième porte en circulation.

Un trimestre dans cette chambre, dans cette auberge, jour de fête au premier royaume, le jour de l'an. L'effervescence, l'alcool, les femmes, les rixes divertissantes, le verre de trop, Boln et moi remontant difficilement les marches jusqu'à notre chambre. Le contact de nos peaux, les sentiments, le temps passé ensemble, l'inévitable, un instant de plaisir charnel, la joie de s'abandonner, d'oublier cette souillure provenant de la lubricité de ces mercenaires. Un acte consensuel et pur, l'amour de deux personnes tenant l'un à l'autre, un pas de plus vers la guérison.

Le sexe comme exorcisme, l'amour comme renfort, élevant l'âme au-dessus des affres, offrant un ancrage, une liberté de se savoir aimé, pardonné. Les rires, la joie, la vie, apprécier l'instant, les gens, le monde, une renaissance tardive et difficile pour une céleste retrouvant son âme. Le cycle continuant pour son plus grand plaisir, une vie simple offrant un répit dans le tourbillon de ma vie, un répit que je sais de courte durée.

Chapitre 9-6 : Haine et avenir

La nuit au sud du territoire de La Compassion, deux silhouettes patientaient paisiblement sur une petite colline. Un homme imposant guettait le voile noir, tandis qu'une céleste aiguisait assidûment sa lame à la lueur d'une torche. Une longue attente ponctuée par le bruit des animaux et le râle lointain des charognards, une veillée habituelle pour les chasseurs de monstres de la basse ville de Nelium, Boln stoppa momentanément l'observation des alentours afin de briser le silence instauré :

- Mon ange, quand comptes-tu soigner tes cicatrices ?
- Pourquoi cette question soudaine, elles te dérangent ? répondit-elle surprise.
- Pas le moins du monde, je trouve que l'idée de garder ces marques n'est pas la bonne. En plus d'être un signe particulièrement distinctif, je ne vois pas l'intérêt de les garder.
- Elles me rappellent mes fautes et la noirceur du monde. Je pourrais m'en débarrasser aisément, mais vivre avec est un fardeau que je veux porter. En repentance en quelque sorte, je ne sais pas si je fais sens ou si je divague encore, rigola la céleste.
- Non, ne t'inquiète pas. Je comprends, si cela peut te rassurer elles ne me dérangent absolument pas.
- Merci, mon ange, satirisa-t-elle en envoyant un baiser à son compagnon.
- Ne te moque pas, j'essaie d'être un peu romantique et tu…

Une explosion dantesque, soudaine, au beau milieu du hameau vint couper leur discussion. Penauds, ils hésitèrent, la direction, la distance, nul doute, la Gargote. Ils attrapèrent leurs affaires puis ils se ruèrent sur la route remontant entre les maisons. Ils croisèrent les regards curieux des villageois quittant l'abri de leurs chaumières jusqu'au pied du mur, la fumée, les débris, les gravats. En lieu et place de l'auberge ne se trouvait qu'un cratère lisse et fumant.

- Non, non… Tu crois ? marmonna Nève plantée à quelques mètres du trou béant.
- Enfoiré de Thola… Encore un artifice ! Pourquoi ? s'énerva l'oculus tout en plongeant son regard dans le noir du ciel.
- Tu penses qu'il savait… Pour moi ? Boln ? Boln ! répéta-t-elle à son conjoint pensif.
- Quittons les lieux, quittons la ville et le territoire de La Compassion au plus vite. Viens !
- Calme-toi ! Tu penses…
- Non, il n'aurait pas fait sauter le bâtiment simplement pour toi. Thola est bien moins laxiste que ses prédécesseurs, la contrebande, les receleurs, voilà ce qu'il visait. Une coïncidence, une simple coïncidence, coupa-t-il tout en tirant Nève par le bras.
- Tu le crois vraiment ?
- On ne peut être sûr de rien, allez dépêche-toi ! L'écurie est par là ! ordonna-t-il en forçant de nouveau le pas.

Le lendemain de l'attentat au cœur de la forêt est de Nelium, non loin de la frontière de La Rigueur, un couple discutait ardemment autour d'un petit feu sur lequel rôtissait un lapin :

- Hors de question ! Bordel ! On vient d'échapper à la mort de justesse et tu veux t'en prendre à l'archange le plus redouté du royaume. Ça y est tu as finalement déraillé, hurla l'oculus faisant les cent pas devant le feu.

- Comprends-moi, tout ceci est de ma faute. Je dois réparer mes erreurs. Thola est ma responsabilité, argumenta la céleste sur un ton calme opposé à celui de son compagnon.
- Comment ? Avec quels soldats ?! Quelle armée ?! Deux contre La Compassion ? C'est du suicide, une lettre de recommandation pour la faucheuse ! Autant se mettre une lame dans le cœur tout de suite, déclara l'oculus tout en mimant l'action.
- Tu dramatises, assura-t-elle espérant raisonner son compagnon.
- Je dramatise ! Je suis l'insensé maintenant ? Mais par le divin Nève ! Ton cerveau est au repos ou tu improvises !
- Boln, calme-toi…
- Je me trouve plutôt calme au vu de la situation ! enchaîna-t-il en s'énervant un peu plus.
- Laisse-moi t'expliquer…
- Non, je ne veux plus entendre un mot !
- Par le divin, boucle-la ! Et assieds-toi ! cria Nève les yeux noirs de colère.

Boln décontenancé par le nouvel aplomb de sa compagne s'exécuta sans opposer plus de résistance. La céleste prit une grande inspiration avant de s'expliquer :

- Je suis un ange noir, tu le sais maintenant. J'ai beaucoup lu sur le sujet. Si les célestes nous éliminent et nous chassent c'est pour une bonne raison, ils ont peur de nous, de moi. Je sais que je peux devenir plus forte, il faut juste trouver comment. Il y a déjà eu des cas, notamment à La Passion, un ange noir ayant rivalisé avec les premiers nés. Je ne dis pas d'attaquer

Thola sur-le-champ, de plus monter une armée ou un groupe se révélerait infructueux. Il suffirait à cette ordure de balancer un artifice au milieu du camp et adieu tout le monde, adieu l'incursion. Le seul moyen de l'atteindre reste de s'en prendre à ses opérations, trouvons l'artificier, détruisons ses caravanes, ses intendants, ses ressources cachées, tout ce qui peut l'affaiblir tout en étant à notre portée. Un jour peut-être je me chargerai d'ôter la vie à ce chien, je tuerai Emeziel, les mercenaires et tous les célestes liés de près ou de loin à tout ce merdier. Mais pour l'instant, visons petit, tu vois je suis raisonnable, conclut-elle avec un sourire.

- Je ne sais même pas où commencer, peut-être par la stupidité globale de la chose, allons titiller la queue du diable dans la joie et la bonne humeur. Je sais très bien ce qui va se passer. Toi et moi, morts pour une cause perdue d'avance ! Laisse les jeux de pouvoir aux célestes et vivons simplement ! N'y a-t-il pas eu assez de morts ? Assez de sang et d'horreur que tu veux en rajouter ? Ta vengeance est vouée à l'échec Nève…

- Écoute, dans un premier temps j'aimerais rejoindre Cor'vinus et la tour du pouvoir pour en apprendre plus sur ma condition. Je voudrais consulter les archives du régent, demander sa permission d'accéder aux ouvrages interdits en tant que commandant de la troisième maison…

- Une maison anéantie et qui plus est discréditée par ton régent ! interrompit-il avec véhémence. Est-ce que tu entends les inepties que tu débites ?

- Par le divin ! Je ne suis pas stupide ! Vehkiel était un ami proche de Zeliah, elle hait Thola probablement autant que moi, il y a possibilité de trouver un terrain d'entente. De toute façon, je prends la direction de la cité mère demain matin. Suis-moi ou reste ! Je t'aime

plus que tout, mais rien ne m'empêchera de suivre cette voie, affirma sèchement la céleste. Quoi ! Qu'est-ce que tu as avec cette tête de chien battu !
- Jamais tu ne m'avais dit m'aimer, c'est la première fois, marmonna-t-il penaud.

Les deux conjoints stoppèrent leur dispute, l'une rougissant face à ses sentiments avoués et l'homme, abasourdi, mais comblé, ne sachant comment réagir. Au milieu du feu, un lapin calciné attendait patiemment qu'on l'extirpe, la céleste retira prudemment leur repas en flammes puis elle entreprit de sauver ce qui pouvait l'être en grattant les morceaux brûlés avec une dague.

- D'accord, rejoignons Cor'vinus le temps de réfléchir à tout cela. Promets-moi d'être prudente et de ne pas tenter le diable, s'inquiéta l'homme fixant du regard sa compagne.
- Je te le promets.

Un sourire mutuel au coin d'un feu perdu dans les bois de La Compassion, il caressa son visage en signe de réconfort, son cœur emmené par l'amour et son estomac serré par l'inquiétude. Le voyage téméraire de deux parias, l'ange noir prenait à cet instant le pari fou de détrôner le plus impitoyable des archanges.

Lettre de Vehkiel à l'intention de la Régente Zeliah

Ma chère et tendre amie,

L'avenir est incertain et je sens que je ne pourrai rester dans l'ombre éternellement, mon existence touche bientôt à sa fin. Il y a plusieurs siècles de cela tu m'as proposé de diriger le royaume à tes côtés et je m'y suis refusé. Je t'avoue aisément aujourd'hui que je ne regrette nullement cette décision, et ce malgré ton insistance.

J'ai toujours pensé qu'il était de mon devoir de guider les humains et, à l'heure où j'écris ces lignes, je suis comblé du résultat. Mon sanctuaire a prouvé qu'un humain correctement guidé et accompagné peut accomplir de grandes choses. Mes rangs comptent d'ailleurs plusieurs graines qui ne demandent qu'à se révéler et, en tant qu'ami, je te demande de les porter avec autant de bienveillance que je l'ai fait.

Ma chère Zeliah, je te l'ai déjà dit et je le répète une ultime fois, les humains sont une création de notre mère à l'égal de ce que nous sommes. Je sais qu'à contrario de nos frères et sœurs, tu ne leur voues aucune haine, mais sache que l'indifférence d'une régente peut être la cause de douleurs bien plus profondes que celles du plus vil des tortionnaires. Toi seule possèdes le pouvoir suffisant pour élever les consciences et changer les mœurs. Les jours prochains diviseront notre peuple, il ne tient qu'à toi de les rallier sous une seule et même bannière. Une bannière construite au nom du respect, de la tolérance et surtout, de l'humilité. L'éducation étant la valeur fondamentale nécessaire à l'instauration d'un royaume égalitaire.

Fi de ma redondance, j'aimerais, mon amie, te réclamer un ultime service concernant ma protégée. Lorsqu'elle se présentera sur le pas de ta porte et elle le fera, j'en suis certain, je te conjure de lui offrir assistance. Cette enfant, née d'une volonté supérieure à la mienne, a encore tant de choses à accomplir pour ce royaume. Guide-la comme je l'ai fait, aime-la comme ta chair et accomplis pour moi, pour notre amitié, cette dernière volonté.

Ton ami, Vehkiel.

Extrait du journal de l'ange noir : Nève Démaya - 157e écrit

"Aurae", "Paradis" en terme terrestre, le premier royaume, lieu de résidence céleste. Humanoïdes créés par le divin, guerriers à la puissance infinie, armes de chair et de sang, démons dissimulés dans un être d'apparence noble. Une âme viciée loin des fables bibliques, un esclavagiste tyrannique, misanthrope, à l'égocentrisme certain, coupable de sa propre extermination. Être abject, répugnant [...]

<u>Fausse promesse, rédigée en 87 Foi 1, écrit attribué à l'intendante du régent Neldhem.</u>

J'ai toujours apprécié ce texte, un condensé de haine jouant sur la même ligne que la hiérarchie céleste. Tout n'est pas noir ou blanc, certains célestes sont bons, d'autres sont d'infâmes salopards, un miroir de l'humanité en quelque sorte. Cependant, ces écrits résument parfaitement la déception et le désespoir de l'homme face à une vie et une vision aux antipodes de ses attentes. Je fais moi-même partie de cette catégorie… Et pourtant me voilà céleste, pire un paria entre deux eaux, un ange noir. Est-ce le signe du divin ? Le hasard ? Une opportunité ? Qu'en sais-je. Je vois cela comme un outil, une arme à ma disposition pour rétablir l'équilibre des choses. Donner à l'humanité une place à part entière dans ce royaume qui ne la respecte pas. Mon but ultime, celui que je n'ose divulguer, une hérésie, une folie que j'accomplirai au péril de ma vie, m'asseoir sur le trône au culminant de la tour du pouvoir. Quelques lignes futiles pour ne pas oublier qui je suis et où je vais dans l'espoir de voir un jour cette vision se réaliser. L'humain et le céleste coexistant dans un royaume en harmonie, un monde de plaisir révélant enfin sa vraie beauté jusqu'à la nuit des temps. Une volonté pure et utopiste d'une ancienne humaine dont le cœur espère faire une différence au sein d'un paradis noir.

Chapitre 10-1 : Une nouvelle menace

La maison de La Passion, troisième puissance du royaume céleste, se contentait d'un faible territoire situé à l'ouest des terres de La Compassion qui ne reflétait aucunement sa grandeur militaire. Les fondations de son économie dépendaient de la traite de l'humain, un commerce rodé depuis des millénaires, offrant à La Passion un poids politique et historique. Sa province, délimitée par des bordures naturelles, s'étendait de la chaîne de montagnes de Balguein à l'Est en jonction avec La Compassion jusqu'au plus imposant des fleuves du royaume bordant la maison de La Grâce au Nord. Sa partie Ouest, quant à elle, était adjacente à la maison de La Gloire. Cette province autonome disposait de majestueuses forêts remplies de gibier, d'une culture agricole ancestrale et d'un fleuve imposant, lui offrant une totale autonomie pour satisfaire pleinement ses besoins.

Bien à l'abri, au milieu de son territoire, se tenait l'une des quatre portes historiques cernées par la cité millénaire de Faa'vinus. Cette ville commerçante, accueillant les exploitants du second royaume, hébergeait la majeure partie des forces militaires de cette maison. Ce regroupement de soldats, gardes, éclaireurs et évocateurs détenait la charge des importations des humains échouant dans les terres désolées. Ces célestes expérimentés, habitués à gérer la menace que représentaient les charognards, protégeaient l'entrée du portail et l'accès au premier royaume avec une ferveur inégalée. Tout intronisé passait irrémédiablement par ce corps d'armée spécialisé. Présenté comme un baptême du feu, ce retour nécessaire au second royaume, permettait la validation du statut nouvellement acquis par le céleste.

Cette ville grouillante, vivante, lieu de richesse et d'opulence, accueillait moult acheteurs potentiels à la recherche d'esclaves. Faa'vinus, véritable spectacle à ciel ouvert, n'était qu'une vaste mise en scène de grande envergure qui permettait à cette clientèle aisée de côtoyer sa marchandise sous toutes ses formes, : prostitution, alcool, jeux d'argent, arène, chacune des petites mains de cette ville ayant un prix, de la prostituée au guerrier descendant les marches de la fosse, de l'aide de maison au lettré. Au final, plusieurs milliers d'humains se voyaient extraits du second royaume chaque mois. Des infortunés que l'on séquestrait, tatouait et certifiait avant de les former aux us et coutumes de leur nouvelle terre. De pauvres âmes que l'on asservissait et que l'on dédiait aux tâches les plus ingrates dans l'espoir de dégager un bénéfice dans les plus brefs délais. Bon nombre de ces nouveaux arrivants, croyant ou non, s'écroulaient face à la désillusion de cette seconde vie, un choc psychologique qui les rendait souvent impotents. Cependant, leurs impotences pouvaient toujours se monnayer et leur inutilité entraînait systématiquement une purge en place publique. Cette exhibition lugubre offrait une seconde vie à une marchandise sans valeur. Ce spectacle festif servait aussi bien de leitmotiv pour les indolents que de vitrines pour les consommateurs. Ancré dans les mœurs, ce divertissement frôlant la banalité, attirait toujours une large foule de célestes accoutumés. Ceux-ci tiraient un plaisir malsain à regarder ces êtres inférieurs expirés, une manière pour eux d'oublier la triste réalité de leur situation, un sentiment illusoire de reprendre la main sur leur destinée.

De l'autre côté de la faille, vers le second royaume, se dressait l'avant-poste de La Passion, un rempart contre les monstres rôdant dans les terres désolées. Ce camp militaire fortifié, véritable forteresse entourée de hautes murailles hérissées de pointes acérées abritait des soldats explorateurs connus sous le nom de Damna, récupérateurs d'humains et de ressources. Un groupuscule mixte, composé de guerriers aguerris et de nouvelles recrues. Une troupe hétéroclite où les anciens jouaient en terrain connu à contrario des arrivants, apeurés et réticents. Ces célestes en armures lourdes aux couleurs sombres portaient un uniforme standardisé qui leur permettait de se dissimuler dans le paysage lugubre du second royaume. Véritable blindage de métal enchanté, elles protégeaient efficacement contre les morsures de charognard.

À la tête de ce détachement de Damna avait été nommé un commandant à l'expertise millénaire. Disposant d'une stature imposante, il forçait le respect et l'admiration chez ses subalternes qu'il dirigeait d'une main de fer depuis plusieurs siècles. Bretteur exceptionnel et armé d'un espadon démesuré, sa légende le narrait capable de trancher net ses opposants dans un moindre effort. Perché sur une tour de garde, il observait un phénomène inhabituel, un brouillard noir et épais se rapprochait lentement de leur position. Une voix s'éleva en contrebas :

- Commandant, nous sommes prêts à partir. Nous attendons vos ordres, beugla un soldat en armure lourde.

Le céleste répondit par un signe de tête approbatif, un cri annonça l'ouverture de l'imposante porte de la forteresse et le détachement d'une cinquantaine de Damna se mit en marche à l'unisson. Le commandant sauta alors de sa tour afin de se joindre au groupe. Une longue marche silencieuse débuta dans les plaines dévastées du second royaume. Les hommes, alertes et aguerris, scrutaient ardemment les environs afin de déceler la présence de charognards.

L'objectif du commandant était clair, atteindre le brouillard s'élevant à l'horizon afin de répondre à ses interrogations. Le non-retour de ses troupes et la diminution du nombre de charognards l'inquiétaient. À ce stade, il savait qu'il ne reverrait plus ses hommes, il souhaitait simplement éclaircir le mystère lié à leur disparition. Après plusieurs heures de trajet, il ne put que constater l'étendue du miasme noir, un voile sombre, immense, opaque, avançait inlassablement vers la faille.

La troupe se stoppa au milieu des terres désolées à une distance respectable de la menace. De longues minutes passèrent face à l'inexplicable phénomène avant que de lourds bruits de pas ne viennent rompre la tension. S'ensuivit un raclement du fer contre le sol puis une carrure massive portant une imposante hallebarde à la main surgit de la fumée. Le premier démon s'arrêta à l'orée du voile opaque. Derrière lui se tenait une multitude de soldats, un défilé de perles rouges accompagnant Thiamel dans sa conquête. Il ne tarda pas à donner l'ordre, il frappa son arme contre la roche sonnant ainsi la charge du troupeau sanguinaire. Le commandant Damna répondit à l'initiative de son ennemi, il ordonna à ses soldats de prendre position. Ils brandirent armes et pavois afin de faire front à la troupe de démons qui restait pourtant immobile. Des râles distinctifs s'élevèrent alors tout autour d'eux, trahissant ainsi la présence de charognards. Ils avaient eu tort, l'assaut ne viendrait pas de front. Les mangeurs d'hommes émergèrent des crevasses entourant le détachement, une stratégie inhabituelle pour ces créatures animales.

Une nouveauté contraire aux instincts de ces monstres solitaires qui poussa les guerriers sombres dans leurs retranchements. Voyant que la menace surgissait de toutes parts, ils adaptèrent leur formation, changeant leur ligne de front pour un cercle de pavois. Le contact fut violent, les créatures semblaient avoir perdu tout instinct de préservation, elles se jetaient avec véhémence sur les célestes. La première vague fut repoussée avec facilité, leurs haches d'armes tranchant sans peine la peau à nu des corrompus. L'assaut continu des charognards se heurta à un mur impénétrable. Les Damna, combattants aguerris et émérites, repoussaient avec ténacité les hordes de Thiamel.

Le premier né, témoin de la futilité de l'assaut de ses charognards, décida d'intervenir. Il arma son bras, son imposante hallebarde chargée de sa volonté, un sifflement aigu parcourut alors la plaine. L'arme de Thiamel traversa le bataillon avec facilité, laissant un sillon de cadavres dans son passage. La formation de l'ennemi réduite à néant, les subordonnés du démon suprême se lancèrent à leur tour vers le détachement de la Passion. Un mélange d'hommes de Zéphès et de Damna nouvellement corrompus chargea les armures sombres, le contact fut brutal et les démons s'immiscèrent jusqu'au milieu de leur rang ouvrant ainsi tous leurs flancs. L'attaque combinée des charognards et des célestes à la solde du démon suprême prit rapidement le dessus sur les guerriers de Faa'vinus. Thiamel se rapprocha finalement du chaos, sa voix lourde coupant net l'exécution :

-   Assez ! Déposez les armes et joignez-vous à moi !
    Acceptez ma clémence ! Offrez votre reddition ou
    servez de repas à mon armée !

    Charognards et démons se figèrent, un flot de sang
ruisselait de leurs bouches affamées, certains tenaient
encore des membres entre leurs dents. Le commandant des
Damna se redressa, foudroyant le némésis du premier
royaume du regard :

-   Thiamel ! As-tu perdu l'esprit ? Quelle est la raison de
    tout ceci !
-   Une nouvelle ère débute, joins-toi à moi ou péris !
    affirma froidement le premier né.
-   Quelle est cette folie ! Cette hérésie ! Si nous devons
    mourir en essayant de te stopper, nous le ferons ! hurla
    le commandant, condamnant de ce fait ses subalternes.
-   Qu'il en soit ainsi.

    D'un simple signe de la main, Thiamel relança la
danse macabre, le cri de rage du commandant Damna
surpassa la cacophonie générale. Il injuria son opposant
avant de libérer toute sa volonté. Il chargea alors le premier
démon avec toute sa rage, une manœuvre dérisoire contre
l'ancien archange. Thiamel dévia l'imposante lame du
revers de la main avant de saisir la tête du commandant, un
éclair glissa le long de son bras jusqu'au cerveau de sa
prise, il lança alors le corps sans vie vers ses engeances. La
première rencontre entre l'armée du faucheur et celle du
premier royaume se conclut par le spectacle macabre de
créatures affamées se repaissant de l'ennemi vaincu.

Chapitre 10-2 : Avilissement

Au cœur des terres désolées, une imposante carrure observait le camp des Damna. Posté sur un rocher surplombant, il discernait l'effervescence des hommes de La Passion. L'ennemi s'activait dans l'enceinte, bleus et anciens revêtaient leurs armures et aiguisaient leurs armes. Le portail scintillait à intervalles réguliers, signalant l'arrivée de renforts, la population du camp grossissait à vue d'œil, une aubaine pour le premier démon. Une corne retentit, des lignes d'archers couvrirent les remparts et les tours de garde, l'infanterie se plaça au pied de la grande porte et les évocateurs se dressèrent au centre de l'avant-poste.

Les évocateurs, ces humains qu'il détestait plus que tout. L'idée de voir ces ersatz de célestes imiter maladroitement le pouvoir des divins le révulsait. C'était pour lui l'occasion d'éliminer ces larves intronisées et de nettoyer les rangs célestes. Un flash, une aura bleue au milieu des tentes, une danse de particules de plusieurs mètres couvrit l'intégralité du camp. Le choc fit vibrer la terre alors qu'un dôme cristallin aux reflets azur s'élevait, l'évocation engloba alors la totalité de l'avant-poste des Damna. Son sourire s'élargit face à leur tentative risible de contenir sa puissance, de la simple vermine se terrant à l'approche d'un prédateur. Cette fois, il allait agir seul, il n'avait nullement besoin de ses soldats repus pour se défaire d'une poignée d'humains, aussi entraînés soient-ils.

Une étoile éclatante illumina la roche grisâtre du second royaume, Thiamel libéra son énergie, deux ailes pures d'un blanc immaculé se matérialisèrent dans son dos.

Les bras tendus, il mobilisa ses forces, l'immensité noire, la mer de fumée se tenant derrière lui, bougea au gré de sa volonté. Il se concentra pour mouvoir son fléau, plongeant lentement le camp protégé par le dôme dans l'obscurité, un cataclysme sombre s'abattit sur La Passion. D'un coup sec, il retira sa hallebarde plantée à ses pieds puis consciencieusement, il diffusa son pouvoir dans celle-ci. En position de lancer, il jugea la distance et la force nécessaire, le projectile fusa jusqu'à heurter la barrière bleu-azur. Son arme se figea contre le dôme libérant son énergie au contact, la protection se craquela sous l'immense pression. Le suprême tendit ses deux bras, mobilisant sa volonté, il serra ses poings contrôlant son évocation afin de faire détonner l'énergie contenue dans celle-ci. Une explosion puissante brisa la protection sous les regards effarés des Damna en formation. Le premier né s'élança alors vers le camp attrapant son arme au vol avant d'atterrir au milieu de ses ennemis.

Une figure emblématique, un ancien archange et l'un des plus puissants premiers nés, se présentait à eux. Sa paire d'ailes dantesques sublimait sa prestance, une énergie débordante, écrasante, paralysant la masse de soldats l'entourant. Son sourire arrogant, malsain, glaçant, portait l'effroi dans le cœur de chaque Damna. Ses pupilles rouge sang, le premier contact céleste avec leur prédateur, la menace ultime, le Némésis du premier royaume révélait son visage impitoyable.

Une nouvelle impulsion magique, l'imposante hallebarde de Thiamel se teinta d'une aura blanche puis il l'abattit aussitôt contre la roche. Une onde puissante ravagea les alentours dans un nuage de poussière, traînant les soldats dans son sillon. Leur puérile résistance balayée avec une facilité déconcertante, il jubila avant de mobiliser une dernière fois sa puissance. Ses ailes scintillèrent, un vortex émergea à quelques pas devant lui, un tourbillon s'élargissant à vue d'œil attirant avec force le brouillard stagnant autour de l'avant-poste. La fumée noire plongea rapidement sur ses ennemis, ses futures recrues. Certains sensés fuirent à toute allure au travers du portail. Il le toléra. Ils agiraient en tant que présage de sa venue, des agneaux propageant la peur dans le troupeau.

Des cris, des quintes de toux, les armures heurtant la pierre, certains célestes déjà contaminés passèrent la faille dans un dernier effort puis le silence le plus total. Cet avant-poste serait bientôt sous son contrôle. Impassible, au milieu du miasme vicié, Thiamel siffla de toutes ses forces pour alerter ses troupes. Anciens célestes et mangeurs d'hommes répondirent à l'appel de leur nouveau seigneur, une dévotion distillée pour ses démons, mais un asservissement complet pour les charognards.

Au bout de quelques instants, les premiers Damna corrompus se relevèrent pour se présenter devant le premier né, d'anciens célestes gardant leurs capacités intellectuelles et physiques ainsi que toutes leurs connaissances. À terme, l'intégralité de ses nouveaux corrompus forma une assemblée, plusieurs centaines d'hommes et de femmes enclins à le servir jusqu'au trépas. Thiamel, posté au milieu de ses démons, prit la parole :

- Mes enfants, mon armée, nous voici maintenant suffisamment nombreux pour accomplir ma volonté. Vous, anciens célestes de La Passion, Damna, allez me suivre au travers de cette faille ! Tandis que vous, mes enfants de Zéphès, allez arpenter ces plaines afin de me ramener tous les humains que vous y trouverez ! Soumettez les plus forts, les plus robustes à ma corruption et grossissez mes rangs ! Repaissez-vous des autres ! Répandez le chaos, la peur dans le cœur des faibles !

D'un mouvement de bras, il conclut son discours et la majeure partie des démons se dispersa, certains franchirent le portail tandis que le reste se dissémina dans les plaines désolées du second royaume.

Thiamel observa ses hommes s'élancer au travers de la faille. D'un pas lent, mais décidé, il se rapprocha à son tour du passage vers le premier royaume. Faa'vinus l'attendait, le début de son courroux sur ce monde indigne. Il apparut sur la place centrale de la cité, une armée de Damna accompagnée de la milice l'attendait. Leurs mains tremblantes et crispées témoignaient de l'angoisse qui s'était emparée des rangs, l'Omega se présentait à eux. Son rictus se transforma en un large sourire, il jubila devant le massacre à venir. Faa'vinus tomberait bientôt sous son joug et son courroux se répandra sur le premier royaume…

Cette terre est mienne, ce ciel est mien, ces astres sont miens ainsi que tout ce qui est vivant dans les trois plans. Je suis le tout, mais je ne suis plus rien. Trahie par mes enfants, privée de mon immensité, je ne peux que semer mes graines et espérer les voir fleurir. Je ne peux me résoudre à tout perdre, quelle mère serais-je ? Il me faut les guider, les pousser, les blesser, être fort est la seule solution, la seule façon de survivre. Je vous aime et pour cela je vous ferai souffrir. Mes graines, mes célestes, mes humains.

À PROPOS DES AUTEURS

Alexandre et David Rousseau sont deux frères berrichons amoureux de la narration sous toutes ses formes. Agés respectivement de 25 et 28 ans, ils ont tous deux quitté leur emploi afin de devenir acteurs dans un milieu qui les passionne. Amateur de fantasy, jeux de rôles, jeux de cartes et plus largement de la culture geek populaire, ils travaillent aujourd'hui sur divers projets en plus de la série Divine corruption. Un jeu vidéo narratif nommé Iniation, un jeu de plateau nommé l'Ordre de Veiel ainsi que sur une initiative plus globale de soutien aux amateurs indépendants.

Retrouvez Divine Corruption sur
Facebook : @PariaEdition
Internet : www.paria-edition.fr

Pensez à soutenir les auteurs en laissant un avis sur amazon ou sur Facebook. N'oubliez pas de partager et de parler du livre autour de vous cela reste encore le meilleur moyen de soutenir des indépendants.

9 782956 405252